講談社文庫

孤道　完結編

金色（こんじき）の眠り

和久井清水

講談社

目次

孤道　完結編　金色の眠り

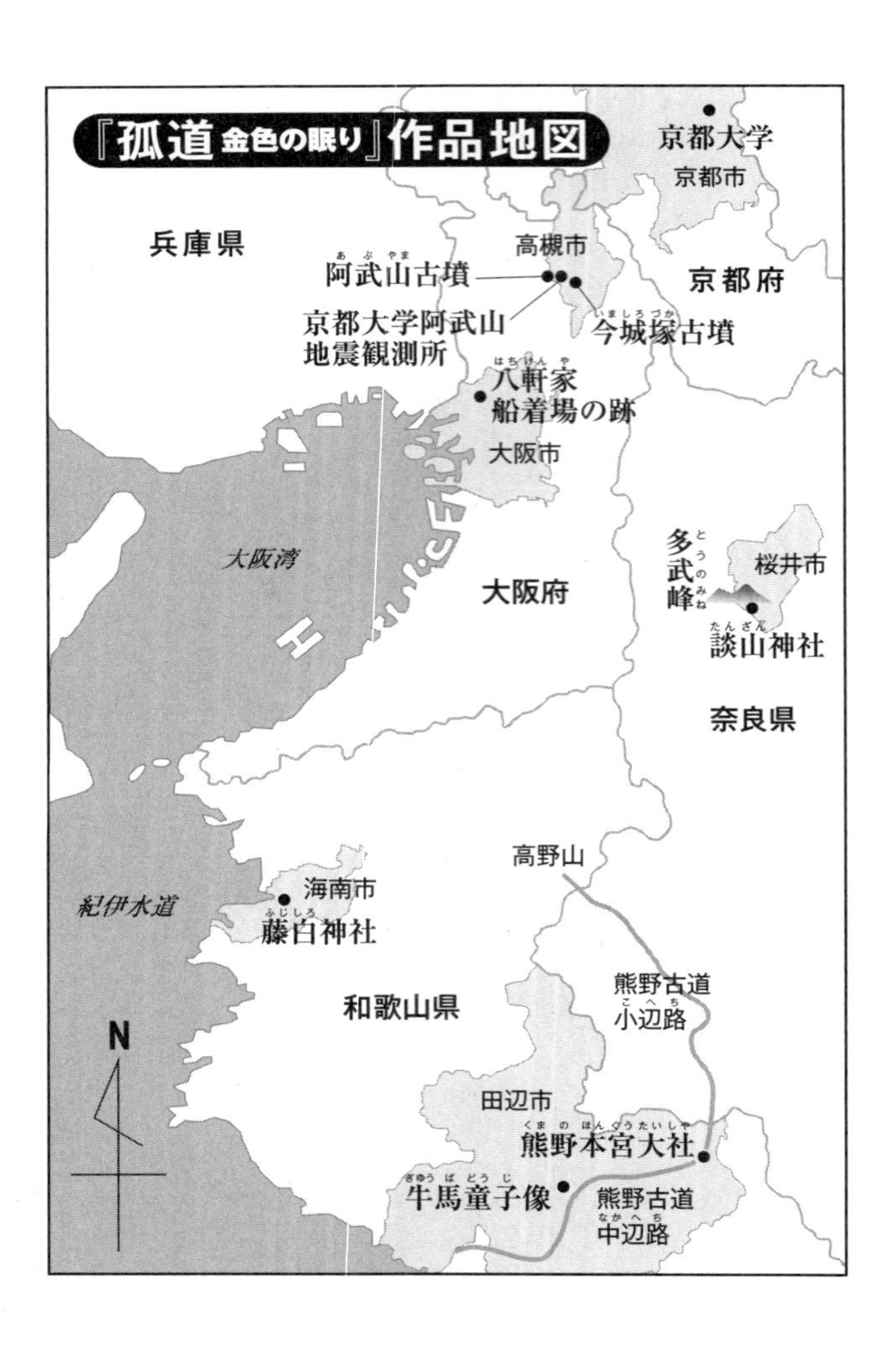
『孤道 金色の眠り』作品地図
京都大学
京都市
兵庫県
高槻市
阿武山古墳
京都府
京都大学阿武山
地震観測所
今城塚古墳
八軒家
船着場の跡
大阪市
大阪湾
多武峰
桜井市
大阪府
談山神社
奈良県
高野山
海南市
紀伊水道
藤白神社
熊野古道
小辺路
和歌山県
N
田辺市
熊野本宮大社
牛馬童子像
熊野古道
中辺路

第八章　鎌足(かまたり)の墓

彼(か)の人は目覚めた。

こう　こう　こう

魂呼(たまよば)いによって招き寄せられた魂が、阿武山(あぶやま)の石棺の中で目を覚ましたのだ。

した　した　した

大津皇子(おおつのみこ)は冷たい石室の中、滴り落ちる水音で目覚めた。真っ先に思ったのは鎌足の娘、耳面刀自(みみものとじ)だった。死の間際、目に留めた美しい姿を探し求め、皇子の魂は彷徨(さまよ)い出る。その魂は、藤原南家(ふじわらなんけ)の郎女(いらつめ)が描いた曼荼羅(まんだら)によって浄土に往生するのだった。

こう　こう　こう

阿武山に眠る鎌足の眠りを破ったものは何であったのか。子孫の安寧を祈った彼の人は、千三百年の眠りを破られ、騒がしき世に怒り、呪いをかけたのか。

坊ちゃん。そんならあれは木乃伊の頭やろか。

神様に誓うて秘密を守らなあかん。

森高教授が棺から取り出したものは、ミイラの頭などではなかった。棺の中に頭蓋骨がなければ、誰かが気付くはずだからである。

來う　來う　來う
できることなら義麿の魂を呼び戻して尋ねたい。義弘は誰に殺されたのか。あなたの孫はなぜ殺されなければならなかったのか。

坊ちゃん　坊ちゃん
誰かが僕を呼んでいる。僕を義麿と間違えているのだ。

あれは花山院さんやで。

え？

花山院さんは可哀想やなあ。天皇さんやのに裏切られてしもて、こがいなところを牛や馬に乗つて行つたんや。

見れば牛馬童子の像が、暗い杉木立の間をゆらゆらと揺れながら進んでいく。

見てみい。首まで切られて……。

節くれ立った指のさすほうを見るが、木陰に入ったその姿は判然としない。

「坊っちゃま。坊っちゃま」

聞き覚えのある声が僕を呼ぶ。

浅見は声のするほうを振り返った。そこには天平の衣装を纏った女性がいた。お手伝いの須美子だった。

「なぜ、こんなところに」

須美子は肩に掛けた長い領巾を、こちらに向かって優雅に振っていた。我知らず浅見の頬は熱くなる。古代、領巾を振る行為は夫の魂を呼び寄せるものであり、愛の表現である。狼狽えて、苔むす石段に足を取られ、「うわー」と叫び声を上げた。

「先輩。先輩」

鳥羽が助手席のガラスを指で叩いていた。パトカーはすでになく、藤白神社のほうへ歩く大谷宮司の後ろ姿が見えた。

空き巣の通報を受けて駆け付けたパトカーと、浅見の車が藤白神社の駐車場に到着したのはほぼ同時だった。現場検証をする警察官に続いて、浅見も鈴木家に入ろうとすると、部外者は入ってはいけないと言われ、仕方なく車の中で待っていたのだ。

「先輩、寝ちゃったんですか。もう現場検証は終わりましたよ」

「寝てはいないさ。ただ……」

ただ、幻を見ていた。これまでに読んだ義麿ノートの断片を寄せ集めたような白昼夢だ。しかしなぜ須美子が登場したのかは謎だ。

「大谷宮司は、帰られたのか？」

「ええ、用事があるとかで。警察がしつこく話を訊くので気の毒でした」

「おまえさんも訊かれたんだろう？」

「義弘さんの事件があったばかりですからね」

鈴木家の居間では、真代と三千恵がお茶の用意をしていた。菓子皿には饅頭が山盛りになっている。

「さあさあ、浅見さんもどうぞ食べてよ」

真代は言いながら、自分も一つ饅頭を取った。

「なんも盗られたものはないいて言うてるのに、ほんましつこいわ」

「まあ、それが仕事ですからね」

鳥羽も座り込んで饅頭を食べ始める。鳥羽から聞いていたとおり、暢気なものだった。しかし真代は、少々暢気なくらいでなければ体がもたないだろう。夫の葬儀が終わったばかりで、息つく暇もなくこの空き巣騒ぎだ。浅見も饅頭の焼き印に見覚えがあったので、さっそく手を伸ばした。

「松江さんからは、まだ連絡はないんですか？」

真代は眉を曇らせた。

「なにも連絡のおて、奥さんもだんだん不安になってきたみたいやわ」

「そういえば、松江さんは朝の八時に家を出たと言ってましたよね。十一時の葬儀に参列するのに、八時に家を出るというのは早過ぎませんか。松江さんの家はそんなに遠いんですか？」

「いいや、駅を挟んでちょうど反対側ですけど、車で十分かからんのと違いますやろか」

「松江さんが葬儀に早く来なければならない用事でもあったんですか？」

「葬儀委員長をやってもらうことになってましたのやけど、そないに早く来んでもええのです」

真代は首を捻(ひね)り、「会社にでも寄ったんやろか」とつぶやいた。

饅頭を食べて一息つくと、三千恵が気付いた異変というのを教えてもらった。

「ここの引き出しが少し開いてたんです」

三千恵は、部屋の入り口横に行って、民芸調のタンスの引き出しを少し開けて見せた。

浅見と鳥羽、真代も立ち上がって見に行く。

「それから、こっちの押し入れがきっちり閉まってました」

「閉まっていた？」

「ええ。お葬式に行く前に、真代さんから紙袋を出して、て頼まれたんです」

三千恵は押し入れの前で、そのときの様子を再現する。

「紙袋を出して戸を閉めようとしたら、なかなか閉まらないのでそのままにして出掛けました」

「帰ってきたら、閉まっていたんですね」

襖の上の部分は柱に付いているが、下に行くに従って徐々に開いていき、最終的には三センチほどの隙間が開いている。

「そうや、ここは根太が腐ってるさかい、いっつもそこは開いとるんや」

そう言って真代は、力一杯襖を閉めて見せた。

「こうやらんと、閉まらんの」

「それと、あそこの鍵が開いてました」

三千恵はそう言って、開け放たれた障子の向こうを指さした。廊下を挟んで裏庭に出るガラス戸だ。ガラス戸は木枠だった。その鍵はクレセント錠で、ロックが付いていない古いタイプのものだった。それが開いてるのが、ここからでも分かる。

「私、葬儀場に行く前に鍵が閉まっているのを確認したんです。それは間違いありません。そこの引き戸もちゃんと確認しました」

「よく気が付きましたね」

「ほんまや。ほかに荒らされたとこもないし、三千恵ちゃんに教えてもらわんかったら、気い付かんとこだったわ」

「なにも盗られていなかった、というのは確かなんですか？」

「ほんま言うたら、よう分からんの。ここに住んでるわけやないし。そやけど、ぱっと見たところなんも盗られてへんと思うんやけど」

真代が気楽な調子で言うので、思わず笑いそうになる。しかし必要以上に怖がる姿を見るよりはずっといい。浅見はそう思って、饅頭をもう一ついただこうと、座卓に着いた。

「そやけど、知らんうちに誰かが入った思うと、なんか気持ち悪いですね」

三千恵が二の腕をさすりながら浅見の向かい側に座ると、鳥羽もその隣に座った。

「お葬式の間に空き巣に入られるいうのは、よく聞く話ですけど、まさかこんな身近で起こるとはなあ」

三千恵に話を合わせているわけでもないだろうが、鳥羽も一緒になって、怖いだの気味が悪いだのと言い始めた。そのうちに、真代もだんだんと不安そうになってきた。

「窓や出入り口の鍵をなんとかしなければいけませんね。防犯カメラもあったほうがいい」

鳥羽が言うと真代は、「そうやね」と、ようやく防犯について真剣に考えることにしたようだ。

「老後は主人とこの家に住むつもりだったんやけど、一人になってしもたし、こんな広い家、どうしたらええやろか」

真代がしんみりと肩を落とす。

「今夜はどないするんですか。ここに一人で寝るんは怖わないですか？」

三千恵は心配そうに真代の顔をのぞき込んだ。

「そうやね。ここに泊まるつもりだったけど……」

真代はひどく心細そうに言う。

「田辺のマンションに戻りはるんですね」

真代はがっくりとうなだれるようにうなずいた。

「もし迷惑でなかったら、今夜はご一緒しましょか？」

「ほんまに？」

真代の顔がぱっと明るくなった。今夜だけでなく数日のあいだは、三千恵が田辺から藤白神社に通うことが、あっという間に決まった。

今日は鳥羽が三千恵と真代を乗せて田辺に戻ることになった。

「あ、そうだ」

突然、鳥羽が浅見に言った。

「空き巣騒ぎですっかり忘れていたけど、十五年前の牛馬童子の事件はよく覚えていないそうです。ねえ、鈴木さん」

真代はうなずいて、「言われてみたらそんなこともあったかな、いうくらいで」と申し訳なさそうに言う。

その頃真代は生涯学習課に配属されており、公民館のほうの仕事をおもにしていたので、あまり印象がないのだそうだ。

「それじゃあ、菅さんはどうでしょうね。今回、首がないのを最初に発見したのは菅さんでしょう？　前の事件のこともよく知っているんじゃありませんか？」

「どうやろなぁ。菅さんが語り部を始めたんは、学校の先生を退職してからやから、十年もたってへんと思うけど」

それでも真代は、一応訊いてみると言った。

真代と三千恵が簡単な食事を用意してくれた。

「こんなもんしかできんけど、遠慮せんと食べてな」

夫を亡くしたばかりの真代が、精一杯明るく振る舞おうとしているのが、痛々しくもあり救いでもあった。浅見も鳥羽も厚意に応えるべくなんとか明るい話題を提供しようとするが、どのみち無理な話であった。そこはやはり、松江の安否が不明なことも大きかったのである。

食事が終わると、二台の車は田辺市へと出発した。鳥羽の車には真代と三千恵を乗せ、浅見はそれに続いたのだった。

*

「悪霊や」

あの人は誰？　という智之（ともゆき）の問いに母はそう答えた。

「アクリョウてなに？」

利発な子だと人から言われていたが、幼い智之に悪霊の意味は分からなかった。ただ、なにかとてつもなく不吉なものだということは分かった。

「悪いものを連れてくる化け物のことや」

母は笑って言った。それは智之を怖がらせないためだ。

時々やってくる背の高い痩せた老人。皺（しわ）の寄った恐ろしい顔。あの老人は人ではなかったのか。智之は震え上がった。

老人は来るたびに父と何かを低い声で話し合った。そしていつも最後は父の怒鳴り声で終わる。

「出ていけ。もうたくさんや。二度と来んといてくれ」

それでも老人は何事かを言い募り、結局、背を丸めて恨めしそうに振り返りながら帰っていく。

老人が帰ると、父は決まって体調を崩して寝込んだ。

「あの人の言うとおりにしたらどないです？」

母は看病をしながら言う。

「おまえたちのためや。おまえらに不自由はさせたくないんや」

そんな話のあとは必ず母が声を殺して泣くのだった。母の細い嗚咽を聞くたびに、智之の胸は張り裂けそうになる。母にすがって泣きたいが、そうしてはいけないことを知っていた。母こそ、誰かにすがって泣きたいのだ。

「そやけど、あんた。シリョウが……」

隣の部屋で聞き耳を立てていた智之は、思わず声を上げそうになった。シリョウといえばついこの間、友達の家に行ったときに、『死霊』という本が置いてあるのを見たばかりだ。もちろん死霊の意味は知らなかったが、シリョウと振られた振り仮名と、表紙の絵とで、なんとなく意味を知った。それ以来表紙の、溶けた目玉と苦痛に歪む男の顔が、智之の頭から離れなかった。眠ろうとして目をつぶると、その男の顔が思い出されるのだった。

シリョウとアクリョウは、たぶん似たようなものに違いない。あの老人が平和だった智之の家に連れてきたのだ。

ある晩、またあの老人がやってきた。智之は父の大声で目が覚めた。いつもは、ぼそぼそと話す老人が、今日は大きな声で怒鳴っていた。

「呪われろ。死んでしまえ」

ついに悪霊が本性を現したのだ。智之はこれまでに感じたことのない恐怖に目が眩(くら)んだ。それが絶望というものだということが分かったのはずいぶんあとになってからだ。

翌日、父は死んだ。あの老人の言ったとおりになった。

*

鳥羽の部屋に帰ってくると浅見は風呂に入った。風呂から上がればすぐにノートを読み始めるつもりだったが、湯船に浸(つ)かっている間も気が急(せ)いて仕方なかった。

鳥羽が帰ってきた音が聞こえる。三千恵と真代を送っていってすぐに戻ってきたのだろう。

「早かったな。竹内さんと離れたくなくて、ぐずぐずしてくるんじゃないかと思った」

浅見は濡れた頭を拭きながら言った。

「僕はそんな未練たらしい男じゃありませんからね」

鳥羽は心外だ、というように答えた。

「しかし、遠距離恋愛だからな、もうちょっと積極的にならないとこのまま自然消滅なんてことにもなりかねないぞ」

「積極的ってどうすればいいんでしょうね」

身を乗り出して訊く姿が真剣だ。先輩らしく、鳥羽の恋が実るよう助言をしてやりたいが、あいにく浅見には助言できるようなノウハウがない。

「まあ、頑張れってことだ」

適当にお茶を濁して小さな食卓の上にノートを広げた。しかしいざ読もうとすると、不可解な恐怖心がどこからともなく忍び寄ってくる。それは松江の失踪がいよいよ確定的になったせいかもしれない。

真代は松江の妻に、どんなに遅い時間でもいいから、松江の無事が分かったら知らせてほしいと頼んである。その知らせが来たら、鳥羽と浅見にもすぐに教える手筈になっていた。真代から連絡が来ないということは、いまだに松江は行方不明なのだ。時間が経てば経つほど、松江の生存の可能性は危ういものとなる。

考えたくはないが、松江はすでに生きていないのではないか、と思わずにはいられない。男と松江が有間皇子（ありまのみこ）の墓のほうへ連れ立って行ったというのも、何とはなしに不吉な予感がするのだ。

浅見は考えを振り切るように頭を振ってページを開いた。

ミイラは再び埋葬され、義麿の日常は一見平穏に過ぎていくかのようだった。三高を受験するための勉強と、体調を崩した森高教授を見舞うことが、生活の中心になっていったようである。

「先輩、熱心ですね。そんなにそのノートが面白いですか」

風呂から上がった鳥羽は、冷蔵庫からビールを出して言った。

「うん。面白いというより、惹（ひ）き付けられるって感じかな。どうにも先が気になって仕方がないんだ」

義麿という少年の魅力に取り込まれそうな気すらするのだが、それはノートを読んでいない鳥羽には理解できないだろう。

「ノートも気になるんだが、今日、市役所で聞いた話も気になる」

浅見はノートから目を上げて言った。

「そういえば新しい問題が発生している、って言ってましたね。それが十五年前の事件のことなんですか？」

「ああ、そうなんだよ」

浅見は十五年前にも牛馬童子の首が切られた事件があったことを教えた。首は滝尻(たきじり)王子のバス停のベンチに置いてあったのだと言うと、鳥羽は憤慨してビールを呷(あお)った。

「なんで牛馬童子にばかり災難が降りかかるんだ」

「それで商工観光課の目黒っていう人に、十五年前のことをよく知っている人を見つけておいてほしいって頼んであるんだ。月曜日に目黒さんに会いに行くんだが、一緒に行くかい？」

「もちろん行きますよ」と語気荒く言う。

「前から思ってたんだが、牛馬童子のことになるといやに熱くなるな」

「そりゃあ、そうですよ。牛馬童子は熊野古道の目玉スポットですからね。許せないですよ。いたずらにしては悪質過ぎる。まあ、僕も鈴木さんに言われるまでは、そんなに人気のあるものだとは知らなかったんですがね」

「署名入りの記事も出たしな。もちろん竹内さんにも見せて大いに自慢したんだろう」

鳥羽は顔を赤らめて、「いや、そんなことは」と言葉を濁し、そそくさとドアの向こうに消えた。

「なるほど」と浅見は笑った。

部屋の明かりを消し、床に敷いた布団に入ると電気スタンドを引き寄せた。

ノートは、義麿が森高教授の見舞いに行った日のことだ。

先生は前にお目に掛かつた時よりも、いくぶんお元氣になられたやうだ。僕が持參した桃を美味しさうに召し上がつて、「勉強は進んでゐるかね」と氣遣つてくださつた。

三高の受験が終はるまでは、學業に專念し阿武山の現場には來ないやうにと仰言る。地震觀測所の作業は中斷された儘だし、所長としての先生のお仕事もこれからが大變なのではないだらうか。

體調を崩されてゐる先生のお體が心配だ。僕は先生のお役に立ちたかつたので少し寂しい氣がした。

竹さんに會つてそのことを傳へた。僕と竹さんは先生の祕密を知つてしまつたことで、まるで共犯者のやうな連帶感がある。祕密とは無論、棺の中から先生が取り出したもののことだ。あれはなんだつたのだらう、とたびたび話し合つてきた。

しかし昨日はどういふ譯か怖い顏をして、「もうそのことは口にしてはいけない」と言つた。

前に、竹さんは先生になにかを頼まれてゐたが、そのことと關係があるのかもしれない。僕にはなにも話してくれないとは恨めしい。

「坊ちやん。先生はをかしくなつてしまはれた。木乃伊の祟りですわ」

竹さんが聲を震はせて言ふので、僕は、「そんな馬鹿な」と笑つたが竹さんがひどく怯える氣持ちも判るのだつた。

矢張り先生のご病氣は、人に言へない祕密を持つてしまつたことが原因なのだらう。窶れたお顏で、ぢつとなにかをお考へになつてゐる時もあれば、無理をして朗らかさを裝つていらつしやる時もある。

先生のお宅を辭去してほどなく、後ろから千尋さんが驅けてきた。

「お使ひを賴まれましたさかひに」

と、まるで言ひ譯のやうに言ふが、僕と二人きりで話をするために待つてゐたやうな氣がする。

今日の千尋さんは、水色のスカートに白いブラウスといふ洋裝だつた。半袖から伸びた細くて白い腕がまぶしかつた。

千尋さんはご自分の學校のことや友人の話をする。女學生の他愛ないおしやべりだが、僕にはひどく新鮮だつた。

別れる間際、千尋さんは急に改まつて、「鈴木さんが來はると父はほんまに嬉しさうやわ。時々來て父を勵ましてください」と言つた。

森高先生を思ふ千尋さんの氣持ちが、僕の心を打つた。
先生がお元氣になるためだつたら力を惜しまない、と僕は約束して千尋さんと別れたのだつた。

敢(あ)えて坦々と書いているが、千尋へのほのかな恋心が行間から滲(にじ)み出る。この日以降も約束どおり義麿は、たびたび森高家を訪れ時を過ごしている。

阿武山古墳のミイラについて、あれほど熱心に書いていたが、その後はぱったりと記述がなくなっている。

浅見は不思議に思って、この年のことを調べてみると、「木乃伊の埋葬」の翌月には室戸台風が京阪神を襲い、翌年には天皇機関説事件が起きている。天皇機関説を唱えた美濃部達吉(みのべたつきち)は大学を逐(お)われて議員を辞職している。

この頃から日本は、第二次世界大戦への道をまっしぐらに歩んでいく。そんな世相の中で、埋め戻されたミイラのことは忘れ去られていったのだろう。

次第に千尋との仲は親密になり、ノートの内容も千尋のことが増えてくる。それは微笑(ほほえ)ましい初恋の日々で、読んでいるこちらの心も温かくなってくる。

この頃の義麿少年は、大人びたものの見方や文章は相変わらずだが、いままでにない少年らしい快活さにも溢(あふ)れている。

学校での出来事や森高家の人々との、ほのぼのとした交流が書かれる中、森高教授の健康が回復し、仕事に復帰したとの記述もある。

浅見は義麿少年が少しずつ大人へと成長するさまをじっくり読んでいきたい、という欲求と闘いながら、阿武山古墳についての記述を探して先を急ぐ。

受験が終わり、善麿は地震観測所の森高教授のもとを訪ねている。

先生があまりにも意外なことを仰言るので、僕は失禮を顧みず言つてしまつた。

「そやけど、先生は受験が終はるまで、と仰言ひました。なぜ來たらあかんのですか」

僕は先生のお側で、また學ぶことができると、そればかりを樂しみにしてきたのだ。

「君のとこにも、刑事が來たんやらう？」

「はあ、來ましたけど、ずつと前のことです。最近は來てません」

「刑事が來た時に、山村教授のことを訊かれたのではなかつたかね」

僕が、「さうです」と答へると、先生は難しいお顔をなさつて、少しの間默された。

そして、「山村君が捕まつたのだよ」と唐突に仰言つた。

「え、山村先生がどうしてですか」

「不敬を働いた疑ひださうだ」

「それぢやあ古墳に關係してのことですか？」

先生は頷かれたやうだつた。しかし僕は先生の唇に浮かんだ微かな笑みに氣を取られてゐた。

「警察は君が山村君と親しかつたて思とるさうやね。私はきつぱりと否定しといたがね、氣い付けんとあかんで」

「山村先生が不敬罪にあたるやうな、何をされたんですか？」

「さあ、私にはまつたく判らへんなあ」

先生はこの話を切り上げたがつてをられるやうだつた。もつとお訊きしたいこともあつたが、僕は意氣銷沈して歸宅したのだつた。

数日後、義麿は森高教授の家に行く途中、偶然山村教授と出会う。

山村教授はひどく窶れてをられた。歩くだけで息が切れるのか、時々立ち止まつては肩で息をしてゐるその人が、山村教授とはすぐに判らなかつたくらゐだ。

天氣は雨模様で肌寒いのに、びつしよりと汗をかいてをられる。

森高教授に訊きたいことがあつたのだが、自分を避けてゐるやうでまつたく話ができない。それで、今日は訪ねたのだ、といふやうなことを息苦しさを堪(こら)え、途切れ途切れに仰言る。

「先生は、あの、警察に……」

僕は、逮捕されたのですかと訊かうとして、逮捕されたのだつたら、今ここにいらつしやるわけがないことに思ひ當たり、口籠もつた。

「さうや、取り調べを受けたんや。非道い目に合うたわ」

「不敬罪の疑ひと聞きましたけど、本當ですか」

「私にはまつたく身に覺えのないことや。誰かが讒言（ざんげん）したんやらう」

山村教授は吐き捨てるやうに言つて、ステッキに寄りかかり荒い息をした。

暗に森高先生が密告したのだと仰言つてゐるやうだが、僕は到底承服できない。確かに教授と森高先生は、阿武山の古墳を巡つての對立が新聞沙汰になるほどだつた。だからと言つて、森高先生が密告をするやうな卑劣な人物である筈はない。

多分、山村先生は森高先生に密告したのではないかと詰め寄つたのだらう。しかし森高先生は否定なされた。それでこんなに憤つていらつしやるのだ。

山村先生をこのままお一人にするわけにもいかず、僕は森高先生の家に行くことを諦めて、山村先生のお宅までお供することを買つて出た。

山村教授の家は相国寺（しょうこくじ）近くの官舎だった。森高教授とは対照的な、つましい暮らしぶりに驚くとともに、山村教授と教授夫人の人柄にも触れ、大変温厚で優しいご夫妻だと評している。

そんな山村教授が、尊敬する森高教授のことを、密告者と疑っていることがとても耐えられない、と義麿は苦しみを吐露している。

森高教授を信じたい気持ちは分かるが、やはり密告したと思って間違いないだろう。ただ分からないのは、どんな理由があって山村教授を陥れたのかだ。

鬱々とした日々を過ごした義麿だが、三高の合格発表と入学を期に少しずつ元気を取り戻していったようである。

義麿が三高に入学した年、森高教授は退官した。阿武山地震観測所の所長は辞めたが、引き続き京大で特任の教授として教鞭（きょうべん）を執ることが決まったことを、義麿は喜んでいる。

前年に鈴木家の高槻（たかつき）の土地が抹消されているが、そのことについてノートにはなにも書かれていない。義麿は親から知らされていなかったのだろう。

ノートの内容は、学校のこと友人たちとの交流、千尋との交際にページが割かれていく。合間に森高教授と交わした、主に地球物理学の話などが書き付けられ、概（おおむ）ね穏やかで単調な日々が綴（つづ）られている。

次第に戦争の影が濃くなっていく頃だろうが、義麿は自身の幸福と平和が、この先もずっと続くのだと信じて疑わなかったのだろう。ノートにはごくたまに、

滿州國皇帝陛下ご來訪。

とか、

美濃部博士起訴猶豫處分。

など社会情勢についての記述もあったが、どこか人ごとで、素っ気ない書き方に関心の薄さを感じる。もうすぐ時局が大きく変転することを、いかな神童でも気付くことはできなかったのだ。だがそれは仕方のないことだ。この先、多くの日本人が戦争の波に飲み込まれ、どうすることもできなかったのだから。

義麿もまた、この愛すべき生活が戦争によって奪われてしまうのか、と思うと先を読むに忍びない。

浅見はノートを閉じ、電気スタンドのスイッチを切った。

鳥羽と一緒に遅めの朝食をとっている時だった。真代から電話が入った。鳥羽がただならぬ様子で、相槌を打っている。

「分かりました。すぐそちらに行きます」

「どうした」

「松江さんが遺体で見つかったそうです」

「そうか……」と浅見は短く応えた。予想はしていたものの、犯人に対する憤りが湧き起こる。

松江の遺体は八紘昭建の事務所で発見されたという。

「真代さんが、すぐに来て欲しいって言ってます」

二人は無言で浅見のソアラに飛び乗った。

海南市の八紘昭建が入っているビルの周りは、すでにパトカーが到着し、警官が野次馬を制していた。

人混みの中に真代の姿を認め、近づいていく。

「ああ、浅見さん。鳥羽さん」

真代はそばにいた婦人警官を振り切るようにして駆け出してきた。

「大丈夫ですか。顔が真っ青だ」

「えらいもん見てしもた。松江さんの奥さんは気い失のうて、救急車で運ばれたんや」

松江の妻は朝になって捜索願を出すべきか、真代に電話で相談した。その時に、行き先の手掛かりが会社にあるのではないか、とどちらからともなく言った。真代も、ひょっとすると葬儀の前に会社に立ち寄ったのではないか、と思っていたので、松江の妻と二人、会社で落ち合うことにしたという。

そこで二人が見たのは、無残に変わり果てた松江の姿だった。

震えている真代に、遺体がどんな状況だったのかを訊くことはとてもできない。

だが、話の断片から想像するに、松江は何者かに殺されたようだ。

真代はこれから詳しい事情を訊かれるのだろう、パトカーに乗せられて行ってしまった。

警官たちが忙しく動き回る中に、ただ一人猫背の背中をことさら屈(かが)め、腕組みした手の一方で顎を撫(な)でている男がいた。田辺署の馬島(まじま)だった。眠そうな目でぼんやりしているように見えるが、目の奥には鋭い光を宿しているのを浅見は知っている。

「馬島さん。来てたんですか」

「ああ、ちょっと気になってな」

馬島は、そういうおまえも来てたのか、と言いたげに目を上げた。

浅見が遺体の状況を訊くと、意外にも、今のところは他殺か自殺か断定できないのだという。

「毒物を摂取したようなんだがね」

「そうなんですか。自殺と思えるようなものは見つかってますか？　遺書とか」

「そういったもんはないらしい。ま、捜査が進まないとなんとも言えんということや」

自殺ではないだろう、と馬島の目が言っていた。

「鈴木義弘さん殺しと何らかの関連があると見ているんでしょう？」

「それは私のあずかり知らんところやな。ま、知っとっても民間人のあんたに教えるはずはないけどな」

馬島は、「探偵さん」と嫌味な目つきで付け加え、知り合いの刑事でも見つけたのか、「それじゃ」と片手を上げて行ってしまった。

「三千恵ちゃんも事情を訊かれるでしょうね」

鳥羽は心配そうに顔を曇らせた。

「松江さんと会っていた男を見たのは竹内さんだけだからな。そりゃあ訊かれるだろう。まあ、人相が分かれば、案外早く捕まるんじゃないのかな」

浅見はそんなことを言ったが、心の奥ではそう簡単にはいかないような気がしていた。

帰りにコンビニで水や食料を買い込んだ。鳥羽は取材が一件あるとかで、浅見の車を運転していった。仕事の帰りに真代の様子を見てくるという。

これから誰にも邪魔されずに、義磨のノートを読めると思うと嬉しいようでいて、恐怖にも似た気持ちの昂（たか）ぶりに怖（お）じ気（け）づく。

*

見られた。

石碑の陰に隠れるようにしていたのを不審に思ったのかもしれない。丸顔の男がおずおずと近づいてきて、「あんた、どないかしたんですか?」と訊く。

「なんでもないんです。この人が有間皇子のお墓を見たい言うもんやから、案内してあげたんです」と連れは、うまく誤魔化した。

男は人の良さそうな笑みを浮かべて、「そうか。ほんなら」と踵を返した。特に疑っている様子もない。

「話を聞かれたかもしれんな」

「ちょっとくらい聞いたかて、なんのことか分からん思うわ」

「せやけど顔を見られている」

智之が男のあとを追おうとすると腕を摑まれた。

「どこ行くん?」

「あんたは、もう戻っとれ」

「せやけど、なにするつもりなん?」

「なんもせえへん」

腕を振りほどき男のあとに続いた。数歩行って振り返り、「大丈夫だ」というようにうなずいてやる。心配そうに強ばっていた頬がほころんだ。その口元が母を思い出させた。

男に追いつくと丁寧に頭を下げた。

「八紘昭建の社員さんやそうですね」

男は警戒するでもなく、「そうです」と答えた。

「私、こういう者です」

智之はいくつかある名刺の一つを取り出し、男に渡した。男は名刺を食い入るように見て、「へえ、東京の」と畏敬の混じった声で言った。

「奈佐原に土地をお持ちでしたよね」

「よくご存じですね」

「ええ、ちょっとした問題が発生しておりまして」

「問題ってなんですか？」

男は顔を曇らせた。智之は男の耳に口を寄せて低い声で言った。

「土地開発の大きなプロジェクトが発動しようとしているんですよ。これはまだ、ごく秘密裏に動いていまして、話が具体化するまでは漏れると僕も困るんです」

「せやけど、そんなことをなんで私に？」

「八紘昭建さんは社長を亡くしたばかりですよね。そんなときにこの手のトラブルが表面化すると、非常に厄介なことになるはずです。そうならないようにすぐにでも手を打ったほうがいい。私だけが持っているある情報をお教えすれば、うまく解決するはずです。もちろん、私も多少の見返りはいただきますが、そちらの会社にとってはさほどのものではないのでご安心を」

「はあ、トラブルてどんな……」

男は困惑した様子で語尾を呑んだ。

「ここでは言えません。万が一にも人に聞かれたら私の首が飛びます」

「えっ」

驚いてこちらを見上げる顔がいかにもお人好しだ。

「明日の朝八時に、おたくの会社で落ち合いましょう。仕事の話を、まさか奥さんにされることもないでしょうが、くれぐれも人に気取られないようにお願いしますよ」

男は小心そうに目を泳がせて何度もうなずいた。

＊

鳥羽の部屋に戻り、浅見は放心していた。鈴木義弘が殺され、今度は社員の松江が殺された。松江が殺されたことで、いよいよ土地がらみのトラブルに巻き込まれたのか、という見方が強くなるかもしれない。だが、浅見は少し違うような気もしていた。なにが、と訊かれれば答えようがないのだが、義弘が残した、「熊野古道」という言葉や義麿のノートが、なにか別の問題を示唆している気がする。

ノートには義麿が山村教授との親交を深めつつある様子が書かれている。しかしもっとも敬愛するのは、依然森高教授であるようだった。

社会情勢に関心の無い義麿にも、戦争の足音は否が応でも迫ってくる。森高教授と地震学の話をし、千尋への恋心を綴る合間に、「深草練兵場にて軍事教練」と素っ気ない一行のみが書かれている日もある。

国家総動員法が公布された年の四月、義麿は京都帝国大学理学部に進学する。

先生が歴史の勉強をなさつてゐたとは驚きだつた。

何に就いてお調べになつてゐるのですかとお尋ねすると、先生は少しはにかむやうなお顔をなされ、「私はあの古墳の被葬者を特定し、世間に公表するつもりなんや」と仰言つた。

私は、「あの古墳」といふのが何のことなのか、すぐには判らなかつた。

「先生、どこの古墳のことですか？」

「君は忘れたのかね、阿武山古墳だよ」

私の中に、あの山中での出來事が一氣に蘇つた。

地面から吹き上がる塵煙。白い漆喰の壁の中に収められた赤黒い棺。

金絲を纏つた黒い亡骸。

その後、押し寄せた見物人や憲兵隊。

先生と山村教授の對立。

あれほど心を惱ませた出來事を、忘れてゐたことに衝撃すら覺えた。私が忘却の彼方に追ひやつてゐた間も、先生は一人、阿武山古墳の研究をなさつてゐたのだ。

それほどの思ひ入れがあつたことに驚いたが、思ひ返してみれば、あの頃の先生は木乃伊に取り憑かれたかと思ふほど、熱中していらつしやつたし、竹さんなぞは、をかしくなられたと怯えるほどだつた。

「今の時局を考へると、大つぴらに調べるわけにいかないがね。いづれ時機がやつてくる。私はそれを待つてゐるのだよ」

先生は鋭く目を光らせ不敵な笑みをもらした。

さつき、はにかむやうなお顏をされたと思つたのは間違ひだつたやうだ。先生は被葬者の特定に竝々(なみなみ)ならぬ思ひを抱かれてゐるのだ。

「矢張り被葬者は藤原鎌足とお考へなんですか？　あの時は、新聞にもそのやうに載りましたが、古(いにしえ)の天皇の陵墓ではないかと宮内省が恐れて、早々に埋め戻すことになつたんですよね」

「そのとほりや。しかし私には鎌足の墓に間違ひないといふ確信がある」

先生の目は怖いくらゐに眞劍だつた。そして、「證據があるんや」と振り絞るやうに仰言つた。

先生は、ふつと力を抜いて、「ははは」と笑はれた。

熱くなり過ぎた、といふやうに頭に手をやり、「これは私の仕事なんや。誰にも觸れさせたない。特に彼には」と仰言つた。

彼、といふのは山村教授のことであらう。

失禮かと思つたが、私は尋ねずにはゐられなかつた。

「なんで、さうまで鎌足の墓や言ふことを證明なさりたいんですか?」

先生は懷手をなさつて、片頰に皮肉な笑ひをかすかに浮かべてをられたが、手を解いて眞顏になられた。

「鎌足の墓であるとされとるのは三箇所あるのだよ。一つは山階寺、今の興福寺だ。そして阿威山と多武峰だ。七六〇年に書かれた『藤氏家傳』には山階寺に葬つたと記されてゐるが、これはきはめて信憑性が低い。鎌足の死に關しての、もつとも古い記述は『日本書紀』にあるのだがね」と仰言つて先生は立ち上がり、書齋に向かはれた。

戻られた時には手に『日本書紀』を持つておいでだつた。

そして私に、天智八年の頁を示された。

「ここには『內大臣、春秋五十にして、私第に薨せぬ。遷して山の南に殯す』とある。つまり、内大臣は五十歳で自分の家で亡くなった。遺體を移して山の南で殯しした。といふことや。こんな風に『日本書紀』には自邸の場所も墓の場所もごく曖昧にしか書かれてゐない。しかし死後九十年も經つて書かれた『藤氏家傳』には、鎌足が葬られた場所が『山階寺』であり、自邸は『淡海之第』であるとはつきりと書かれてゐる。これは意図的に付け加へられたものと考へて間違ひないやらう。だから山階寺やとする説は除外される。残る阿威山と多武峰については、これまで、一旦『阿威山』に埋葬された鎌足の亡骸は、『多武峰』に改葬されたと傳へられてきた。阿威山の将軍塚古墳に鎌足の古廟とされてゐる所があるが、そこには石室はあるが石棺は無く、小さな祠があるだけなんや。多武峰に改葬されたのだから、そこに亡骸がなくても不思議はない。だからこれまでは多武峰こそが鎌足の墓だと私たちは信じてゐたのや。しかし阿武山の墳墓が見つかつた」

意味が判らず、私は先生のお顔を見つめるばかりだつた。

「いいかい、鈴木君。一度阿威山に埋葬された鎌足の墓は、多武峰に移葬されたのだよ。この阿威山が阿武山やつたとしたら、阿武山古墳には鎌足の遺骸はない筈や。遺骸の一部を移したのではないかといふ推測も當てはまらない。なぜなら、被葬者の體には缺けてゐる部分がなかつたからだ。それに、阿武山古墳は埋葬されたのちに、一度でも掘り返されたといふ痕跡はなかつた。盗掘されてゐない希有な事例だと狂喜したのを、私は昨日のことのやうに覺えてる。阿武山古墳が埋葬された儘の狀態を、我々は見ることができたのだよ」

「歴史書に書かれてゐた阿威山が、阿武山であると考へることが違つてゐたのではないですか？」

先生は樂しさうに唇を曲げて、喉の奥でお笑ひになつたあと、「では、阿威山は阿武山であつたことを檢證してみよう」と仰言つた。そして、先生は見事な論法で阿威山が鎌足の墓とされてしまつた理由を説明してくださつたのだつた。

先生は理路整然と、しかし時には祕めた情熱を迸らせるやうに語つた。長い年月の閒に變遷（へんせん）する地名とそれにまつはる人々。營々たる人閒の營みに思ひを致す時、學問の垣根を越えて歴史を學ぶ意義を知るのではないだらうか。

鎌足の墓の場所をなぜ證明したいのかといふ私の問ひに、先生は答へては下さらなかつた。しかし今となつては、それは些細なことである。

先生の長い説明を伺つて、私もまた阿武山古墳の木乃伊が藤原鎌足であることを世に知らしめたい、といふ強い思ひに囚はれた。

私も先生同樣、鎌足の木乃伊に心を奪はれてしまつたのだ。

淺見は思わず、「おい」と声を上げた。なぜ阿威山が鎌足の墓とされ、鎌足が埋葬された阿威山はなぜ現在の阿武山であったのか。これからその説明があるのだと、思わず前のめりになったところだった。それを義麿はまるまる割愛してしまったのだ。

ページの先をざっと見てみたが、やはり森高教授の説明に関する記述はなかった。腰を据えて読むつもりが、思わぬところで躓いてしまった。

森高教授からどんな説明を受けたのか、それを知らなければ、この先、膨大な量のノートを読み解くことはできないのではないだろうか。地球物理学を学んでいた義麿が、考古学に転向するきっかけはここにあるはずなのだ。

時計を見ると五時を少し回ったところだ。図書館はそれほど遠くなかったと思う。無駄足になることを覚悟で出かけることにした。

田辺市立図書館はガラス張りのロビーが美しい近代的な建物だった。入り口の掲示によると、今日は夜の七時半まで開館しているらしい。

レファレンスカウンターで、鎌足の関係の本を探していると告げる。

「それと阿威山古墳群と阿武山古墳についても詳しく書かれた資料を見たいのですが」

図書館員の女性は、「鎌足のどのようなことをお調べになりますか？」などと浅見に二、三質問する。

「墓の場所についての考察とか、そんなところです」

女性は浅見の要領を得ない返答にも、感じのいい受け応えをしながらパソコンになにか打ち込み、次々と本をリストアップしているようだ。

「こちらの本は開架書庫にございます。残りは書庫にありますので、お持ちしますね」

礼を言って十冊ほどの本を選び出し、閲覧用のテーブルに積み上げ順に調べていく。

閉館までに全部目を通さなければならないので、のんびりしてはいられない。浅見は田辺市民ではないので、時間切れになっても借りていくことはできないのだ。

一冊目は鎌足ゆかりの地について詳しく述べているものの、墓については場所が明らかでないのは不可解なこと、と書かれているだけだった。

二冊目に手を伸ばしたとき、司書の女性がブックワゴンを押してやってきた。ワゴンには二十冊ほどの本が載っている。軽くめまいがしたが、「よし」と心の中で気合を入れ、本を開いた。

閉館の時間までにどうにか、必要な資料がコピーできた。阿威山と阿武山の位置が分かる地図と、鎌足と縁(ゆかり)のある寺社の資料も手に入れた。

鳥羽の部屋に戻る途中、コンビニの看板が目に入った。浜屋でゆっくり食事をとって英気を養いたいところだが、なにぶん時間が惜しい。一刻も早くコピーした資料を精査して、義麿が森高教授から説明された内容を推測する作業に入りたい。

飲み物と夕食を適当に選んでレジで会計を済ませ、急ぎ足で帰途についた。

通信部の部屋に入るなり、味わうこともなくコンビニ弁当を掻(か)き込んで腹に収めると、猛然と資料を読み始めた。


夜の十時を過ぎていた。鳥羽は今夜遅くなるとは言っていたが、まだ帰れないのか、と訊くために電話を掛けた。

「先輩、なんですか？」

電話の向こうで真代と三千恵の話し声が聞こえる。

「おまえ、仕事じゃなかったのか？」

「ええ、まあ早めに切り上げて、今、鈴木さんのところにいるんですよ」

「こんな遅くまで、迷惑じゃないのか」

つい尖(とが)った声になる。

「三千恵ちゃんがご馳走(ちそう)を作ってくれましたんで」

真代を元気づけるために食事会を開いたのだろう。

「じゃあ、もう帰ってくるんだろ？」

「え、いや、そうですね」

「なんだよ、早く帰ってこいよ。いつまでもお邪魔していちゃ悪いだろう」

「先輩のことを呼ばなかったから拗ねてるんですか？」

「ばか、そんなんじゃないよ」

話したいことがあるから、急いで帰ってこいと念を押して電話を切った。

鳥羽は、二十分ほどで帰ってきた。

「松江さんの死体を見たことで、かなりのショックを受けてましてね」

真代の様子をそう説明する。

「松江さんの奥さんは救急車で運ばれたというけど大丈夫なのか？」

「一晩入院するそうです。ご主人の遺体を見れば倒れるほどショックを受けるのは当たり前なんですがね、松江さんの遺体の状況がかなりひどいらしいんです」

真代が、ぽつりぽつりと話したことによると、松江は両目、両耳、鼻、口から血を流し、相当に苦しんだのか首と胸には掻き毟ったあとがあったという。なによりも忘れられないのは松江の苦痛に歪んだ顔なのだそうだ。

「鈴木さんもかなり辛そうでしたけど、三千恵ちゃんがいてくれるから大丈夫って、最後は笑顔も見せてくれました」

「松江さんのことで、なにか分かったことはあるのか？」

「ないですねえ。毒物による中毒死というだけで。あと、自殺の線は消えそうですね。毒物が入っていたものが見つからないので、犯人が持ち去った可能性があるようです。それから義弘さんの携帯の通話記録を調べた結果が分かりました。相手の分からない怪しい通話は、義弘さんが遺体で発見される前日までに、公衆電話と携帯電話とで数回あったそうです。携帯はプリペイドのもので、契約者を特定中だということです。その電話は八紘昭建にも掛けていたようです。義弘さんは電話を掛けてきた相手と会っていたと考えて間違いないようですね」

「そうか」

「なんですか先輩。その気の抜けたような返事は。捜査の状況が聞きたかったんじゃないんですか？」

「いや、聞きたかったさ。そりゃあ当然だ。だがね、おれの話を聞いてくれ」

浅見はテーブルの上に散乱している資料や、自分が書き殴ったメモを掻き集めた。

「なんですかこれは」

「阿武山古墳は鎌足の墓だと但馬（たじま）さんが言っていただろう？」

「ああ、高槻市（たかつきし）の歴史館の館長さんですね。そんなこと言ってましたっけね」

「あのとき、何十年も経ってからその証拠が発見されたとか言ってなかったかな。それでようやく鎌足の墓だという説がほぼ確定したって言ってたよな。だけど、このノートを義麿さんが書いたときには、もう分かってたんだ。どうだ、すごいだろう」

「そう言われましてもねえ。なんのことだか」

「そうか、おまえはノートを全然読んでないんだったな」

浅見はノートの概略を話した。鈴木義麿が森高露樹という京大理学部教授に弟子入りし、阿武山古墳を発見した経緯。その後、義麿は京大に入学するが、森高教授はどういうわけか阿武山古墳の被葬者を公表することに熱中している。

「それで森高教授は、なぜ阿武山古墳の被葬者が鎌足であるかを、義麿に説明するんだが、義麿さんはその説明をすっかり省略してしまっているんだよ」

「それで先輩が調べたってわけですか？　で、分かりましたか？」

「うん。たぶんこうじゃないかというところまで突き止めた。今でこそ、阿武山古墳は鎌足の墓である可能性が高いと言われているが、当時はそうでもなかった。そんな時代に森高教授は鎌足の墓だと確信を持っていたんだ」

「へええ、すごいですね。さすがに神童と呼ばれた義麿さんが尊敬する先生ですね」

「な、そうだろう」

浅見はまるで自分が褒められたかのように胸を張った。

「鎌足は最初阿威山に埋葬されたが、のちに多武峰に改葬された。だから墓は多武峰にあるのだと、おれも信じ切っていた。今も阿威山古墳群には将軍塚古墳というのがあって、そこが鎌足の墓だとされている。しかし、これまで阿威山に埋葬されたと言われていたのは、実は阿武山だったんだよ。だけど『三代実録』にある多武峰の墓についての記述は」

「先輩、サンダイジツロクってなんですか？」

浅見はコピーした資料をひっくり返し、中から一枚を見つけると読み上げた。

「三代実録は、平安時代に編纂された日本の歴史書である。天安二年、八五八年の八月から仁和三年、八八七年八月までの三十年間を扱う、だそうだ。この中で多武峰の墓について書かれているのは、天安二年と、八七七年の元慶元年、元慶八年なんだが、鎌足の名が見えるのは、天安二年だけなんだ。そこには『贈太政大臣正一位藤原朝臣鎌足』と記されている。元慶元年と元慶八年にはそれぞれ、『贈太政大臣藤原氏』『贈太政大臣正一位藤原朝臣』となっている。藤原氏で最初に正一位を追贈、つまり死後に官位を贈ることなんだが、追贈されたのは藤原不比等なんだよ。だけど後世の人が、鎌足こそが藤原氏の第一位の先祖であるとして、鎌足の名を付け加えたんだ」

「はあ、ということは」

「ということは、多武峰にある墓は鎌足のものではないということだ。不比等のものではないかともいえるが、それははっきりしていない」

「あ、それで阿武山古墳が鎌足の墓だと断定されたわけですね」

「まて、結論から言うとそうなんだが、その結論が出るまでの過程がすごいんだ」

それを知ったとき、浅見は自分でも驚くほどに感動した。実は鳥羽にその話をしたくて、早く帰ってくるようにと急かしたのだ。

「阿威山の墓が初めて史料に登場するのは、一一九七年に著された『多武峯略記』なんだ。唐に行っていた鎌足の長男、定慧が帰朝して不比等に訊くんだよ、父の墓はどこか、とね。不比等は、『摂津国嶋下郡阿威山ナリ』と答える。だけどこれは嘘っぱちなんだ。定慧は鎌足の存命中に日本に帰ってきているんだから。じゃあ、なぜここで突然、阿威山という地名が出てきたのか」

藤原氏の中では、鎌足の墓は阿威山にあるという話が伝承としてあったのではないか。阿威は鎌足の別業、つまり別荘があった地であるから、充分にあり得る。だが、墓の場所は正確には知らなかった。

「それで阿威山と阿武山を間違えたんですね」

鳥羽は早く結論を言えとばかりに、眠そうな目を無理にこじ開け、浅見を促すように見た。

「古代、大阪の三島には鎌足の別業があるとされている。『日本書紀』にも鎌足が、『疾を稱して退でて三嶋に居り』という記述があるから、三島郡に鎌足の地盤があったことは間違いないんだ。『記紀』には藍野という地名が見えるが、これは富田台地を中心に芥川から安威川にわたるこのあたりをさす」

浅見はカラーコピーした地図を広げた。

芥川と安威川は阿武山の両側から蛇行して、淀川に流れ込んでいる。阿武山の北側には奈佐原丘陵も見える。

奈佐原といえば、鈴木家の土地があった場所だ。海南市に拠点のある鈴木家が、この地に土地を持ったのはどういう経緯があったのだろう。今となっては知る術もないだろうが、なんとなく奈良で政治と関わりながら三島に地盤のあった鎌足と重なるものがある。

「大宝律令の施行で、三島郡は島上郡と島下郡に分かれた。島上郡のほうは郡衙、つまり役所だ、これが整備されて『郡家』という地名が定着して、もともとあった藍野という呼び方が払拭される。一方で島下郡は安威川や阿為神社が残って、そのまま『あい』という呼び名で推移した。島上郡にあった山は、もともと阿威山と呼ばれていたはずだが、島上の地から『あい』という呼び名が消えていく中で、山の呼び名も変わっていったと考えられる。『扶桑略記』には陽成天皇が、安部山で狩りをするために島下にある藤原家の家を御在所としたという記述がある。阿威山は安部山となり、そして阿武山となったんだよ」

「なるほど」

鳥羽は少し目が覚めたようで、テーブルの上の地図や散らばったコピーを手に取ってうなずいた。

「ここでさっきの話に戻るんだが、『三代実録』には鎌足の墓は多武峰にあるとされている。これはさっきも言ったように間違いなんだが、これを鵜呑みにして多武峰に遺骸を移したのが藤原兼実なんだ。しかも阿威山の場所まで間違えてしまった。島下郡にある、安威と呼ばれる地の丘陵墓を鎌足の墓と誤認してしまったんだよ」

では、阿威山の将軍塚はだれの墓なのかという疑問も残るが、夜も更けてきたことだし、それは別の機会に調べることにする。

「どうだい。森高教授はこんなふうに義磨さんに説明したんじゃなかったのかなあ」

「そうかもしれませんね。で、僕はもう寝ていいですか？」

「おい、なんだよ。こんなにわくわくする話はないだろう。それともおれの説明がまずかったのか？」

「いえ、確かにちょっとは興奮しましたよ。でもどうしてそこまで、鎌足の墓にこだわるのか理解できないですね。僕は先輩が熱狂しているのが不思議なんですよ。どうしちゃったのかなって」

鳥羽の言葉にはっとした。我に返ったと言っていい。

鳥羽に言われるまで、自分が異様に熱中していることに気付いていなかった。森高と義磨が心を奪われてしまったように、自分も鎌足のミイラに心を奪われてしまったのかもしれない。義麿のノートを読むことによって、古墳発見の、あの瞬間を追体験したということだろうか。石室から吹き上がったガスの臭いを浅見も嗅いだような気になっていた。

「鎌足のミイラに取り憑かれたかな」

「先輩、大丈夫ですか？　ミイラだけに魅入られたってことですかね」

鳥羽の冗談に付き合う気にもなれず黙っていると、鳥羽は、「すみません」と頭を下げた。

「だけどノートを読んだって、義弘さんや松江さんを殺した犯人が分かるわけじゃないでしょう」

「そりゃあそうなんだが、義弘さんがノートを宮司に託したのが、死のわずか半月前だったというのが気になるんだ。義弘さんになんらかの予感があったのではないかとね」

「その予感のヒントがこのノートの中にあると？」

確信があるわけではない。読み進めていっても、時間の無駄かもしれない。しかし読まずにはいられないのだ。義麿がノートを通して過去から呼びかけてくる。そんな気がしていた。

「僕はもう寝ますけど、先輩も寝たほうがいいですよ。なんだか疲れた顔してますよ」

「いや、おれはもう少し読んでから寝るよ」

鳥羽が気味悪そうにこちらを見ているが、目が冴(さ)えて眠れそうになかった。

布団に腹ばいになりノートを開く。

浅見はたちどころにその世界に引き込まれていった。

地震学についての話は姿を消し、森高教授との会話は考古学に終始していた。考古学への興味が次第に熱を帯びていく書きぶりに、浅見は危うさを感じないわけにはいかなかった。

前に借りてあった『昭和史全記録』を見てみると、二人が考古学に熱中していたこの年は、日独伊(にちどくい)三国同盟が結成され、国民生活への締め付けは次第に厳しさを増していた。そんな中でこの師弟は、専門の研究はそっちのけで、喜々として考古学の研究にいそしんでいた。

しかし師弟の間に、微妙な亀裂が生まれ始める。

先生は以前からお判りになつてゐたはずだ。

それを今になつて、いけないと仰言るのは納得が行かない。

どうやら義麿は、たびたび山村教授に教えを請うていたようだ。山村教授からは、何度も考古学をやらないかと誘われていたのを、いよいよ本格的に山村の下で考古学を学ぶことに決めたのだ。

　それを森高に報告すると、森高は首を縦に振らなかつた。山村に対する屈託ばかりでなく、義麿を手放す寂しさも感じていたのだろう。それほど義麿は優秀であり、人間的にも魅力ある学生だったのだ。

　私が何度も意を盡くして先生に御説明申し上げた結果、やうやくお許し戴くことができた。

　學科は變はつても生涯、先生の弟子でゐさせて下さい、と申し上げた時には涙が出て來た。先生は、「分かつた」とだけ仰言つて、それきり默つてしまはれた。

　先生は多分、判つておいでなのだ。私が先生に抱いてゐる氣持ちを。

　先生への尊敬と感謝の念は變はらない。

　まだ中學生だつた私を、まるで一人前の大人のやうに扱つて下さり、澤山のことを教へて下さつた。

　先生のすべてが私の尊敬の對象だつた。

　しかし先生は變はつてしまはれた。

　鎌足の墳墓を見つけて以來、どことなく人格に歪みのやうなものを感じ、時々恐ろしくなるのだ。

　表向きは、鎌足の墓を科學的に調査する場合、考古學をやつてゐなければ、あの時のやうに蚊屋(かや)の外に置かれてしまふからといふ理由だ。

しかし本當の所は、先生と距離を置きたいのだ。

私は人でなしだ。大恩ある先生を裏切つた鬼畜なのだ。

義麿は青年らしい潔癖さで、必要以上に自分を責めた。

しかしこれはそれなりに訳のあることのようだ。これまでも千尋は、数回ノートに登場するのみだったが、その記述の中にも、二人の仲が順調に進展し、結婚まで考えるようになっていたことがうかがえる。その千尋に手酷(てひど)く責められたのだ。

こつそり話を聞いてゐた千尋さんが、先生のお宅を出た私のあとを追つて來た。

「ひどいやないですか。あなたは父を裏切らはるんですか」

千尋さんは目に涙を溜め、私に詰め寄つた。

こんなに近くで千尋さんの顔を見るのは久しぶりだつた。

私は日頃、自分が國民服を着てゐる姿が恥づかしくてならなかつた。友人達から柔(やわ)なと評される私の顔には、どうもこの無骨な服が似合はないのだ。眞剣な話をしてゐる時に、考へることが着る物のことだといふのが情けないが、今日の千尋さんはもんぺ姿である。婦人はもんぺを着用する人が増えて來た。しかし千尋さんにもんぺは似合はないだらうし、着ることもないだらうと思つてゐたのだ。だが美しい人はどんな格好をしてゐても美しいのだと、千尋さんの嚴しい言葉を聞きながら變なところに感心してゐた。

　しかし、この時世に未婚の男女が二人きりで往來を歩けば、非國民との非難を浴びるのは必至である。私は人通りの少ない路地に千尋さんを誘つて、なんとか千尋さんの氣持ちを落ち着かせようとした。

「私は決して先生を裏切るのではありません。先生の御恩に報いるために考古學をやるんです」

　しかし私の言葉は虛しく嘘を重ねるだけだつた。千尋さんはそれを見抜いたのか、なほも激しく言ひ募る。

「考古學を勉強しはるんやつたら、山村先生のとこやなくてもええやないですか。お父様が一番嫌うてはる人のお弟子にならはるなんて非道すぎやわ」

　千尋さんが納得するやうな言葉を掛けることなぞ私にはできないことは分かつてゐた。私自身ですらこの氣持ちにどう折り合ひを付けていけばいいのか判らないのだ。先生を尊敬する氣持ちと、お側に居ることが難しい程の恐れ。この恐怖心はどこから來るのだらう。先生は私に何かを隱していらつしやる。そんな疑ひが餘計に不信感と恐怖につながるのではないだらうか。

　私が苦しんで居た時、山村先生にお會ひすることは救ひだつた。先生の考古學へ向ける純粋な情熱にどれほど勇氣を戴いたことだらう。

次の一行が線で消されていた。

思へば森高先生も以前は研究者としてだけではなく、人間的にも尊敬できる人だった。

そして次の行には、抑えがたい感情を吐露するように、

私は森高先生を尊敬申し上げてゐる。その氣持ちはこれからも變はらないだらう。いつか必ず森高先生と一緒に、阿武山古墳が鎌足の墓であることを證明してみせる。

と書かれていた。

このあと義麿は考古学講座に移籍した。敢えて感情を押し殺すように、事実だけが書き留められる日がしばらく続く。

昭和十六年四月、千尋が花嫁修業をやめて、奈良女子高等師範学校に入学する。それに対する義麿の感想のようなものはない。だが、なにも書かれていないことで、かえって義麿の心の傷の深さが分かる。

千尋が奈良に行ってしまい、義麿は森高とも疎遠になってしまったようだ。

日本は米英に宣戦布告をし、太平洋戦争が始まった。日本国じゅうが騒然としている中、それとは逆に義麿の日常は、これといった出来事もないまま過ぎてゆく。

そんなとき、山村教授が特高警察に逮捕されたという報せ(しらせ)が学内を揺るがせた。社会主義思想を学生に広めようとした、とか不敬な発言があったとかいう噂(うわさ)だが、誰も

実際に聞いた者はいないようだ。

義麿の心痛はひと通りではなく、行間から山村への気遣いと思慕の念が伝わってくる。義麿が親しくしていた友人が海軍予備学生の試験を受けたことを寂しげに書いている。長期の休みには海軍の研修に行ってしまうし、そうでなくてもなんとなく話が合わなくなったようだ。

この頃義麿は、憂鬱な毎日を送っていたようだ。ノートにはしきりに寂しいという文言が見える。

そんな義麿に追い打ちをかけるように、山村が獄中で死んでしまう。自殺だという噂に義麿は、あり得るだろう、とひと言書き添えている。

義麿が第三高等学校の受験を終えた頃にも、山村教授が特高に拘束されたという出来事があった。そのときは取り調べだけで済んだが、精神的に堪えた様子が書かれていた。森高が密告したのではないかと、山村は疑っていた。

今回は森高の密告云々についてはなにも触れていないが、当然、義麿も疑っていることだろう。よほど衝撃を受けたのか、このあと一週間程ノートへの記載はない。

記載が再開されても、辛い出来事を避けるように、日常の細々としたことが書かれている。

浅見はさすがに疲れを感じてノートを閉じ、電気スタンドのスイッチを切った。

切れ切れの夢を見ていることに気が付いて、あっという間に眠りに落ちたことを知った。

夢の中で義麿は千尋に会っていた。奈良の田舎町なのか、青々とした稲に埋め尽くされた田んぼの畦道（あぜみち）を二人は歩いていた。こんもりとした緑濃い山の向こうに、白い雲が湧き上がっている。二人は幸福そうに笑っていた。戦争の影はこの地までは追ってきていないようだ。

浅見はこの夢がこれから起こる出来事のように思えて安堵（あんど）し、深い眠りについたのだった。


日曜の朝だというのに電話の音で起こされた。それほど早い時間ではない。鳥羽はまだ眠っていた。

「おはようございます。目黒です」

寝ぼけた頭に、目黒という名前がぴんとこない。

「あ、ええっと」

「商工観光課の目黒です。十五年前の牛馬童子の事件のことで……」

「ああ、そうでした」

まさか日曜日に電話をもらうとは思っていなかった。

「あの事件をよく知っている人を探したのですが、なかなかおらんのです。みなさん新聞に載った程度のことしか分らへんと言うんです。そやけど、一人だけおりました。もう退職した人なんですが、よろしいでしょうか」

「ええ、それはもう。お話ししてくださるかたでしたら」

「当時、商工観光課の課長だった人です。市内に住んでまして、電話したらいつでもどうぞ、と、そこのお嫁さんが言ってくれてたんです」

「お嫁さんがですか？」

「はい。芳沢勝(よしざわまさる)さんって方なんやけど、実を言いますと何年か前にご病気なさって、その、記憶のほうがあんまり……」

浅見が絶句していたからだろうか、目黒は慌てて付け加えた。

「そやけど、警察との窓口が芳沢さんだったんで、他の人が知らないことを見聞きしてるかもしれまへん。それで、月曜日にお会いした時に言おうと思ってたんですけど、さっき芳沢さんのお嫁さんから電話がありまして、今日は調子がええんで、話やったら今日したらええと言うもんで」

目黒は芳沢の住所と電話番号を教えてくれた。

起きてきた鳥羽に教えると、「そうですか」と不満げな声を出した。

「ま、とにかく行ってみよう。今日は調子がいいと言ってるんだから、いろいろ思い出して話してくれるかもしれない」

二人は交代でシャワーを浴び、朝食とも昼食ともつかない食事をして出掛けた。

「記憶のほうに問題がありそうな人が、十五年前のことを覚えていますかね」

助手席の鳥羽は、無駄足になりそうな予感がするのか機嫌が悪い。

「昔のことはよく覚えているって言うじゃないか。ま、行くだけ行ってみよう」

「先輩は十五年前の事件と、今回の事件は関係があると思っているようですね。僕は無関係だと思いますがね」

「おれも関係があるかどうかは分からないがね、どうも気になるんだ。なんで牛馬童子で、なんで首なんだろうってね。前はバス停に置いてあって、今回は埴輪（はにわ）群の中だ。この、訳の分らなさが、どうしても気になるんだよ」

芳沢の家は田辺市の中心部からは少しはずれた山側にあった。古くから住んでいる住人の家と、こぢんまりとした建売住宅が混在している地域だった。大きなショッピングセンターがあるかと思えば、昔ながらの雑貨屋もあるという具合に、新しいものと古いものが不思議なバランスで共存していた。

いかにも先祖代々ここに住んでいる、といった古色を帯びた家だった。お嫁さんらしき、五十歳くらいのふくよかな女性が出てきて、「ついさっき、お昼寝してしもたんです」と言った。

浅見と鳥羽は中で待たせてもらうことにする。

嫁の芳沢秋子は、冷たいお茶を出しながら、いつも三十分もすれば目が覚めるのだと言った。

「なんや、牛馬童子さんのことを訊くとか。目黒さんから電話がありましたけど、東京から来た名探偵さんやそうですね」

「そうなんですよ。これまでも数々の難事件を手がけているんです」

浅見は鳥羽をたしなめようとしたが、そういうことにしておいたほうが秋子の協力を得られやすい気がして黙っていた。名探偵などと、目黒に吹き込んだのは馬島刑事だろう。そのときの馬島の皮肉な顔が浮かんで、浅見は小さくため息をついた。

「ついこの間、牛馬童子の首が盗まれたんですがご存じですか？」

「ええ、ひどいことする人がおるんやねえ」

「十五年前にも同じような事件がありまして、そのときのことを伺いたいんです。芳沢さんは商工観光課の課長さんだったそうですね」

「十五年前いうたら、ちょうど退職する年と違うやろか」

芳沢秋子は気さくな人柄で、こちらから訊かなくてもいろいろと話をしてくれる。

芳沢勝は退職の年に体調を崩し、最後まで勤め上げることができなかったのだという。有給休暇を消化してそのまま退職し、一ヵ月ほど家でぶらぶらしていたが、趣味の釣りを再開するとみるみる元気になった。三年前までは近くのスーパーで駐車場係をしていたが、転んで怪我をしたことがきっかけになったかのように認知症を患い、今に至るのだそうだ。

「いい日もあるんやけど、ご飯の食べ方忘れたりする日もあって、日によっていろいろなんですわ。今朝は、まあええほうやったんですけどなあ。若い頃から信心深こうて、近くの祠の掃除を毎日欠かさずやるような人なんですよ。いくら信心深こうても、神様は贔屓してくれんのですね」

秋子の話は尽きず、勝の病状などをこと細かに教えてくれる。

「あ、おじいちゃん、起きたみたいですわ」

さすがに長年介護しているだけあって、浅見には聞こえない物音を聞きつけて立ち上がった。

奥の部屋から、勝の歩行を助けながらやってきてソファーに座らせる。

「おじいちゃん、こちら東京から来られた探偵さんやで」

勝の濁った目に一瞬、光が生じた。

「おじいちゃんは、テレビの刑事ドラマが大好きなんですわ」

秋子は、「なあ、好っきゃよね」と巧みに話しかけ言葉を引き出す。

勝もだんだんと楽しげな顔になってきて、ついには昨日見たドラマの話を始めた。

「あんなきれいな探偵て、おるんやろか。ねえ」

「おじいちゃん、あの人は探偵ちゃうで。カンサツカンやカンサツカン」

「ああ、そやったな」

とうなずくが、本当に分かっているのか疑問である。

「あんた、犯人捕まえたことあるん？」

「いや、直接捕まえたことはないですね」

「ピストル持ってるんやろ？」

「ははは。持ってないですよ」

「わし、ピストル撃ったことあるで」

「ええっ、本当ですか？」

「子供のときや言うてるけど、なんや勘違いしてるんやと思うで」

「ほんまや。進駐軍のピストル撃たせてもろたんや」

「そやけど、いくらおじいちゃんの子供の頃やて、もう進駐軍はおらんやろ。誰かの話とごっちゃになってるんやわ」

「ですが、昭和二十七年までは日本はアメリカの占領下にあったわけですし、ありえないことではない気がしますが。あるいは、米軍基地でピストルを撃たせてもらったのかもしれませんね」

「そうや。そうや」

勝は嬉しそうに浅見にうなずいて見せた。

「おじいちゃん。浅見さんのこと気に入ったみたいやね」

「ところで芳沢さん。十五年前のことなんですが、牛馬童子の首が盗まれましたよね。覚えておいでですか？」

勝の顔から笑みが消えて、なにかを探すように視線を彷徨わせている。

「熊野古道の」

「ええ、そうです。熊野古道の牛馬童子です」

「あれの、首が」

勝は、大きく身震いすると目を伏せた。なにか大きな悲しみに耐えているようだった。

「ああ、恐ろしいこっちゃ。ひどい目に遭おたんや。可哀想に」

「誰がひどい目に遭ったんですか」

勝は涙をこぼし、悲しげに首を振った。

浅見は助けを求めて秋子を見たが、秋子も意味が分からないようで力なく首を振った。

「牛馬童子の首がどうして盗まれたのか、ご存じないですか？」

「言挙げしたからや」

「コトアゲ……といいますと？」

勝はぶつぶつと口の中で何かをつぶやいている。

「あかん。あかんちゅうたのや」

なんのことか問いかけても、勝の言葉は不明瞭な音となって低く続くばかりだった。

鳥羽が気を利かしてスマホで「コトアゲ」を調べてくれた。

「『ことさら声に出して言い立てること』だそうです。柿本人麻呂が詠んだ歌があります。『葦原の瑞穂の国は』……」

「ああ……」

勝が突然顔を上げた。

「葦原の瑞穂の国は神ながら言挙げせぬ国」

打って変わってはっきりした口調で、柿本人麻呂の歌を詠み切ったかと思うと、濁った目を彷徨わせてうつむいてしまった。

「言挙げしたから、とはどういうことですか？　誰がなにを言挙げしたんですか？」

しかし勝は辛い記憶から逃れるように、不透明な自分だけの世界に戻っていった。

「おじいちゃん。テレビつけよか？　え？　なに？」

勝はもぐもぐと口を動かしている。

「寝るて？　あかんよ寝たら。夜に眠れんようになるさかい」

秋子はテレビをつけてやり、「ほら、もうすぐお相撲が始まるから、見といてな」

とあやすように言い、浅見に、「すんまへんねえ。なんや疲れたみたいや」と言った。

「いいえ、こちらこそすみません。もし、また調子のいい日があったら教えていただけませんか」

浅見は連絡先を書いた紙を渡した。

芳沢の家を辞去して外に出ると、勝が毎朝掃除をしていたという祠を見に行った。

秋子に教えられたとおりに数分歩くと住宅街が切れ、山の斜面が見えてきた。そこに小さな祠がある。周りの雑草はきれいに抜かれている。勝が掃除をしなくても近所の誰かがやっているのだろう。

どんな神様を祀っているのか分からないが、鳥羽と二人、並んで手を合わせた。

「なにがあったんだろうな。あんなに怖がって」

鳥羽はまたスマホで何かを調べている。

「言挙げなんですけど、神にのみ許された行為だって書いてあります。『言葉に呪力があると信じられた上代以前には、むやみな言挙げは慎まれた』そうです。それから柿本人麻呂の歌には続きがあって、『然れども言挙げぞ吾がする　事幸く真幸くませと』と続くのですが、どうやら遣唐使に旅の無事を祈る歌らしいですね」

　と鳥羽は胸を張って説明し、浅見の言葉を待っている。しかし浅見も言葉の意味や歌の意味が分かったところで、なんとも答えようがなかった。

「日本は神の意志によってすべてが動いているからといって、旅の無事を祈るのも、神様に遠慮してたんですね。昔は」

　鳥羽は納得がいかない、というように首を捻る。

「誰かが、神の意志に背いて何かを言ったために、ひどい目に遭った。つまり祟りのようなことかな。十五年前、牛馬童子の首が盗まれたときに、そういうことがあったということだろうか」

「まったく意味が分かりませんね」

「芳沢さんが話してくれるといいんだがな。とにかく芳沢さんのお嫁さんからの連絡を待つしかないな」

　田辺通信部に戻ってもやることがないので、つい義麿ノートに手が伸びる。鳥羽は驚いたような呆れたような顔をする。渋々手を引っ込めて、見たくもないテレビを見ていた。

　風呂に入ったあと鳥羽が本を読み始めたのを機に、こちらもノートを読み始めた。

　考古学講座に移籍した義麿は、それなりに学生生活を謳歌しているようだが、文章の端々に寂しさを滲ませている。あれほど熱心だったのに、考古学に関しての記述はほとんどない。友人との交流や、戦局のことなどが書かれているだけだった。

それでも義麿の青春を、まるで自分が生きているような錯覚に陥り、時間を忘れて読み耽るのだった。


寝返りを打つと、まぶしい光で息が止まりそうになった。

鳥羽はとっくに出掛けてしまったようだ。浅見が起きられるようにとの親切心か、カーテンが全開になっている。目と首筋が重いだけでなく、疲れは全身を覆っていた。

義麿のノートに夢中になってしまい、昨夜は午前二時を過ぎてから床に就いたのだ。受験勉強もこのくらい一生懸命にやっていればなあ、とぼやきながら顔を洗い、コーンフレークに冷たい牛乳をかけて簡単な朝食をとる。

ノートが目に入るが強いて視界から外す。手に取って開いたら、また昨夜のように一心不乱に読み耽ってしまいそうだ。

こうやって明るい日の光のもとで思い返すと、なぜあんなに熱中したのか不思議なくらいだ。ノートの中に義弘氏や松江氏事件のヒントや牛馬童子の窃盗事件に関わるなにかが見つけられるような気がしていたが、なぜそんな考えになったのかすら思い出せない。

鎌足に魅入られた義麿のノートを、深夜に読んだりしたせいなのか。まるで鎌足の毒にあたったかのように、体がだるく気力も出ない。

何気なく携帯を手に取った。軽井沢の作家に電話をしようという気になる。頼まれていた熊野権現の護符のことを報告していなかったのだ。

「先生、約束どおり代参してきましたよ。お体の具合はいかがですか？　護符は送ったほうがいいですか？」

「やあ、ありがとう。具合はね、あんまりよくないんだが、わざわざ送ってくれなくてもいいよ。ところでどうだった？」

「どう、って何がですか？」

「ほら、牛馬童子の件だよ」

「ああ、それですか。盗まれた頭部は見つかりました。犯人は分からないままですけどね」

「そう、見つかったの」

内田は突然声のトーンを上げた。

「で、どんなふうに見つかったの？」

「今城塚（いましろづか）古墳はご存じですか？　あそこの埴輪群の中にあったのだそうです」

「へえ、今城塚古墳の？　で、浅見ちゃんのことだから、そこにも行ってみたんでしょ？」

「ええ、行きましたよ」

「いいなあ、病気じゃなかったら僕も行くんだがなあ」

言葉は気弱だが妙に嬉しそうだ。

「あそこはたしか、古代の祭祀場を再現した埴輪がものすごい規模で並べてあるんだったよね。で、どこらへんで見つかったの？」

浅見は、「えっ」と言ったまま絶句した。

あのとき、但馬館長に案内されて、牛馬童子の頭部があったという古墳群を見せてもらった。館長はあの辺です、と指差したが、置いてあった場所に意味があるとも思えず、漠然とその場所を確認しただけだった。

「置いてあった場所は重要ですか？」

「重要かどうかは分からないけど」

内田は、「ちょっと待って」と場所を移動しているようである。

さっきから変だと思っていたのだが、携帯がすぐに繫がったということは入院はしていないのだろう。それに下半身が不自由で入院が必要だと言っていたはずなのに、自力で歩いているようだ。

「あったあった。今城塚古墳の埴輪だけどね」

内田は書斎に移動し、今城塚古墳の資料を探していたようだ。

「ああ、なるほどそうか」

「先生、なにがなるほどなんですか。電話なんですからね、僕には見えないんですよ」

まったく作家という人種は浮き世離れしている。浅見はいつも苛々させられるのだが、向こうは悪気がないので、浅見がどんな気持ちを抱いているか頓着しない。

「埴輪祭祀場は南北十メートル、東西が六十五メートルもあるのか。これは壮観だろうねえ」

「ええ、それはもうすごかったですよ」

「で、圧倒されて牛馬童子の首がどこにあったかなんて、気にもしなかったというわけなんだね」

「なんですか、先生。僕を責めているんですか？」

浅見は、気を悪くした、という感じがよく伝わるように尖った声で言ったが、内田はまるで感じていないようだった。

「埴輪祭祀場は四区画に柵で仕切られているんだね。柵といってもこれも埴輪なんだ。そして、ふーん。なるほど」

「先生、一人で感心していないで僕にも教えてくださいよ」

「前方後円墳の後円にちかい所を一区と呼んでいる。ここは、えっーと、『私的儀礼空間』と書いてあるな。喪屋があって祭殿や器台や蓋、これは貴人にさしかける絹張りの傘のことだよ。こういうものが並べられている。あ、もちろんこれは全部埴輪だよ。それから二区と三区と四区は、『公的儀礼空間』だそうだ。二区には祭殿、甲冑、巫女。三区には、ああ、分かりやすいイラストが載ってるな。これをファックスで送ろうか。いや、そっちの図書館で見たほうがいいね。いろいろ説明も載っているから」

内田は本のタイトルを言うが、昨日、図書館で鎌足の墓について調べたばかりだ。調べ物は嫌いではないが、昨夜の疲れもあって気が進まない。

しかし内田はお構いなしに、埴輪について少し勉強しておいたほうがいい、などと言う。

「この機会に古墳や埴輪について理解を深めたいところなんですが、僕の後輩の知り合いのご主人が亡くなりましてね」

「それはまたずいぶん、遠い関係だね。それで葬式に出なきゃならないから忙しい、とかそういうこと？」

「いいえ、お葬式はもう終わったんですよ。ただ、犯人の手掛かりがまったくなくて」

「犯人って、じゃあ殺人事件なの？」

「それに被害者の会社の社員も殺されてしまったんです」

「そりゃあ大事件だなあ」

電話口の向こうで内田が低く唸る声が聞こえる。

「ま、しかし牛馬童子の件もよろしく頼むよ」

殺人事件に心動かされるものの、牛馬童子の事件はどうしても浅見に調べてもらいたいようだ。

そこで浅見は確信した。内田は最初から浅見に牛馬童子の盗難事件を調べさせるつもりだったのだ。それで仮病まで使ったらしい。護符を送らなくていい、というのがその証拠だ。

「前は、たしかバス停のベンチだったよね」

「前って、十五年前の盗難事件のことを知ってるんですか？」

「浅見ちゃんも、もうそこらへんは調べたんでしょう？　前はバス停で、今回は古墳。これはなにか意味があると考えるのが自然じゃないかなあ」

「十五年前の事件と、今回と関連があると思うんですか？」

浅見は自分自身、関連があると思っていたにもかかわらず、内田に言われるとつい逆のことを言ってみたくなる。

「牛馬童子の首だよ。あんなものをわざわざ盗むって、意味が分からないよね。そこになんらかの繋がりがあると考えたくもなるでしょう」

たしかにそのとおりだ。浅見も同じように考え、十五年前の事件を調べようとしていたが、義麿のノートに取り憑かれてしまっていたのだ。

「先生、ありがとうございます。やらなきゃならないことを思い出しましたよ」

電話を切ると、今度は鈴木真代に電話をした。

「鳥羽から聞きましたが、竹内さんがしばらく一緒にいてくれるそうですね」

「ありがたいことやわ。昼間はともかく、夜に一人やと心細うて」

「ところで、語り部の菅さんにお話を伺いたいのですが、連絡先を教えてもらえませんか」

「ああすんまへん。いろいろあったもんで、すっかり忘れてました。牛馬童子の前の事件のことやったよね」

「できれば菅さんに直接お会いしたいんですが」

真代は一度電話を切り、菅哲平に電話を入れてくれた。夕方なら家にいるそうなので、それまでの時間に図書館に行くことにする。

昨日、本を探してくれた司書が、浅見を見るなりにっこり笑った。どんな資料でも探しますよ、という意気込みに溢れている。

「今城塚古墳について調べたいのですが」

「はい」

さわやかな笑顔である。「それだけですか」というような短い間があって、浅見は思わず、「それと埴輪に関しての本もお願いします」と言った。

昨日と同じ要領で、開架書庫からメモを頼りに本を探し出す。

浅見が五冊ほど抱えて閲覧用のテーブルに置くと、司書の女性がちょうど書庫から本を持ってきてくれた。

見たところ六冊ほどだった。あまり多くなくてほっとする。

とりあえず今城塚古墳の必要なところをコピーして、但馬館長に電話をするためにロビーに出る。

「浅見です。先日はありがとうございました」

「やあ、どうしました？　犯人は捕まりましたか？」

「犯人というと、どっちの事件の犯人でしょうか。まあ、どっちも捕まってないんですがね」

鈴木義弘の会社の社員が、他殺死体で見つかった話もする。

「それはまあ、痛ましいことやなあ。ご主人が亡くなったうえに社員さんもやなんて。浅見さん、早く犯人を捕まえたってください」

真代に同情する気持ちは分かるが、捕まえるのは浅見の仕事ではない。だが異を唱えるような状況でもない。

「今日お電話したのは、牛馬童子の首が見つかった場所のことなんです。あのときはだいたいの場所を教えていただいたのですが、もう少し詳しく教えていただきたくて」

「構いまへんけど、電話で言うて分かりますやろか」

「ここに埴輪祭祀場の図を持っているんです。一区から四区まで区切られていて埴輪の配置のイラストが載っています」

「ああ、それやったら大丈夫ですね。ほんなら三区を見てください。奥から水鳥と太刀の埴輪が並んでますやろ。その前に男子の埴輪が二体あります。手前のほうには祭殿やそれより小さな入り母屋造り（いりもやづくり）の家と、寄せ棟造りの家、切り妻造りの家が並んでます。その周りに巫女たちが大勢いるのが分かりますか」

「ええ、巫女はずいぶんたくさんいますね。両腕を挙げて祈っているような巫女が一人と、捧げ（ささげ）物を持つような格好の巫女が後ろに何人もいます」

「その巫女たちは全員四区のほうを向いているはずです。方角で言うたら北西です。でもさっき言うた男子の埴輪は北東にある建物のほうを向いてんのです」

「ああ、そうですね。この絵では、一人は冠男子と書いてあります」

「その冠男子の足元に置いてあったんです」

「置いてあったんですか？」

「ええ、捨ててある、というよりはきちんと置いてありました」

浅見は礼を言って電話を切り、閲覧室に戻った。

残りの書籍に目を通し、何枚かコピーを取った。あのときは初めて見た埴輪祭祀場に圧倒されるばかりで、少しも見ていなかったらしい。

今城塚古墳の最大の特徴である埴輪祭祀場は、ほかに類を見ない規模であるというのは但馬館長からも聞いていたが、今にも抜刀しそうな武人の埴輪や、両腕を挙げて祈りを捧げるかのような巫女を見ていると、偉大な被葬者の葬送儀礼を目の当たりにしているような感覚にとらわれる。

それにしても実物を見ておきながら、図版によってそのすごさを知るとは情けないかぎりである。

空腹を感じて時計を見ると、大幅に昼の時間を過ぎていた。朝が遅かったためにこんな時間まで腹が空かなかったのだ。どこかで昼食をとって菅哲平の家に向かえば、ちょうどいい時間になりそうだ。

図書館を出て、まずは内田に電話をし、三区の冠男子の足元に首が置いてあったことを報告する。そして駅の方角に向かって歩き出した。人気のレストランにでも行ってみたいが、鳥羽に車を貸しているので、通りかかった所に入るしかない。後輩にいい格好をさせるために、こんな自己犠牲を払うとは。

『定食・ランチ』と張り紙のある店に入って、セレクトランチというのを注文する。店内は東京では考えられないほど広々としている。清潔で洒落（しゃれ）た内装に、料理への期待が高まる。

野菜や揚げ物が盛り付けられた一皿のほかに小鉢が並び、なかなかのボリュームだ。味も期待どおりで、値段も実にリーズナブルだった。

満足して店を出てタクシーを拾う。真代に教えてもらった菅の住所を告げて車からの景色を眺めた。車は踏切を渡り狭い県道を走る。古い住宅が道路の両側にぎりぎりに建っている。すぐにやや広めの道を左折した。これが国道４２４号線、熊野街道らしいが、今はなんの変哲もない片側一車線の道である。正面に低い山を見ながら、しばらく進み、大きな川に掛かった長い橋を渡る。渡り終えるときに急いで振り返り標識を見ると「会津川」と読めた。

川を渡りきり、緩い左カーブの途中で細い道に逸（そ）れて閑静な住宅街に入った。古い平屋にカーポートだけが新しい家の前でタクシーは止まった。

車を降りると、夏の日差しがまぶしく照りつけるが、どこからともなく爽やかな風が吹いてくる。

カーポートで小柄な男性が車の窓を拭いていた。

「あのう、菅哲平さんですか」

「浅見さんですか。鈴木さんから聞いてます」

菅は人なつこい笑みを浮かべて頭を下げた。

「タクシーで来たんですか。いやあ、そうと知っとったらお迎えに上がったんですが」

せっかくなので、十五年前に牛馬童子の首が置いてあった場所を案内するつもりなのだと菅は言う。

「ほんの三十分くらいの道ですさかい」

車に乗せてもらい、住宅街を抜けて山沿いを少し走り県道２０７号線に出る。どこまで行っても似たような、比較的単調な景色が続く。

真代が言うように、十五年前は現職の教員で直接関わったわけではないが、当時から熊野古道には興味を持っていたので、そのときのことはよく覚えていると言う。

「発見者はちょっと知っている人やったんです」

「ほう、そうですか。どういうお知り合いだったんですか？」

「知り合いちゅうほどやないんです。教え子のお祖父さんですわ」

「その方にお会いできますか？」

「それが、何年か前に亡くなったと聞きました」

「そうですか。それは残念です」

右手に大きな川が見えてきた。

「富田川です。富田川の中流は昔、岩田川と呼んだんです」

菅が指さすほうを見ると、鮎川王子社址という石碑が立っていた。鮎川王子は明治七年に対岸の住吉神社に合祀されたのだと、菅が説明してくれる。

車は川沿いを走っていく。時々川から離れるが、すぐにまた川の見える見通しのよい道となり、何度となく橋を渡った。

「ここのバス停ですわ」

菅はバス停の見える道路脇に車を止めた。川の向こうにある変わった屋根の建物は、熊野古道館だと菅が教えてくれる。中辺路にある十二の王子社にちなんで十二角形なのだそうだ。

「熊野古道を歩かれるときは、あそこで予備知識を仕入れたらええのです。この滝尻王子で、藤原宗忠さんが『中右記』に、熊野権現の御山の内に入る、と書いたように、ここからいよいよ熊野三山の聖域に入るんです」

滝尻王子は五体王子と呼ばれる王子の一つで、ほかよりも格式が高いのだそうだ。菅にそう説明を受けると、たしかに山の趣がこれまでと少し違う気がする。そういえば、藤白神社の前身である藤代王子も五体王子の一つだと、鳥羽が得意げに教えてくれたことがあった。そういう格式の高い神社で巫女さんをする三千恵が誇らしい、と口には出さないが顔に書いてあった。

「そこのベンチにこっち向きで」

菅はバス停に目を遣って、不思議そうに首をひねった。

「きちんと置いてあったんやそうです」

「きちんと、ですか」

ついさっき但馬館長から同じ言葉を聞いたばかりだ。今回の盗難事件と関係があるとは思えないながらも、なぜか心に引っ掛かっていたのが、ますます二つの盗難事件になんらかの関係があるように思えてくる。

「熊野詣でちゅうのは、極楽往生を遂げるための予行演習みたいなもんでした。だから儀礼的な意味で死ななあかんかったんです。そのための場所が、この富田川でした。富田川を三途（さんず）の川に見立てて徒歩で渡ることで、罪業を拭い去ることができるとされとったんです」

さすがに語り部だけあって、菅の説明は分かりやすい。

「熊野古道はここから滝尻王子までなんべんも富田川を渡りながら歩いていくことになるんです。『岩田河渡る心の深ければ神もあはれと思はざらめや』花山院さんのお歌です。岩田川を渡るときの信心が深ければ、神さんもあわれだと思わんことがあるやろか、ちゅう意味です。花山院さんは藤原道兼に騙されて天皇の位を追われ、この熊野の地にやって来られました。あの牛馬童子の像は花山院さんが熊野詣でをしはったお姿やと言われてます。ここからやと一時間くらいで行けますが」

行きますか、と訊かれ浅見は断った。これ以上菅に面倒を掛けるのは申し訳ない気もするし、牛馬童子の像なら、熊野古道を歩いてゆっくりと見に行きたい気もする。

鳥羽の部屋まで送ってもらい、冷蔵庫から冷えた麦茶を取り出して一口飲んだ。ちょうどそのとき、鳥羽から電話が入った。

「先輩、今日はちょっと戻れそうにありません」

電話の向こうからは、人のざわめきが聞こえてくる。ニュースでやっていたが、「田辺の光源氏」と異名を取った会社社長が殺された事件で、重大な警察発表があるらしい。支局勤めはのんびりしたものだと思い込んでいたが、けっこう忙しいようだ。

鳥羽が帰ってきたら一緒に浜屋にでも食事に行こうと思っていたが、仕方ないのでまたコンビニで弁当を買ってくる。

買ってきたものをテーブルに広げる。無意識のうちに夜食や飲み物をたくさん買っていた。どうやら今夜も義麿のノートを夜を徹して読むつもりらしい。

まるで人ごとのように思いながら、やはり浅見はノートを手に取ることをためらっていた。一度読み始めれば、取り憑かれたようになってしまうことが分かっているからだ。

だが食事を終えると、まるでノートから誘われたかのように手が伸びていた。

先生から突然、お呼び出しがあつて久しぶりにお宅に伺ふ。ご無沙汰してゐたお詫びを申し上げると、「いやなに、氣にすることはない。元氣さうでなによりや」と屈託無く仰言る。

どのやうなご用件で私をお呼びになつたのか、なかなか仰言らず、「つひにシンガポールが陥落したね」などと時局のお話をなさる。

奥様はどこかに出掛けてをられるやうで、家の中はしんと靜まり返つてゐた。

先生は少しお痩せになられ、寂しさが、まるで先生の皮膚に貼り付いてゐるかのやうな御様子だつた。

「君、大學に殘らへんさうやね」

「はい。家業の不動産業を繼がうと思ひます」

「山村君が死んだからかね」

私は學問に訣別する理由を先生に告げるつもりはない。

「失望したからです」などと言つてなんの意味があるだらう。

不用意な言葉で先生に誤解されるのは本意ではないのだ。失望したのは、勿論先生にではない。自分自身に失望したのだ。

私は自分をもつと強い人間だと思つてゐた。しかし山村先生に對する森高先生の恐ろしい仕打ちを目の當たりにして、平靜ではゐられなかつた。學問を放擲（ほうてき）してでも、私は自分を守らなければならないのだ。千尋さんが私を見限るのも當然だ。こんなに愚かで弱い男をあの人が愛してくれるはずもない。

千尋を失ったことで、義麿は想像以上にダメージを受けていたらしい。ノートには大学のことがほとんど書かれていなかったので、この年が卒業の年なのだと初めて分る。

默つてゐると先生は、「まあええ」と仰言つて、ふつと表情を和らげた。

「一緒に旅に出ないかね。卒業してしまへば、まとまつた休みも取れへんやらう。學生のうちにのんびりと旅行してはどうだね。私と一緒に」

「はあ」

突然のことで、なんと答へていいのか分からなかつた。先生と二人で旅行するなど、できればお斷りしたかつた。

「私と二人では嫌かね」

「いえ、そんなことは」

「奈良のはうをゆつくり回つてみたいんや。昔、よう歩いたものでね。君と一緒に行けたらええ思ひ出になる筈や」

奈良と聞いて、先生が千尋さんに私を會はせようとしてゐるのではないかと思つた。私たちが別れてしまつたことは、先生もご存じの筈だ。一度切れてしまつた縁を、先生はもう一度取り結ばうとしてくださるのだらうか。

「ご一緒させていただきます」

氣が付くと、私はさう答へてゐた。

第九章　八講祭（はっこうさい）

＊

父が死んだ日、智之は家の前の空き地で石拾いをしていた。小さなシャベルで穴を掘り貴重な石、「イブツ」を探すのだ。

「父さんは立派な考古学の学者さんなんよ」

母はそのあとにいつも、「おまえもうんと勉強して、父さんみたいな偉い人になるんよ」と付け加えた。

その仕事がどんなものか分からず、父に訊いたことがあった。

「そうやな昔々の人がどんな暮らしをしていたか、研究する仕事やな」

「昔て、父さんが小っさいとき？」

「ははは。もっともっと昔や」

「どうやってケンキュウするん？」

「穴を掘って遺物を見つけるんや」

父は智之の顔をのぞき込んで嬉しそうに笑った。

どうやらイブツは土の中にあるらしい。穴を掘って出てくるのは石に決まっている。それ以来、石集めが智之の楽しみになった。掘り出した石の泥を落とすと、思いがけず美しい縞模様が現れたりするので夢中になった。

その日、父は朝から出掛けていた。仕事で出掛けると数日間、長いときは数週間も帰らないこともあったが、母と二人だけでも寂しくはなかった。仕事が終われば、父はいつも必ず帰ってきたからだ。

だが父は二度と帰らなかった。

「見てみ、お父さんがお空の向こうに行かはるわ」

母は智之の手を握って空を指さした。

雲一つない青空の、どこを見ても父の姿はなかった。

「どこ？」

「ほら、あの白い煙や」

しかしまぶしい空があるだけで、智之にはなにも見えない。そのときに初めて、もう父には会えないのだということが分かった。せめて母の言う煙が見えたなら、この心細さが消えるのではないだろうか。その日から智之は、父に会いたくなると空を見上げ、煙を探すようになった。

ほどなくして新しい父がやってきた。母は幸福そうだった。

「なんも心配いらん。これからは、ええことばっかり起こるんや」

母の言葉を信じて、智之もこれからやってくる幸せを夢見た。もう、空に白い煙を探すこともないのだ。母に赤ん坊も生まれ、家の中は賑やかで明るかった。

だがそんな生活も長くは続かなかった。会社は倒産し、義父が自殺したのだ。名前だけの取締役になっていた母は借金を負うことになった。

借金を返しながら子供を育て、母は懸命に働いた。苦しい生活の中で智之は夢を託された。大学に進学し、智之の父のような考古学者になることだ。期待に応えみごと大学に合格した。しかしその半年後に直面したのは、最愛の母の死だった。

「智之くんやね」

見知らぬ男が、母の葬儀の日に近づいてきた。労務者風の中年の男だった。

「気の毒になあ。ええ人やったのに」

「母のことを知っているんですか？」

「ああ、知っとる。あんたのお父さんのことも、よう知っとるで」

「父って……」

「そうや柿崎さんや」

男は懐かしそうに目を細めた。

「いろいろ世話してやったわ。あんたのことな、自慢の息子や言うてたわ。もし自分になにかあったら息子のことたのむ、て頭下げたな」

男は紙袋を差し出した。

「これな、あんたのお父さんから貰たんや。そやけど、わしが持っとってもしゃあないから」

中には青灰色の平皿と土器のかけらが数個入っていた。

「これは須恵器ですね」

「よう知ってはるな。蛙の子は蛙やな」

「それからこっちは……埴輪のかけらでしょうか」

智之は赤褐色の手のひらほどの土器を取り出した。三角形の、わずかにカーブを描いている表面に、帯状の不思議な突起がある。

「わしな、ずっと外国行っててな、柿崎さんが死んだの知らんかってん。辛かったやろう？　その上お母はんまで死んでしまうなんてなあ。可哀想になあ。これからはこのおっさんのこと、頼ってな」

気が付くと涙が頬を伝っていた。父が死んでから、泣いたのは初めてかもしれない。十数年分の涙があとからあとから流れてくる。

再びおっさんに会うのは、この日からちょうど一年後のことである。

＊

義麿は森高との旅をかなり楽しみにしていたようだ。千尋との仲を修復してくれるものと、信じきっていたのだ。

浅見は、嫌な予感におそわれて数ページ先を開いてみた。すると、義麿の筆は一転して暗く悄然（しょうぜん）としたものになっていた。明るく弾む義麿の文章を久々に見ただけに、浅見も義麿と一緒にがっかりしてしまった。

気を取り直し、もとに戻って読み始める。

先生から旅に必要なものを教へて戴いた。その書き付けを見て、私は驚いた。この旅はただの物見遊山ではないやうだ。それどころか詳しい旅程を見ると奈良市内に立ち寄らないことが分かつた。

千尋さんに會ひに行くのが第一の目的ではないことは、先生のお話からだいたい分

かつてゐた。しかし目的地が奈良なのだから、先生が娘に會はないと思つてゐたのだ。

だからといって、旅行をやめるわけにもいかない義麿の心中は、察するにあまりある。義麿は不本意ながら、森高の旅行に付き合うことになる。

先生と私は早朝、京都驛で待ち合はせをした。二人とも國民服に地下足袋、ゲートル、そして背嚢（はいのう）といふ姿だ。これに鐵兜（てつかぶと）を被れば、まるきり戰地に赴く兵隊のやうだつた。

かたい坐席に向かひ合つて坐つた。私の隣には眠つてゐるやうな老爺が、先生の隣には氣難しさうな中年の男が坐つた。

憂鬱だつた。

先生はなぜ私を旅に誘つたのだらう。

先生がなにをお考へになつてゐるのか分からない。先生は本を讀んでゐる。私も去年話題になった『人生論ノート』を開いてはゐたが、少しも頭に入らなかつた。

なんとかして千尋さんの近況を聞き出せないものか、と腐心した。しかしなかなか言ひ出せなかった。

奈良驛に停車した時、私は思ひきつて訊ねた。

「千尋さんにお會ひにならないのですか？」

先生は讀んでゐた本から顔を上げ、私を見た。

「君は千尋に會ひたいのかね」

「いえ、私は」

赤面してゐるのが自分でも分かつた。

「私はてつきり、君たち二人が喧嘩別れをしてしもたんかと思てたわ。千尋は、誰のとこへもお嫁には行きません、などと言うて泣いとつたさかひに」

泣いてゐたと聞いて、私の胸は激しく痛んだ。

「喧嘩をしたのではありません。ただ一寸、行き違ひがあつたんです。きちんと話をする間もなく、千尋さんは奈良に行つてしまつたんで」

それでは千尋に會ひに行かう、と先生が仰言るのではないかと期待したが、なにも仰言らない。

今ここで列車から飛び降り千尋さんのもとに行くか、正直に千尋さんに會ひたいのだと言つてしまふか、どちらかを選ばなければならないと思つた。

時は刻々と過ぎていく。しかし私は結局どちらも選擇できず、發車の時間になつてしまつたのだつた。

列車はのろのろと動き出した。

自分の不甲斐なさに絶望してしまひさうだつた。

「千尋は少々氣いの強いとこもあるけど、根は優しい娘や。まあ、親馬鹿やけどな」

先生は列車の振動に合はせるやうに、軽く頷きながら仰言つた。

「師範學校を出て教師になれば、鈴木君の妻としては相應しくないかもしれん。そやけどなあ、君たちが一緒になつてくれたら、ほんまに嬉しいんやけどなあ。なにかの誤解があつたんやつたら、君のはうからそれを解いてやつてくれへんやろか」

先生はさう仰言つて千尋さんの住所を教へてくれた。手紙を書いてやつてくれと仰言る。私は住所を書いた紙を丁寧に背嚢のポケットにしまつた。

私と千尋さんの間に誤解などない。千尋さんは私といふ人間を正しく理解し、そして見限つたのだ。

千尋さんへの手紙に私は何を書くのだらう。先生を裏切つた、その言ひ譯を書き連ねるのだらうか。

義麿の書きようは悲痛ではあるが、森高の言葉に多少は救われたのだろう。旅の記録が丹念に書かれている。

櫻井市で下車し、二時間ほど山道を歩いて談山神社に到着した。

「この神社の御祭神は鎌足さんや」

思はず先生のお顔を見た。山道を歩いてきた疲れも見せず、むしろすがすがしい御様子で鳥居の先をご覧になつてゐた。

眞つ赤な鳥居をくぐり、長い石段を登ると莊嚴な造りの拜殿が見えた。

先生と竝んで參拜する。

まさかとは思ふが、阿武山古墳の調査を開始することに、鎌足公の靈力を借りようといふのだらうか。

境内は人影もなく、鶯が不器用に鳴く聲が時々響いてゐた。社殿の向かうに控へる山は、まだ緑が淺い。櫻にはまだ早いこの時期に、なぜ私を誘ひ旅に出たのかよく判らない。

先生は十三重塔を暫く無言で見上げたあと、小さな瀧が流れてゐる場所に私を誘つた。

「飛鳥時代に大陸から入つて來た龍神信仰が日本の水神と習合して、この龍神社となつたんや」

さう仰言つて手を合はせ低頭した。その敬虔なお姿を拜見して、私は再び先生への尊敬の念が湧き起こるのを感じた。それは私と千尋さんが一緒になつて欲しいと仰言つたときから、少しづつ私の心に起きた變化だつたが、この神社に來て、頑なな私の心が愈々解け始めた氣がするのだ。

私も先生の横で手を合はせる。さらさらと流れる瀧の音を聞きながら、先生と私は長い時間そこで瞑目してゐた。

細い水流が岩にぶつかり、ぱつと散る水滴。その砕（くだ）ける瞬間瞬間の音が、私の魂を洗ひ清めてくれる。目をつぶつてゐても清らかな水の流れは、私の網膜に映り全身を流れていく。これまでのわだかまりが消え、私の罪も洗ひ流されて行くやうだつた。

浅見はノートから顔を上げた。

義麿の言う、「私の罪」とはなんのことだろう。地震学の講座から山村の考古学講座に変えたことだろうか。だが、それが罪と言うほどのものだろうか。

先生は小さな瀧の横にある細い道を指差して、「ここから談山（かたらいやま）に行けるんや」と急な山道をどんどんと登つて行く。

十分ほど歩くと『御相談所』と刻まれた石碑があつた。

私は息が切れてゐたが、先生にはそんな御様子はなく、涼しいお顔をなさつてゐた。旅に出てから先生は心身のご健康を恢復されてゐるやうだ。

「ここは鎌足が中大兄皇子と密談した場所や。蘇我氏を滅ぼすための相談やさかひに、こんな山奥でなければできんかつたいふことやな」

先生はお笑ひになつて感慨深げに木立を見渡した。

その後二人は、御破裂（ごはれつ）山に登っている。ここでも森高は驚くほどの健脚ぶりを義麿に見せている。

調べてみるとこの山の頂には鎌足の墓があるらしい。多武峰に改葬された鎌足の墓は、具体的にはこの御破裂山のことらしい。

山頂は多少ひらけてゐるものの背の高い木々が暗い影を落としてゐた。特に柵で圍まれた鎌足塚のあたりは、原生林がそのまま殘つてゐて蒼然（そうぜん）としてゐる。

「御破裂山とはすごい名前ですが、どうしてかういふ名前がついてゐるんですか？」

「國家に大きな災ひのあるときは、御破裂山が鳴動するのやさうだ」

「鳴動ですか？　それは地震ではないんですか？」

「地震かもしれへんな。しかし山が鳴動して天下の異變を知らせるといふ話は、日本全國にあるんや。この御破裂山は山鳴りだけでなく、談山神社の本殿にある鎌足像が割れるのやさうだ。木像が割れるといふのは、なんともすごい話なんやけど、そんだけ鎌足公の靈力が強烈なもんやと信じられてたのやろな」

「しかし先生。さきほど見た鎌足の像は、どこも割れてませんでしたが」

「山が鳴動し、鎌足公の像が破裂すると朝廷から敕使が派遣されて神靈を鎭める。そしたら裂け目は閉ぢるとされてる」

私は開いた口が塞がらなかつた。そんなことを千年以上も信じて來たといふのか。

しかし阿威山から移されたはずの鎌足の遺骸は、鎌足のものではなかつたはずだ。阿武山古墳が鎌足の墳墓であることを先生が證明してしまつたら、この御破裂山の墳墓は誰のものなのだと混亂を來たすのではないだらうか。

浅見も同感だった。千年以上鎌足の墓と信じ、お祭りしてきた人々はどうなってしまうのだろう。

「いや、待てよ」

現代では、ほぼ阿武山古墳は鎌足の陵墓であるとされている。

しかし御破裂山や談山神社を含む多武峰では、変わらず鎌足を神霊として信仰し手厚くお祭りしているではないか。ここだけではない。鎌足の墓とされていた安威の将軍塚古墳では今も京都から使者が来て、毎年お祭りをしていると聞く。

浅見は椅子の背もたれに体を預けて、大きく息を吐いた。

鎌足の、この存在感は何なのだ。

浅見は図書館でコピーしてきた資料の中に、御破裂山に登った人の手記があったことを思い出した。カメラが趣味の五十八歳の男性だ。

『柵の向こうは鎌足の墓だという。だが、いくら目を凝らしても墓らしいものは見えなかった。木が茂っていて暗いし、低木もやたらと生えているので、この距離ではいい写真がとれそうにないと私は思った。

そこで私は柵を乗り越えて中に入ってみることにした。

柵は腰までの高さで造作なく跨ぐことができるが、墓所というだけあって盛り土をしてあり足場が悪い。私は手近な杉の木に左手を掛け、体勢を整えた。

そのとき、腕に電流が流れたような痺れを感じた。驚いて手を離し、手のひらを見ると赤くなっていた。しかし痛くも痒くもない。

私は、数枚の写真を撮って山を下りたのだった。

途中、天気が一変した。朝から雲一つ無い快晴だったのに、空が暗くなったと思ったら雷鳴が響き、雹が降った。それでも、そのときはべつになんとも思わなかった。こんなこともあるさ、と車に乗り橿原市のホテルに向かった。

ひどいホテルだった。フロントで受け取った鍵は、どういうわけか合わず、マスターキーでも開かないのでやむなく別の部屋に案内された。電気を点けると十分ほどで電球が切れ、風呂に入れば途中から水しか出なくなった。

暗い部屋の中で布団にくるまって震えながら、今日撮った写真を確認していると、撮ったはずの鎌足御廟の写真はすべて真っ白だった。

朝、左手の激痛で目が覚めた。熱を持ってぱんぱんに腫れていた。私はそのとき、初めてぞっとした』

浅見もこれを読んでぞっとした。この男性は腕が腫れて熱を持っていたので、寒気がしたのだと自分に言い聞かせることもできたかもしれない。しかし、柵を越えて墳墓に入ったことと、一連の出来事を結びつけずにはいられなかったのだ。その後この男性は、自分は信心深いほうではないがと断った上で、翌日もう一度御破裂山に登ってお参りをした、と綴っている。

鎌足の墓ではない可能性が高いのに、この不気味さはただ事ではない。

浅見はノートを一旦閉じた。このノートにしても、鎌足の墓について書いているだけなのに充分に不気味だ。

「おれも呪われなければいいがなあ」

冗談で言ったつもりだった。しかし背筋が寒くなり、言ったことを後悔した。

芳沢勝の言った言葉を思い出す。

言挙げ。

「恐ろしいこっちゃ。言挙げしたからや」

芳沢老人は、そう言って震えたのだ。あれはいったいどういう意味なのだ。

浅見は頭を振ってノートの先を急いだ。

日が暮れようとしてゐるのに、先生はそれほど急ぐでもなく山を下りる。さつきまで山際を赤く染めてゐた夕日はすつかり色を失つて、山道の暗さはひとしほであつた。日が落ちると氣溫は一氣に下がり、先生が野宿をすると言ひ出すのではないかと不安だつた。

「今夜はどちらで宿を取るおつもりですか？」

私は不安に耐へかねて訊ねた。先生の歩く速さは相變はらずで、私は偶（たま）に小走りに

なるために少し息が切れてゐた。

「今夜は布團でゆつくり休めるはずや。多分」

御破裂山を下り、談山神社を行き過ぎて三十分ほど曲がりくねつた山道を歩くと、小さな聚落（しゅうらく）に着いた。

山と山に挟まれたほんのわづかな平地に、身を寄せ合ふやうにして貧しげな家が建つてゐる。

その中の一軒に近付くと、先生は、「藤本」と表札の掛つた家の玄關をいきなり開けた。中に入り、私にも入るやうにと言ふ。

先生は上がり框（かまち）に腰を下ろしてゲートルを外し始めた。

奥から先生と同年配の女性が出てきた。

背中を向けてゐる先生と私を見ても、特に驚きもしない。

「露樹さん、暫くやね。來る頃や思うとつたわ」

柔らかな聲だが冷たく、敵意すら感じる言ひ方だ。

先生は振り向きもせず、「この人の分も食事を頼む」と言つた。

「こちらは？」

「わしの教へ子や」

「鈴木義麿です」

私は頭を下げたが、女性はものも言はず奥へ引つ込んでしまつた。

「ここはどういふお宅なんですか？」

先生は、ふふつと笑つて、「私の實家みたいなもんや。さつきの人はキヨ。従兄妹（いとこ）や。遠慮せんでもええ」と仰言った。

先生はこの小さな村の出身だといふのだらうか。確か、先生のお父上は京都の出身で小學校の先生をなさつてゐたと聞いてゐたのだが。

「お父上様はこちらのご出身だつたんですか？」

「森高の父は養父なんや。こつちで小學校の教師をしてる時に、私を養子にしてくれて、故郷の京都に一緒に移つたんや。その頃私は母と姉を一度に亡くし、實の父親は行方不明やつた」

先生がそんなご苦勞をされてゐたとは、少しも知らなかつた。こんな山深いところで子供時代を過ごしたから、健脚なのだと納得がいつた。

夕食は麥（むぎ）と芋を大量に混ぜた飯と、澤庵、川魚の干物の小さな切り身といふ非常に貧しいものだつた。ひよつとすると客へのもてなしとして、魚は特別に出されたものかもしれないが、さうだとしたら、突然やつて來て飯を食はせろといふのは大變な迷惑なのではないだらうか。

食卓にキヨとその夫、先生と私の四人が向き合つて坐つた。奥の間には布團が敷かれてゐる。八十歳を過ぎた先生の叔母が寝てゐるのださうだ。會話の様子からキヨの母親のやうだ。夫の幸吉はいかにも婿養子といふ感じで氣弱さうだ。

會話のない食事は非常に氣まづい。先生と私が歡迎されてゐないことがひしひしと傳はつてくる。

キヨと幸吉からは一切話しかけてくることがないのはどういふ譯なのだらう。食事の前に寝たきりの叔母が、「露樹が歸つて來たのかい？」とキヨに訊ねる聲が聞こえた。キヨは、「さうや」と不機嫌さうに答へただけだつた。先生も叔母の具合ひを訊ねるでもなく、枕元に見舞ふでもなかつた。

私は酷く居心地の悪い思ひをしてゐた。

食事のあと先生は、「好子と豊子は元氣しよるか？」とキヨに訊いてゐた。キヨと幸吉の間には二人の娘がゐるらしい。二人とも奈良に嫁いでゐるらしく、この家にはまつたく寄りつかないが、明日の祭りには好子が来る、といふやうなことをキヨは言つた。

「今日は風呂を入れへん日やから」

キヨが有無を言はせぬ顔で言ふ。

一日中、山道を歩いて來たので風呂に入れないのは辛い。しかし不平を言へる立場にないので、間違つても顔に出ないやう、うつむいてゐた。しかし先生は唇を曲げて皮肉な笑ひを浮かべてゐる。京都ではいつも紳士的な先生が、ここではまるで別人で、キヨに對抗するかのやうに意地の悪い言動をなさる。先生にこのやうな一面があつたことに驚きながらも、かういふしぶとさを併せ持つ人であつたと妙に納得したのだつた。

あてがはれた部屋には二人分の布團が竝べて敷いてあつた。風呂に入れなければ、あとは寝るだけだ。

先生が仰言つたやうに布團で眠れるだけでも有難いことだ。

「驚いたやらう。昔から、ああなんや」

「キヨさんといふかたは、隨分と先生に失禮なことを仰言いますが、誰に對してもあんな口の利き方をするんですか？」

先生は心から可笑しさうに聲を上げて笑つた。

「君のやうに育ちのええ人には理解できへんやらうなあ。キヨがああいふ物言ひをするんは私に對してだけや。キヨだけやない。村の人間は悉く私に敵意を剝き出しにしよる。なにせ村八分にした男の息子やからな」

「村八分、ですか？」

「さうや。私が十歳くらゐの時やつた。父は村の役員の不正を糾彈して村八分にされた。君は村八分といふもんがどんなもんか知つてゐるかね」

村八分といへば、葬式と火事の時以外は一切の交際を絶つといふものであるのは知つてゐる。しかし現實にはどんなものかよく判らない。

「かういふ田舍で孤立するいふのは死活問題なんや。共同の井戸は使はせてもらへず、家の修繕も草刈も食料を手に入れるんも、村の共同體に屬してへんかつたら思ふに任せへんのや。私の父は逃げたんや。家族を置いて、自分一人で。取り殘された母と姉と私は、筆舌に盡くしがたい苦しみを受けた」

「そやけど、糾彈したのはお父上やないですか。なぜ殘されたご家族がそんな目に遭ふんですか」

「村八分にした男の家族も當然、村八分になるわけや。同罪なんや。それが村八分といふもんや」

先生の苦澁に滿ちたお顏に、私はなにも言へなかつた。ただ、そんな辛い思ひ出のある村に、なぜ先生はお歸りになつたのか、それが不思議だつた。

「父がをらんやうになつてすぐ、母は川に落ちて死んでしもた。五つ違ひの姉は、村の男たちの慰み者になつて自殺した。子供やつた私は、母が死んだのは事故やと思おとつた。そやけど姉と同じ目に遭うたのではないかとあとになつて思つたんや。この家に引き取られた私は、キヨやほかの從兄弟たちにいぢめられ、叔母も私に辛う當たつた。村八分にした男の息子に溫情をかけたら、今度は自分らが村八分にされるからや。學校でも村でも、誰もかれもみな同じやつた。私は身の置き所のない苦しい日々を過ごしとつた。そんな時に、臨時の教員として森高の父が赴任してきたんや。ここを離れるときに私を養子にし、この村から連れ出してくれた」

先生は感情を交えずに淡々と話される。しかし私は涙を禁じ得なかつた。

思ひ出すのは、先生が私を弟子にしてくれた時のことだ。まだ中學生だつた私をそばに置き、なにくれと無く面倒を見てくださつた。それはご自分が養父に慈しまれた記憶があつたからだつたのかもしれない。

「こんな村になぜ歸つてきたんやつて君は思おてるやらうな」

「はい。二度と足を踏み入れたくない、と思つても不思議はないと」

「ふふふ」と先生は笑つた。

「ずいぶん長い間、さう思おてきたよ。思ひ出すだけで、怒りを制禦できなくなりさうで記憶と感情に蓋をしてきた。この村のことを必死に忘れようとしてきた。そやけど私の心に染み付いた汚泥のやうな記憶はどこまでも私を追つてくるんや。だが、丁度十六年前のことなんやけど、叔母が大病をしてなあ。キヨが泣きついてきたんや。金を貸してくれと。私はそん時、これは過去の亡靈を退治する機會やないかと思つた。前を向ひて生きるために、天が與(あた)へてくれた機會やと思つたんや」

「丁度十六年前、と仰言いましたが」

「さうや。八年に一度八講さんがあるんや。鎌足公を偲んで八つの地區が毎年順に執り行ふお祭りや。君は可笑しいと思ふかしれんが、村の連中はみんな鎌足公の子孫や、思とるんや」

「鎌足公の子孫ですか」

先生はさも可笑しそうにお笑ひになつたが、私には先生もまたご自分が鎌足の子孫だと信じていらつしやるように思へた。

明日は、八年ぶりにその祭りがあるのだといふ。

御自身が所長を務める阿武山地震観測所で、工事中に發見した貴人の墓。それが鎌足公のものではないかと思つた時に、なんとしてでも自分の手で證明しようと考へたのも無理からぬ事である。

布團に横になると、意外にも寝心地が良かつた。あまり綺麗な布團ではないが、マメに干してゐるやうだ。

眠氣と闘ひながらノートを書いてゐると、「君は日記を付けてゐるのかね」と先生が訊く。

「はい。簡單な覺え書きですが」

實際は、旅の記録はできる限り詳細に書いてゐる。書いてゐるうちに先生の寝息が聞こえてきた。輕やかな呼吸だつた。「君も祭りに參加するね」と念を押した先生は、祭りで、なにか樂しいことが待ち受けてゐるかのやうに嬉しさうだつた。

その日のノートはそこで終わっていた。

翌日の日付で、義麿は八講祭の模様を詳しく書いている。

村の寄合所は八講堂と呼ばれている。白い着物、白い袴（はかま）に烏帽子（えぼし）を被った役員たちが、朝から堂の飾り付けをしているところを、義麿は堂のそばに植えられたしだれ桜の下で眺めていたようだ。

八年に一度の祭りに、村人は浮き足だっていて、よそ者である義麿に注意を払う人がいないのを、「**ほつとした**」と書いている。

村八分にされ、今は義麿同様よそ者となった森高と一緒に村にやってきたのだから、なんらかの迫害を受けるのではないかと恐れていたらしい。

それどころか、祭りが始まる頃に到着したキヨの娘と孫が、義麿に好意的に接してくれたようだ。だが、森高に対しては、キヨ同様冷たい態度をとっている。

昨夜話に出てゐたキヨの娘、好子が今朝早く千代子とともに奈良の嫁ぎ先からやつて來た。好子はキヨに似て、險のある顏をしてゐるが、千代子は母子とは思へないほど優しく可愛らしい。國民學校の高等科二年だと言つてゐた。先生が村八分にされてゐたことも、よく知らないやうだつた。

「鈴木さん、京都の大學に行つてはるんやつてね。難しい勉強してはるんでせう？」

千代子は京都の話を聞きたがつた。しかし私は、このやうな少女がどんな話を喜ぶのか判らず困惑した。千代子は默りがちな私にも一向に構はずお喋りに興じてゐた。

「あと、半月もしたらこの櫻が咲くんやつて。ほんまきれいなんやつて。お母はんが言うとつた。そん時にまた來やはつたらええわ。鈴木さんが來やはるんやつたら、うちも來るさかひ」

千代子はしだれ櫻の巨木を見上げて言つた。義麿もつられて見上げると、つぼみの先はようやく色づき始めたばかりだつた。まぶしいほどの青空に、櫻の細い枝は溶け込んでしまうやうだつた。

さつきの白装束の役員たちが、口を白紙で覆つて神饌を運んで來た。笏を持つた役員を先頭に嚴肅な面持ちで捧げ持つた臺の上には、昆布、餅、酒、果物、大根、牛蒡などの野菜が盛り付けられてゐて、それは豪華なものだつた。この時世にこれだけのものを揃へるのは大變な苦勞があつたのではないだらうか。

神饌に續いて紋付き袴姿の男たちが堂の中に入つていく。いつの間にか先生がそばに來てゐて、「入ろか」と私と千代子を促した。

それほど廣くない堂の中は村人で一杯だつた。入りきれない人が外に溢れてゐたが、私たちはどうにか入ることができた。

嚴かに『高砂』が謡はれると、中央の祭壇に鎌足公尊像の掛け圖が掛けられる。鎌足公は坐像で足下の兩脇に不比等と定慧が小さめに描かれてゐる。

　謠は別の曲に替はつた。

「これはなんですか？」

　私は先生に小聲で訊ねた。

「これも高砂や。四海波(しかいなみ)といふやつや。波風がおさまつて天下國家が平和なことを祝ふといふ内容や」

　先生は言葉の最後に「ふん」と付け加へた。世界中で戰爭が起きてゐる時に、暢氣なものだ、といふことだらうか。しかしさういふ祭りなのだから仕方ない。

　――四海波靜にて、國も治まる時つ風……住める民とて豊かなる
　さつきの謠曲よりも心なしか華やかだ。これに合はせて、『寒山拾得(かんざんじつとく)』の掛け圖が鎌足公の隣りに掛けられた。

　全員で拜禮すると、長老は鎌足の功業をしるした祭文を讀み上げる。そして全員で「南無談山大明神」と十回唱和した。

　――習はぬ旅に奈良坂や
　また別の謠曲が奉納される。

　私が先生のはうへ顔を向けると、「海士(あま)や」と小聲で教へてくださつた。

「龍神に奪はれた鎌足公緣の寶を、海士が取り返すといふ話や。メンカウフハイの玉

いうてな。この世に二つとないもんやさうや。『海士』は多武峰に奉納するために作られた言はれとる」

私は先生に漢字を教へていただき、「謠曲、海士、面向不背の玉」と手帳に書き付けた。

浅見も自分のメモ帳に同じように書いた。明日にでも図書館で調べるつもりだ。『高砂』なら知っている。知っているといっても、平和な今の世を寿いで謡ったもので、結婚式などのおめでたい席で謡われるもの、といった程度だが、『海士』という謡曲はまったく知らない。しかし神童と呼ばれた義麿も知らなかったのだから、浅見が知らなくても仕方のないことかもしれない。

――天滿つ月も滿汐の、海松布をいざ刈らうよ

と謠はれる中、肅々と玉串禮拝が行はれ、鎌足公の掛け圖が下ろされる。

これで式は一応、終はつたやうだ。ここで歸る人もゐるが、先生は歸る氣配がないので、私はそのまま殘つてゐた。千代子も退屈さうだつたが、私のそばにぴたりとくつついて神妙な顔をしてゐる。

紋付き袴の男たちによる謠曲奉納はいつ終はるともなく續いた。もう曲の名を知りたいとも思はなかつた。謠曲も聽いてゐるといふ感覺はなくなつてゐて、曲の海に自分が飲み込まれて漂つてゐるやうな氣持ちになつてきた。

日が暮れかかつた頃直會(なおらい)が始まつた。

先生がお堂を出られるので、私と千代子も續いて外に出た。

千代子は直會の御馳走に未練があるやうで、堂の中を恨めしさうに振り返つてゐた。

直會のあと、長老が翌朝まで堂にお籠もりをして尊像を守り、次の講を執り行ふ村の使者に託すのださうだ。

「君にこの祭りを見せたかつたんや」

先生は滿足さうにうなづきながら仰言つた。

「うちは退屈やつた。眠とうなつてしもたわ」

千代子は屈託のない樣子で言ふ。

夕食には好子と千代子の親子もゐた。思つた通り千代子の他愛のないお喋りで、昨夜のやうな氣まづい食事にはならなかつた。

明日は歸途につくといふので、先生は大變寛いでいらつしやつた。子供の頃の樂しかつた思ひ出などをお話しなさつて、涙ぐんだりなさるので私はどうお返事申し上げていいのか判らなかつた。

先生は不意に怖い顏をなさつて、「これから話すことを誰にも言はないと約束できるかね」とお訊ねになつた。

どんな話なのか聞いてみなければ、約束できるかどうかは判らない。しかしそんなことを先生に言へるはずもないので、私は、「はい」とうなづくしかなかつた。

「阿武山古墳のことなんだがね」

「はい」

私は息を詰めて先生の言葉を待つた。

先生はあのことをお話しなさろうとしてゐる。密かに棺(ひつぎ)をこじ開け、或る物を取り出した。有(あ)り體(てい)に言へば盗(ぬす)んだのだ。山村先生も何かが竊取(せつしゅ)されたやうだと仰言つてゐた。誰が何を盗み取つたのか、山村先生は知らなかつたが、私は森高先生が盗んだことを知つてゐる。

義麿は知っているのか。しかし、そんなことはどこにも書かれていなかったはずだ。

浅見は読み落としたのか、と思って前に戻ってページをめくった。

阿武山古墳や鎌足と関係のなさそうなところは、飛ばして読んでいたが、見落としはなかったはずだ。

かなりの時間を掛けて見返した。やはり見当たらない。

森高は阿武山地震観測所に移された棺の中から、ミイラの頭のようなものを取りだした。その様子を義麿が詳細に記述している。そこからこれまでに、あれは何だったのだろう、というようなことは書いているが、何であったか分かったとはどこにも書いていない。

それがここに来て、「或る物を」という言い方になっている。まるで、それが何であったのか知っているような口ぶりだ。

先生は、やうやくそれを告白なさるのだと思つた。さうして下さつたら、私の心はどんなに軽くなるだらう。そして私以上に先生の心も軽くなるに違ひない。

「遺骸を埋め戻す前に、私はとつたのだよ」

「はい」

私の聲は、緊張のために掠れてゐた。

「こつそりS製作所の技師に頼んだのだ。X線を撮つてくれとね」

「X線、ですか？」

先生は少年のやうないたづらつぽい顔で、ニヤリと笑つた。

「X線の撮影は最尖端の技術や。恐ろしいほど高級な精密機器がトラックで二臺分、人知れず到着した。棺を地震観測所の事務所脇の倉庫に移した時に、私が呼んだんや。遺骸の下になつてゐて見えない副葬品がないか調べるんが目的やつた。一日目はテスト撮影や。現像はいちいち京都まで戻つてられへんからその場でやつてもらつた」

「ありましたか」

「いや、なかつた」

先生が持ち出したもの以外はなかつたのか。

それでは棺の中にあつたものは、ガラスの玉とたくさんの金絲と衣類、遺骸、それと先生が持ち出した頭蓋骨のやうな丸い物體だけだつたのか。

「次の日、いよいよ本撮影に取りかかつたんやが、例の騒ぎや。君も覚えてるやらう。御陵の可能性がある古墳の冒瀆(ぼうとく)やないか、と大阪府は憲兵隊を派遣してしもたんや」

「X線撮影のことは、山村先生もご存じだつたんですか?」

「いいや、彼は知らなかつた。だが、私がS製作所に働きかけてゐるのに氣付いて警戒しとつた。科學的な調査で私が主導權を握るんを恐れとつたんや。しかし事態は豫想しない方向へ向かつていつた。大阪府と京大考古學教室とが合同の調査をしたあと遺骸を埋め戻すことに決まつたといふのだ」

これには義麿はドキリとしたのではないだろうか。傍観を決め込んでいた筈の山村教授が、にわかに行動を起こしたのには、義麿の行動に一因があったと考えられるからだ。梅雨に入り、ミイラの傷みが心配であると、山村のところにわざわざ出かけていって告げたことは、森高には話していないはずだ。

合同調査はたつたの三日間だけ行はれたと新聞で讀んだ。綜合的な學術調査を、學内外の研究者を加へて行ひたいといふのが、先生の意向だつたはずだが、途中から、「あまりにも科學的な調査は一種の冒瀆である」と發言したと聞いた。それ以降は、先生は病と稱(しょう)して調査から身を引いてしまつたのだ。

たしかにお加減は惡さうだつたが、多分に詐病もあつたのではないだらうか。

「山村君は私が調査したもんを知りたがつとつてな。まあ、それは當然なんやけど。そやけどX線寫眞の存在が知られたら、特高に睨まれることになるかもしれへん。そないなことになつたら、いつ私の調査が再開できるか判らへんからな」

その頃、山村先生は不敬罪の疑ひで拘束されてゐる。一度は釋放されたが、二度目に逮捕された時には獄中で亡くなつた。森高先生が密告したのかもしれないと疑つてゐたが、その疑ひは愈々(いよいよ)濃厚になつた。しかし、私にはそれを確かめる勇氣はない。今でも先生を尊敬してゐるし、千尋さんの存在もある。

「戦争が終はつて時局が變はつたら、二人で阿武山古墳の被葬者が鎌足であることを證明しようぢやないか」

「證明できますか？」

「ああ、できるとも。あのX線寫眞と、それともう一つ。重要な證據がある」

「重要な證據とは？」

「今は言われへんわ。千尋と結婚して私の息子になってくれたら、すぐにでも教へたいんやけどなあ」

先生は冗談だよ、と付け加へて笑ったが、私には本心のやうに聞こえた。

布團にもぐり込んだ先生は、兩腕を上げて大きく伸びをした。そのまま兩手を頭の下で組んで言った。

「實に樂しい旅やった。一緒に來てくれてありがたう」

「私のはうこそ、ご一緒させていただいて、とても嬉しかったです」

「どうや。またいつか二人で旅行しないか。いや、今度は千尋と三人といふのはどうやらうなあ」

私には願ってもないことだった。

「はい。ぜひ。今度はどちらへ？」

「中邊路はどやらうか。若い頃、家内と二人で歩いたことがある」

「熊野古道ですか」

「鈴木君の地元やね。そしたら何べんも歩いたことがあるんやらう」

「それが、一度もないのです」

浅見は思わず笑った。なかなか行けないからこそ歩いてみたいと思うもので、いつもそばにあれば、わざわざ行こうとはしないものだ。

先生は花山法皇についてかなり詳しいやうだ。最愛の女御を亡くして悲しんでゐる折に、藤原道兼に騙されて出家し、二年足らずで皇位を奪はれたくだりには涙を流さんばかりだつた。

「僅かな供を連れて、花山法皇は熊野を歩ひて修行をしたんや。牛馬童子の像はその時の花山法皇の姿やさうや」

先生は口を閉ぢて少しの間、宙を凝視してゐた。

「熊野古道はそりやあ嚴しい道や。今生で犯した罪のために六道で負ふべき苦痛を、生前に果たしておかうとする滅罪の苦行でもあるんや。熊野古道を歩くと死者に會へるといふで」

「え、本當ですか」

「ああ、本當や」

先生は笑つて、「道があんまり険しいので頭がぼうつとして幻覺を見るんや思ふけど」と仰言つた。

二人は中辺路を歩くことを約束して床についた。森高はすべてを話してくれたわけではないが、X線写真のことを話してくれただけでも満足であり、いずれ棺から盗つたものについても話してくれるに違いないと結んでいる。それにしても、森高が牛馬童子に言及していることに不思議な因縁を感じる。

次のページをめくって、浅見は凍り付いた。

乱れた文字で、「**呪ひ。呪ひだ。本當に呪ひなのか**」と書かれている。

数行開けて、「**やはり書いておかう**」とある。日付は奈良に旅行に行ってから、五日ほど経った日だ。ようやく気持ちが落ち着いたということなのか。

人の騒ぐ聲で目が覺めた。隣の布團を見ると、先生はもう起きてゐて着替へをしてゐた。

「なにかあつたんですか？」

「長老の具合ひが惡いみたいや」

長老は昨夜、八講堂で鎌足の掛け圖を守り、寢ずの番をしてゐたはずだ。

「私に來てくれといふんや。この村には醫者はゐやへんしな。醫者を呼ぶまでの間、長老を診て欲しいといふんや。私は醫者やない言ふても、學者なんやからなんとかせえつて言ふてきかへんのや。こんな時ばつかり人を當てにしよるんやなあ」

先生は長老の容態は氣にならないらしい。不服さうな顔で堂に向かつた。

私は急いで着替へ、先生のあとを追つた。どうしてさうしたのか判らない。ただ、先生が危險な目に遭ふやうな氣がしたのだ。いや、違ふ。先生が何かよくないことをしさうな氣がしたのかもしれない。長老には姉が世話になつた、と祭りが始まる前に言つてゐた。世話になつた、とは無論良い意味ではない筈だ。

私は胸騒ぎがして、やうやく明け始めた村の道を急いだ。しだれ櫻の下を先生が歩いて行く。

八講堂の周りには數人の人が立ち盡くしてゐた。堂々と歩いて行く先生を、まるで救ひの神を迎へるやうに道を開けた。

先生が堂の中に入ると、外にゐた村人達も續いて入つた。私も人々に紛れてもぐり込んだ。

倒れてゐる長老のそばに妻らしき老婆がゐる。どうしていいか判らない、といつた態でおろおろと泣いてゐる。

長老の顏は日に燒けてゐるにもかかはらず蒼白なのが判る。唇を噛みしめ苦悶してゐる。呻き聲を上げ、胸をかきむしる姿に、どうすることも出來ずに手をこまぬいてゐた。

「なんか惡いもんを食べたんやらう」

先生は屈んで長老の口元と、堂の中に散亂してゐる皿と芋を見た。

「露樹ちやん、なんとかして。うちの人を助けたつて」

老婆が先生にすがりついた。

「芋を食べたらかうなつたんか？」

「さうやない、わてが芋を持つて來た時には横になつとつて、腹が痛い言ふとつた。

そしたらだんだん苦しみ出したんや」

　堂の隅には箱膳が置いてあつて、皿や徳利が載つてゐる。

　猪口が二つ載つてゐた。

　私はそれを見て慄然(りつぜん)とした。

　夜中に目を覺ました時に、先生の布團が空だつたのを思ひ出したのだ。用を足しに行つてゐるのだらう、と思つてゐたのですぐに寢てしまつた。だから先生がいつ戻つて來たのかは知らない。どのくらゐの時間、そこに居なかつたのかを、私は知らないのだ。

　長老の苦しみやうはだんだんと酷くなつていく。

「食べたもんが惡いんやつたら、吐かせたはうがええんちやうか」

　そばにゐた男が長老を抱き起こさうとした。

　先生は男を制して言つた。

「あかん。なにを食べてかうなつたんか判らへんのやさかひ、吐かせへんはうがええ。逆に水を飲ませて毒を薄めたはうがええんや」

　先生の言葉に、「水や、水を持つて來い」と怒號が飛んだ。

　しかし、長老は仰(の)け反(ぞ)つて口から泡を吹き始めた。表情には愈々苦悶の色が濃くなつて來た。

「醫者はまだか」

「早う、水を持つて來いや」

長老を取り巻いて、村人たちが悲鳴にも似た叫びを上げる。

長老の鼻から鮮血が吹き出た。續いて兩眼が血の涙を流し、口から眞つ赤な嘔吐物を大量に吐いた。兩耳からも血が流れてゐる。

悲鳴が渦巻く堂の中で、ただ一人先生だけは表情の讀み取れぬ顔で立ち盡くしてゐた。

浅見は背中がぞくぞくしてきた。長老の死の様子が、松江の死と似ている気がする。いや、そっくりだ。

今夜は鳥羽が帰らないというので、ゆっくりノートを読めると思っていたが、やはり夜中に一人で読むのは不気味だった。

義麿が森高教授を尊敬したい、と思いながら疑いを深めていく。山村を密告して死に追いやり、今度は村の長老を毒殺したとしている。森高を疑っている義麿のノートを読んでいるわけだから、どうしても浅見も森高が怪しいと思ってしまう。しかし、ここまでは確たる証拠はないのだ。

義麿がこのあとどういう行動をとるか、浅見は先を読まずにはいられなかった。

「これは鎌足公の呪ひや」

先生は嚴かな聲で言ひ放つた。

人々は動きを止め、先生を見上げた。

そしてあらゆる穴から血を流して絶命した長老から、僅かに身を引いた。

「こんな死に方は見たことがない。見てみい、苦しみ抜いて死んだ顔を。これほどまで苦しまな死なれへんことを、過去にやつたといふことや。あんたらも、身に覺えがあるんやつたら氣い付けたはうがええ」

慌てて長老から遠ざかる人々を殘して先生は堂を出て行つた。私もあとに續いた。

「先生、呪ひだなんて噓ですよね」

私は後ろか追ひすがつて言つた。

「分からへんで」

先生は足を止めずに言ふ。聲の調子からは面白がつてゐるやうだ。

朝には京都に歸る豫定だつたが、警察の取り調べがあつて夕方の列車で歸つた。昨夜のうちに好子は奈良に歸つたのだが、千代子だけは歸らずにゐた。それで私たちは二人で向かひ合つて坐つた。千代子は言葉少なく、私も何を言ふ氣力も無かつた。特に、奈良で千代子が降りてからは涙が流れて仕方なかつた。私は誰のために泣いてゐたのか。卑怯で哀れな裏切り者の自分のために泣いてゐたのだらう。

ノートには森高のことにまったく触れていない。列車に乗ったのは千代子と二人だけだから、森高は警察に拘束されたのかもしれない。

　義麿が自分のことを裏切り者と責めていることからして、夜中、森高が部屋にいない時間があった、と警察に話したのだろう。

　義麿は自分のせいで、森高が警察に捕まったと思っているようだが、村人からも森高に不利な証言があったはずだ。

　長老が昔、森高の姉になにをしたのか、たぶん、村人は全員知っているのだろう。長老を殺す動機があることを警察に言わないわけがない。

　時計の針は真夜中を遥(はる)かに過ぎている。

　浅見はノートの先が気になって、数ページめくってみた。

　卒業までの数日間、義麿は日々の出来事を坦々と綴っている。森高の家を訪ねたという記述も何度かあるので、森高の長老殺害の容疑は晴れたようだ。

　竹さんの具合ひが良くない。

　私はもう少し辛抱するやうに、と言つた。それが非情であることは判つてゐる。しかしもう關はりたくない、といふのが私の正直な氣持ちだ。

「やっぱりそうか」

　浅見は肩を落とした。これまでも、義麿はノートにすべてを書いているわけではないことは分かっていた。しかし、文章の端々からできるだけ事実を書き残そうとしているのを感じていたのだ。だからこそ、このノートを読めば義弘や松江の死の真相に繋がる、なんらかのヒントを得られるような気がしていた。

竹さんという人物は、義麿がまだ中学生のときに登場したきり、まったく登場していない。

しかしこの書き方だと、竹さんとはずっと交流があったのではないだろうか。

竹さんに泣きつかれ、私は先生の家に一緒に行くことになつた。

先生の家の前まで來ると、あれほど強硬に主張してゐた竹さんが俄かに弱氣になつた。

「坊ちやんに話してしもたことを、先生は怒らはるやろか」

「怒るかもしれん。だけど仕方のないことやで。そもそも先生の輕率な行動が引き起こしたことや」

「せやけど坊ちやん。わしはそんなん、よう言はんわ」

竹さんは泣きさうになつて言つた。だが、私だとて先生にそんなことは言へない。

「これは天皇さんが贈らはつたもんや。畏れ多いもんや。こんなん、わしが持つとつたら罰が當たる」

竹さんは青ざめて身震ひした。それが天智天皇から下賜されたものである、と竹さんに教へたのは私だ。竹さんは自分の體調の惡さとそれを結びつけて考へてしまつてゐるのだ。

いざ先生の家の前に立つと、私も泣きたいやうな氣分になつてきた。竹さんが、ますます怖ぢ氣づいて、一緒に謝つてくれと頼むからだ。

「私は、謝らなあかんことはなんにもしてないよ」

「そやけど、一緒に頭を下げておくんなはれ」

竹さんは、さう言つて私に深々と頭を下げた。

突然二人で訪問した理由を、先生は察したやうだつた。竹さんが抱へてゐる風呂敷包みを一瞥して、不快さうに顔を歪めたのである。

浅見は記憶を巻き戻し、風呂敷包みの中が何であるか考えた。

包みの中身は、竹さんが最後に登場したときに、森高から頼まれごとをした。そのときのものではないだろうか。

鎌足の棺から森高が取り出したものは、ミイラの頭のような形をしていたと書いてあった。森高はそれを奈佐原池のほうへ持ち去った。そのあと、いつ竹さんが手にしたのかは分からないが、森高に頼まれ、預かっていたのだろう。

「竹さんは、預かつてた物をお返ししたいんださうです」

いつまでも平伏した儘顔を上げようとしない竹さんの代はりに、私は言つた。

「私は竹島君に頼んだんや。戦争が終はるまでの間といふ約束やつたやないか」

「これがそばにあると、竹さんは體の調子が悪くなるんです。それでどうしたものかと、再三相談を受けてゐました。私は氣のせゐではないかと言つたんですが、實際に竹さんの具合ひが悪くなるんで、矢張り先生にお返ししたはうがいいのではないかと」

「私は竹島君に訊いてるんや」

先生は聲を荒らげた。

竹さんは恐れ入つて、「すんまへん。すんまへん」と畳に額をこすりつけた。

「そやけど先生。わしは嫁さんももろて、もうすぐ子供も生まれます。山村先生があんなんになつて、わしは怖あて怖あて」

冷や汗が背中に流れた。山村先生のことは決して言はない約束だつたのだ。山村先生はそれを預かつた途端に官憲に捕らへられ、獄中で死んでしまつた。私は竹さんから頼まれたことも、どんな謂はれのある物かも言はなかつた。ただ家の藏から見つかつたので、しばらくの間預かつて欲しいとだけ言つてお願ひしたのだ。

「山村君がどないしたんや」

「山村先生が、亡くなりはつたんはこれをお預けしたからや。鎌足さんの祟りや」

「竹さん」

私は思はず尖つた聲でたしなめた。

先生は蒼白な顔で、竹さんの膝の前にある、それを見つめてゐた。
それ以降、先生は一言も言葉を發せず、石像のやうに固まつてゐた。
私たちは、それをそこに殘した儘、辭去したのだつた。

竹さんが預かったものを、一貫して「それ」と呼んでいる。「それ」とは実際にはどのようなものだったのだろう。

そして何よりも驚いたのは、「それ」を山村に預けていたことだ。棺の中から取り出したものだから、考古学の専門家である山村の手元に置くというのは正しい判断だ。しかし、山村は何であるかを知らされないまま預かり、直後に獄中で死んでしまった。

山村夫妻とも親しかった義麿は、死の直前か直後に「それ」を再び引き取り、竹さんに渡したのだろう。

義麿が、森高との旅行中に、「私の罪」が談山神社で洗い流されると書いていたが、「私の罪」とは、このことだったのだ。森高の意に反して「それ」を山村に預け、結果的に死に至らしめた。義麿はそんなふうに考えていたのだ。

それにしても、「それ」の行方が気になる。

数ページ先にある文字を読んで、浅見は愕然（がくぜん）とした。

そこには森高の葬儀に参列する義麿の心情が書かれていた。

気がつくと朝になっていた。昨夜、というか今朝方までノートを読んでいたが、いつの間にか眠ってしまっていたらしい。

森高が「それ」を受け取って間もなく死んでしまうと知って衝撃を受け、力尽きたのだ。

鎌足の祟りなどという竹さんの妄言が、現実のものになってしまい、義麿も衝撃を受けたのではないだろうか。

森高は阿武山地震観測所の敷地(しきち)内で毒を呷って自殺したようだ。

竹さんが、鎌足の呪いだとして取り乱すのを、義麿は冷静に否定している。

だが、森高が自殺する理由も思い当たらず、義麿もまた不安と後悔とで心が乱れているようだ。

長老と死に方が同じなのは、森高が同じ毒を使ったからだ。と、まるで自分を納得させるように書いている。

長老と同じ死に方をした森高の遺体は、とても正視できるようなものではなかっただろう。義麿が遺体を見たかどうかは定かではないが、死体の様子を誰かから聞き、鎌足の祟りではないかと恐れを感じたことは十分に予想できる。

疲労の残る頭でシャワーを浴び、軽く朝食をとる。

松江が摂取した毒物が特定されたら教えてくれ、と鳥羽にメールを入れた。

長老、森高、松江は同じ毒物によって死んだのだと思われる。松江を死に至らしめた毒物は、すぐ明らかになるだろう。

鳥羽の連絡を待ちながら、先を読むことにする。

森高の葬儀を終えた義麿のノートは、感情を押し殺すように出来事だけが綴られていた。

大学を卒業し、家業を継いだ義麿は、辛い出来事を乗り越えるために仕事に没頭したようだ。ノートの記述は仕事のことを中心に書かれている。この年に株式会社にし、社名を「八紘昭建」としている。

義麿がなぜ、「八紘」という言葉を使ったのか、浅見は考えずにはいられなかった。ノートを読む前は、戦意高揚のために盛んに使われた「八紘一宇」という言葉からとったものと思っていた。「八紘」は四方と四隅の意味で、転じて、全世界を表す。「一宇」は屋根を同じくすることである。

森高と山村の諍いや、八講祭が行われた村での怨恨と復讐。そういったものに疲れ切っていた義麿は、世界が一つの家となるようにとの願いを込めたのではないだろうか。これは浅見の推測だが、「八紘」の中には、「八講」の意味も含ませたような気がする。森高の死の前に二人で行ったあの旅は、それほど忘れ得ぬものだったのではないだろうか。

義麿が仕事に邁進（まいしん）しているこの頃、東京では空襲があり、ガダルカナル島に飛行場を建設した日本軍を攻撃すべく、米軍が島に上陸している。ガダルカナル島の戦いは日本軍に大量の戦死者、餓死者を出した悲惨な戦いである。この戦いのあと日本の国力は著しく低下してしまう。

一般から募集した戦意発揚のスローガン「欲しがりません勝つまでは」が評判になっていた頃、義麿のところにも召集令状が届いた。

明日は入営するという日に、短くその日の出来事が書かれたのを最後に、ノートは終戦までまったく書かれていない。

これまでの調子で、事細かに軍隊の様子を書いていたなら、貴重な資料になったはずだ。しかし死と隣り合わせの日々に、記録を残すのは至難の業であっただろうし、書いたとしても検閲を通らなかったかもしれない。

ノートへの記載が再開されるのは、終戦の翌年からだった。

元日。清吉、三歳。

手をついて、「お父様、おめでたうございます」と挨拶をする。正子に教へられたのだらうが、利發な子である。

驚いたことに、清吉がいきなり三歳で登場した。この年の元日に三歳になったということは、出征前に正子という女性と結婚し、義麿が戦争に行っている間に生まれたのだろう。

　正子がどこの誰であるかは、まったく書かれていない。この時代、よくあったように、出征前に慌ただしく見合い結婚をしたのか。

　義麿はまだ千尋に心を残していたのだ。だから正子についてはなにも書いていないのだろう。義麿の複雑な心情を思うと、浅見も胸が痛む。もし戦争がなければ、千尋との仲を修復できていたかもしれない。いや、それは無理というものか。義麿は、ノートにはっきりと書いてはいなかったが、竹さんと共に森高に返したもののせいで、森高が呪われて殺されたという考えを捨て切れていないはずだ。森高の死に、責任の一端があると考えていたら、千尋と結婚しようとは思わないだろう。

　浅見は重い気持ちを振り切るようにページをめくる。

　そのとき、携帯が鳴った。鳥羽からだった。

　反射的に時計を見ると、夕方といってもいい時間だった。

「先輩、分かりましたよ。鈴木義弘さんが殺害された場所が」

　鳥羽が言うには、義弘らしき人物が毛馬桜之宮（さくらのみや）公園にいたのを目撃した人が見つかったという。

「義弘さんは、そのとき一人だったのか？」

「ええ、夜の九時頃で、街灯はありますが公園ですからね、暗いのになにをするでもなく立っていたそうです」

「犯人と待ち合わせをしていたんだろうか」

「そうだと思います。目撃者は犬の散歩で通りかかっただけなので、そのあと義弘さんらしき人がどうしたのかは、分からないということでした」

毛馬桜之宮公園は淀川の支流、大川沿いにある。川沿いの立ち木の切り株に、義弘の毛髪や血痕が付着していた。公園内には「青湾（せいわん）」という石碑があるが、この近くに立っていたのを目撃されていた。

義弘はここで犯人と会い、川沿いを歩いているうち、争いになり突き飛ばされたのだろうか。

切り株に頭を打ち付けて倒れた義弘を、息の根を止めるべく、犯人はロープ状のもので首を絞め、川に投げ込んだとみられる。

川沿いには高さ一メートルほどの柵があるが、大人の男ならば義弘を抱えて投げ込むことは可能だろうということだ。

「首を絞めたものは何なのかな。聞いてないか？」

「具体的にどんなものかは、分からないそうです」

「争ってうっかり怪我をさせてしまったので、首を絞めて殺した。違うな」

「僕も違うと思いますね。ロープ状のものなんて、普通、持ち歩かないですから」

「うん。話がうまくいかなきゃ殺す。そんなつもりで用意してきたのか。しかし脅すつもりなら、ナイフかなんかを用意するんじゃないかな。どうもよく分からないな」

それに、土地を売ってほしいという話なら、なにもそんな人通りの少ない夜の公園で交渉しなくてもいいし、なにより交渉相手の義弘を殺してしまっては、話が進まないではないか。

「ところで松江さんのほうはどうなんだ？　他殺だということははっきりしたんだろう？　毒物は分かったか？」

「分かったようです。やはりオフィスにも車の中にも毒物はなかったそうです。どこかで毒を飲んでオフィスで絶命した可能性も捨てきれませんが、今のところは他殺の線で捜査をしているということです。それと毒物は特定できたらしいんですが、まだ発表されていません」

「なんで発表しないんだ？」

「かなりの劇薬らしいですよ」と鳥羽は声をひそめる。

「小耳に挟んだんですが、今年の三月に同じ毒で亡くなったと思われる事件が中国であったそうです。殺鼠剤（さっそざい）がキャンディーに塗られていて、それを拾って食べた男の子が、ちょうど松江さんと同じように、激烈な症状を起こして亡くなったそうです。男の子はキャンディーを食べて数十分で苦しみだして、目や鼻、耳、口から出血して多臓器不全で……」

そこまで言って鳥羽は気分が悪くなったのか、言葉を切った。

「その殺鼠剤は日本では禁止されているんですが、中国ではまだ流通しているのだそうです」

「それじゃあ、中国人が絡んでいるということなのか？」

「どうでしょうね。僕の感触では警察はその線は薄いと思っているようでしたが。というのはですね、その毒物は比較的簡単に作れるのだそうです」

「そうは言っても、特殊な薬品や特別な設備が必要なんじゃないのか？」

「それがですね。身分証明書があれば材料は揃うらしいですよ」

鳥羽は、ますます小声になっていく。人に聞かれてはまずいというより、そんな恐ろしい毒薬が誰にでも作れてしまうことを知って戦（おのの）いているという感じだ。

「しかも簡単な道具で作れる上に、その物質は無味無臭、白色の粉末状で安定的なものなのだそうです」

「なんだよそれ」

浅見の声も思わず低くなる。

「今、和歌山県内の薬局で材料を買った者がいないか、調べているところだそうです。だけど、人を殺そうとしているやつが、身元がバレるような身分証明書を使ったりするわけないですけどね」

鳥羽は吐き捨てるように言った。

「まったくだな。しかしそういう地道な捜査から、思いも寄らない手掛かりを摑んだりするんだろう」

「そうですね。和歌山県内だけじゃなくて、大阪府も調べるそうですが当然ですね。義弘さん殺しと松江さん殺しは同一犯でしょうから」

「同一犯。うーん。それはどうかな」

「違うんですか？」

「いや、なんとも言えんよ」

「なんだか思わせぶりな言い方ですね」

浅見は笑って誤魔化した。浅見自身も、今の段階ではなにも分からないのだ。ただ、義弘と松江とでは殺害方法が違うというだけではない、なにかが違う気がするのだった。

「また何か分かったら教えてくれ」と頼んで電話を切った。

再びノートに取りかかる。分量的にはちょうど半分を過ぎた頃か。

平和な時代がようやくやってきた喜びが滲み出る内容だ。おもに仕事のこと、そして清吉の成長記録である。浅見は大切な手掛かりを読み落とさないように、注意しながら急ぎ足で読んでいく。

　数年間は子供を育て必死に働いている様子が見て取れる。文字も現代仮名遣いになったので格段に読みやすくなった。

　妻の正子がノートに登場することも増え、仲睦まじい様子が窺える。

　ふいに見慣れた名前が現れる。竹さんである。

　竹さんが子供を連れてやってきた。会うのは森高先生の葬儀以来である。

「坊ちゃん、お久しぶりです。もっと早ように来たい思うとったんですが」

「いやあ、お互い様やで」

　清吉がふすまの陰からこちらを覗いていた。来客中にそんなことをするような子供ではないのだが、同じ年頃の子供がいるからだろう。

「坊ちゃんの息子さんでっか?」

　清吉は、「坊ちゃんとは誰のことだろう」というように目をぱちくりさせる。

「竹さん、私はもう坊ちゃんていう年と違うよ」

　私たちは声を合わせて笑った。

「ほんまや。ほんなら、こちらのお子が坊ちゃんや。勇一、こちらの坊ちゃんと、向こうで遊んできなはれ」

二人は連れだって外に出て行った。

「勇一君はいくつですか？」

「今年、十になりました」

「ほいたら清吉より一つ上やな」

竹さんは私よりも二回り近く年上なので、同じくらいの子供がいるのが不思議な気がする。竹さんは最初の奥さんを病気で亡くした。五十歳近くなって、戦争中に二度目の結婚をしたのは知っていたが、その人も空襲で亡くしたと聞いて、私は慰めの言葉もなかった。

戦争中のことは、私も思い出したくないことばかりだ。戦後どうしていたかを簡単に報告し合ったあとは、もっぱら子供の話などをしていた。

「実は、ご報告があって来たんだす」

今の仕事を辞め、別荘の管理人をやるという。

「森高先生の別荘ですのや。今は結婚したお嬢さんが使うてはるんです」

癒えたかに見えていた私の傷が、再び開いて血を流した。

時岡千尋。

今の名前を聞いて、千尋さんがいつのまにか、遠く手の届かないところに行ってしまったことを、今さらながらに知った。

竹さんは、千尋さんの今の様子をあれこれと話すが、私の耳にはほとんど入ってこない。大学教員と結婚して京都に住んでいるが、今も小学校の教員を続けているというのが千尋さんらしい。結婚をしたからといって、驚いたり悲しんだりするようなことではないが、私の気持ちは乱れに乱れていた。

竹さんはずっと肉体労働をしていたが、近頃さすがに体力の衰えを感じていた。そんなところへ別荘の管理人をやらないかと人づてに頼まれたという。

「別荘は京都にあるんですか？」

「いえ、島本だす」

浅見は反射的に顔を上げた。

島本。

ずっと気になっていた。義弘が電話で話していた地名がここで出てくるとは。

電話で話していた相手は千尋なのか。

いや、違う。

浅見は初めの頃に読んだノートを取り出した。たしか千尋の年齢が分かる記述があったはずだ。

やはりそうだ。千尋は義麿より一歳下である。生きていれば九十六歳だ。いまだ健在という可能性は充分にあるが、義弘が話していた内容を考え合わせると千尋ではない気がする。

「長いこと高槻の家を使わせてもろてありがとさんでございました」

「いつ引っ越すんや」

「来月だす」

竹さんは私になにか言いたそうであるが、なかなか切り出さない。私は私で、なんとかして千尋さんに会うことはできないものか、とそんなことばかりを考えていた。

「いよいよ高槻を離れる日が近づいてくると、なんや寂しゅうなります。それに、あれはどうなったやろて気に掛かるんだす」

「そら、千尋さんが持ってるんやろう」

「そうやろか。わしはそうは思えへんのですけど」

竹さんは、森高先生の思い出話をする。こんな話ができるのも、戦争という世にもおぞましい体験をしたからであろう。あの頃、先生の自殺は鎌足の呪いではないかと恐れて、口にすることもできなかったのだ。

先生の話をすることが供養であるかのように話は尽きなかった。

「阿武山を死に場所に選ぶなんてなんでやったんやろ。やっぱり鎌足さんに呪われたっちゅうことやろか」

竹さんは気味悪そうに首を竦めた。

私は、「呪いなどではないよ」と言った。

それは自分に言い聞かせるためだったのかもしれない。

先生が鎌足の墓のそばで死にたいと思った気持ちは、なんとなく分かる。生まれ育った場所が鎌足を信奉する土地であったこと。その墓を自分が発見したことを、因縁と考えるのも当然だ。

すぐに埋め戻されてしまったために曖昧なままだが、多くの人が鎌足の墓であると考えている。それを二人で証明するという約束は果たせなかった。しかし先生の魂魄は、鎌足の御霊が眠る阿武山で安らかに眠り続けることだろう。

第十章　X線写真

松江の葬儀の日が決まった、と鳥羽から連絡が入った。

「先輩は出ないんですよね。ノートを読むから」

鳥羽が電話の向こうで言う。

「ノートも読むが、お通夜には行くよ」

「分かりました」

そう言って、通夜の場所と時間を教えてくれた。

「鈴木さんのご主人の葬儀には参列しなかったのに、今度はまたどうしてですか？」

「特に理由はないんだが」

鳥羽に言えるような理由はない、という意味だ。今のところは。

「それより、おれの車はまだ返してもらえないのかねえ」

「明日のお通夜が終わったら、三千恵ちゃんは海南市の自分のアパートに戻るそうです。そのときに車は返してもらうことになってます」

浅見は松江の通夜が終わったら、一度東京に帰るつもりだと言った。

「まさか、事件を一つも解決しないまま逃げ出すわけじゃないですよね」

「ははは。一応戻ってくるつもりだがね。途中、島本に寄ってみたいと思っているんだ」

「島本って、義弘さんが電話で言っていた地名ですね」

「ああ、そうなんだ。ノートの中についにその地名が出てきたんだよ」

義麿が若き日に、結婚を考えた千尋という女性が時岡という姓になり、島本に別荘を持っていたことを話した。ついでに、森高が鎌足の棺から取り出したものが、竹さんこと竹島伸吾郎の手に渡り、一度山村のもとにあったが再び竹島の元に戻ったあと、森高が受け取ったところまでを説明した。

「森高教授はそのあとすぐに死んでしまったのだが、その後、それがどこにあるのか分からないんだ。ノートの続きを読めば書いてあるかもしれない」

「その呪われた物体ってなんですか？」

「分からないんだよ。ノートの中でも、『それ』とか『あれ』とか言うだけでね。口にするだけで呪われるって思っていたのかもな」

「鎌足の棺に入れられた副葬品ですから、相当価値のあるものなんでしょうね」

「ま、とにかくノートの先を読んでみるよ」

浅見が憑かれたようにノートを読んでいるのを、気味悪がっていた鳥羽だったが、行方の分からない副葬品があると知って俄然興味が湧いたようだ。「頑張ってください」などと、柄にもなく励ましてくれた。

期待を持って読み始めたが、なかなか目指す情報は得られない。

義麿は中年といっていい年になり、清吉が地元の大学に合格したことを、しみじみと平和な日本で暮らせるありがたさとして書いている。妻の正子とも仲はいいようで、絵に描いたような幸せな暮らしだ。しかしふとした折に、寂しさのにじむ文章がある。一生懸命に生きてきたが、これでよかったのか、というような内容だったり、雨の日の蜜柑畑をセンチメンタルに描写していたりする。

四十歳を過ぎれば、誰しも義麿のように来し方を反芻し、行く末を案じたりするものだろうか。義麿が浅見の年をいつの間にか追い越していたことに、軽い驚きを覚えながらもページをめくる手はスピードを落とさなかった。

昭和三十九年、竹島伸吾郎が死んだ。義麿は島本町での葬儀に参列している。

息子の勇一君は立派な青年になっていた。私のことを覚えているかと問うと、覚えていないが、清吉と遊んだことは記憶にあると言う。大阪で会社員をやっているそう

だ。

喪主の勇一君と話したのは、たったそれだけだった。私はもっとゆっくり話がしたくて、「困ったことがあったらいつでも会いに来なさい」と名刺を渡した。

参列者の中に千尋さんがいた。二十年以上の年月を経ても美しさは変わっていなかった。まぶしいほどの清らかさに芯の強さが光を添えていた。

そばに夫らしき男がいた。その顔に見覚えがある。あの時岡だ。私はまだ中学生だった。初めて森高先生のお宅にお邪魔した時、数人の京大生の中で、一人だけ学部が違うと言っていたのでよく覚えている。千尋さんを意味ありげな目で見つめていた男だ。

葬儀に千尋さんが来ることは予想していた。私は過去を水に流し、懐かしく語り合えるものと思っていた。だが、時岡に寄り添う千尋さんに、私は声を掛けることもできなかった。

隣にいるのは、なぜ私ではないのだ。

私はどこで間違えたのだ。

ノートはこのあと、仕事一色になる。時々、清吉の結婚など家庭内のことも書かれている。昭和三十年代、四十年代といえばめまぐるしく世の中が変わった時代だ。しかし相変わらず社会情勢についてはほとんど言及されていない。

清吉に息子が生まれた。義弘だ。

孫の誕生にはさすがに喜びを隠せないようだ。

ノートは清吉に続き、義弘の成長記録となった。来る日も来る日も仕事と孫の記録だった。

竹さんの息子の勇一が訪ねてくるでもなく、あれほど執心していた千尋と連絡を取ろうとするでもなく、義麿の日常は坦々と過ぎていく。

朝から読み始め、もう夕刻だった。昼食を取るのを忘れるほど没頭していたのだ。

鳥羽がストックしていたカップラーメンを失敬して腹を満たし、また続きを読む。

義弘が中学生になったのを機に、清吉に代表取締役の座を譲っている。この年、義麿は六十二歳。隠居生活をするにはまだ早い、というようなことを書いているので、引き続き仕事は続けていたようだ。

しかし釣りに行ったり、家の裏に畑を作る計画を立てたりと、なかなか楽しそうな生活を送っている。

昭和五十七年三月。義麿はテレビのニュースに愕然とする。憤りが浅見にも伝わってくるようだった。

なんということを。

馬鹿者が。

鎌足公と森高先生の魂が眠る阿武山を、うっかり削り取るなど言語道断。行政担当者は何をやっておるのだ。

昭和五十七年の新聞によると、阿武山の西の斜面で大阪市（おおさかし）の学校法人がグラウンドの造成工事を行っていた。大阪府の正式な許可を得た工事であった。その工事で阿武山古墳の一部が破壊されたというのである。五十年前、あまりにも秘密裏に古墳を埋め戻してしまったために、行政の担当者ですら阿武山古墳の存在を知らなかったのだ。

だがここにただ一人、忘れずにいる男がいた。

先生は古墳が鎌足の墓であることを証明しようと息巻いていた。戦争が終わり、世の中が変われば調査も再開できるはずだと信じていたのだ。今、まさに先生の望む世の中となった。天皇の御陵であろうと何であろうと科学的な調査が不敬だなどと言う時代ではないのだから。

義麿はそう思っていたようだが、実際には現代に至っても、完全に自由というわけにはいかない。

太田茶臼山（おおたちゃうすやま）古墳がいい例だ。継体（けいたい）天皇陵とされ宮内庁の管理下に置かれたために調査をするには制約がある。市民が見学することはおろか、学術目的での自由な立ち入りまでも禁止している。

今城塚古墳が継体天皇陵にほぼ間違いないとされている今でも、太田茶臼山古墳を継体天皇陵としている意味が分からない。

古墳の一部を破壊され、文化庁は調査官を派遣したようだ。そして異例のスピードで国の史跡に指定した。

先生との約束ではあったが、私は証明するつもりはない。あの古墳にまつわって人が死んだのだ。呪いなどない、と自分に言い聞かせてみても、やはり私は恐ろしいのだ。

彼の人の眠りを破ってはいけない。棺の中で眠る人を目覚めさせたのは、「したしたした」という岩伝う雫の音と、「こう　こう　こう」と中将姫の御霊を呼び戻す、魂呼いの声だ。二上山で、呼び覚まされた大津皇子の魂と出会い、中将姫は蓮の糸で織った上帛に、大津皇子の姿を描いて魂を鎮め、自らも成仏したのだ。

中将姫のいない現世では、誰が鎌足公の御霊を鎮められるだろう。先生の思いの籠もったあの塚を、鎌足の御霊とともに、このままそっとしておくべきなのだ。

先生も許してくださるだろう。

浅見は顔を上げた。義麿のノートを読み始めたとき、折口信夫の『死者の書』を連想したことを思い出した。小説が書かれたのはたしか大戦が始まった年だ。その後数年して単行本化されたが、義麿はあとになって『死者の書』を読み、若き日の自分の体験が呼び覚まされたのではないだろうか。

鎌足を大津皇子になぞらえ、ひたすら安寧を願っているようだ。調査を再開し、鎌足を目覚めさせることで、再び呪いが発動されることを恐れていたのだろう。中将姫はいないとしているが、あるいは千尋の面影を思い浮かべていたかもしれない。

阿武山古墳が史跡に指定されたことで安心したのか、義麿のノートには古墳に関しての記述はなくなる。

相変わらず、仕事の傍らに老後の生活を楽しんでいる様子がノートからうかがえる。だが『死者の書』に呼び起こされた過去の記憶は、義麿の生活になんらかの影を落としたようだ。この頃から、たびたび熊野古道に出掛けるようになる。清吉が子供の頃にもよく行っていたようだが、今度は一人だ。

久しぶりの古道。杉木立の中にたたずむ牛馬童子の像が、今日は森高先生に見えた。藤原道兼に裏切られて天皇の位を追われ、この寂しい古道を歩いた花山法皇が、どうしても先生の姿と重なる。私はなぜ、最後まで先生を信頼してついて行かなかったのだろう。裏切った私を、先生は本当に許してくれたのだろうか。

自分のせいで森高教授は死んだと思っているようだ。これまで森高が自殺した理由は分からない、としてきたが、心の底には自分の裏切りのせいで死んだのではないか、という自責の念をずっと抱えていたのか。

ノートは日々の細々とした出来事のほかに、社会にも言及するようになっていた。

子や孫が成長し、特に書くこともなくなったからだろう。仕事の第一線から退いて時間ができたこともあるに違いない。傍目には楽隠居と見えても、心の中に若き日の後悔がわだかまっていることを誰が知っていただろう。

ノートは昭和六十二年になって、再び激しい筆致で書かれている。阿武山古墳が「再発見」されてから五年の歳月が流れていた。

柿崎泰正。出土した須恵器の年代が合わないと主張している。阿武山古墳は副葬品がほとんどなく、石槨の構造も特殊であるから、出土した須恵器を手掛かりに古墳の築造年代を絞り込むしかない。しかし須恵器の年代観は学者によって大いに相違している。にもかかわらず、柿崎はこじつけとも言える論法で須恵器の年代を、鎌足の没年よりも古いものであると断定している。許し難いことである。

柿崎がどういう男か知らぬが、この男に追従する輩がいることも気に入らない。

阿武山古墳が鎌足の墓ではないと主張する考古学者が現れたことで、義麿はひどく感情的になっている。

現在に至っても鎌足の墓であることを否定する説はあるが、肯定論者が大勢を占めている。だが当時の義麿は、このまま否定されてしまうと焦ったのだろう。

S製作所。奥居。

ノートはそこが最終ページだった。ページの隅にメモ書きのように書き殴ってある。その上からめちゃくちゃに線で消しているが、かろうじてそう読める。

S製作所といえば、森高教授が棺のX線撮影を依頼した会社だ。奥居というのはそのときの技師の名前だろうか。

鎌足の墓ではないという主張を耳にして、義麿はそれに異を唱えるべく、X線写真の存在を確かめようとしているのか。

浅見は次のノートを取り出すため、段ボールの中を探した。しかしどういうわけか、続きが見つからない。調べてみると、昭和六十二年から三年分がなくなっている。一年につき、一冊から二冊のペースで書いているから、見当たらないのは最大で六冊ということになる。

S製作所、と走り書きされたノートの次は平成二年四月だ。義弘が大学を卒業したことと、家業を継がずに田辺市の役所に勤めたことが書かれている。

「なんでないんだ」

浅見は念のためにもう一度、段ボールからすべてのノートを取り出し、一冊一冊確かめた。

やはりなかった。

義麿は間違いなくS製作所の奥居と連絡を取ったはずだ。

その内容が、なくなったノートに書いてあるに違いない。

時間を確かめる。遅い時間ではない。浅見は大谷宮司に電話をした。

「夜分、申し訳ありません。義麿さんのノートの昭和六十二年から平成二年までがないのですが、そちらに残っているなんてことはありませんか」

気が急くのでいきなり用件を言う。

「平成？　もう、その辺まで読まれたんですか」

大谷は驚いた声で言った。

「どうです。なんか分かりましたか」

「まだなんとも言えないのですが。僕にはだんだんと核心に近づいている気がしてしようがないのです。ところが、一番大事なところと思われる部分が、そっくり抜け落ちているんです」

「義弘さんから預かって、段ボールごと押し入れに入れておりました。ご存じのように、わしは一人暮らしやさかい、さわったもんはおらん思いますが」

礼を言って電話を切った。

義弘が抜いたのか。しかし義弘はノートの内容を知らないようだった。では、義麿が何らかの理由で、その部分を取り除いて義弘に渡したのか。

それとも何者かが、宮司の家に忍び込み盗んだのか。

鈴木家に空き巣が入ったことを考えると、宮司の所にも賊が入ったと考えるのは自然だ。だが、もっとも分からないのは、核心に触れているノートがすっぽり無いことだ。盗みに入り、ゆっくり目を通す暇などないはずだ。どうしてその部分だけを抜き取ることができたのか。

何が書いてあったのか気になるが、まずはシャワーを浴び、気を取り直して続きを読むことにする。

義弘が役所の採用試験に合格した。清吉も喜んでいるから何も言わぬが、八紘昭建がこの先どうなるのかと考えると、あまり長生きもしたくないと思えてくる。

義磨の文章は妙に鬱々としている。釣りに行くのも億劫(おっくう)だとか、畑の作物に虫がついて全滅しただとか、書いている内容も読んでいるこちらの気が滅入(めい)るようなことばかりだ。そのせいか目や肩が異様に疲れている。これまでの無理が祟ったのか。浅見は冷蔵庫から飲み物を取り出そうとして空腹に気が付いた。夕方にカップラーメンを食べたあと何も食べていない。

どうりで疲れているはずだ。

そのとき、鳥羽から再び電話が入った。

「先輩、これから鈴木さんの家に来ませんか。また三千恵ちゃんがご馳走を作ってくれたんですよ。僕も仕事が一段落しましたからねえ。一緒にどうです？」

願ってもないことだった。二つ返事でオーケーすると、鳥羽は浅見の車で迎えに来た。

久しぶりに見る自分の車はなんだか懐かしい。鳥羽が我が物顔でハンドルを握っているのが癪にさわる。

明日の朝、三千恵は電車で出勤し、通夜に参列したあとそのまま海南市のアパートに戻るのだそうだ。

「三千恵ちゃんは本当に優しいんだよなあ。鈴木さんも三千恵ちゃんのおかげで、来週には仕事に戻れそうだって言ってましたよ」

「おまえに車を貸してやった、おれの優しさにも感動してもらいたいものだがね」

「もちろん感動、いえ感謝しています」

軽口を叩いているうちに、真代のマンションに着いた。それほど大きなマンションではないが、一棟ごと鈴木家のものなのだから大したものだ。

「浅見さん、よう来たね」

真代は多少窶れた感じはあるものの、顔色はたしかによくなっていた。

「ご馳走していただけると聞いて、やってきました。今日は朝からろくなものを食べていなかったので」

「まあ、それはあきませんね」

皿を手にした三千恵が台所のほうから言った。

「食べ物は元気の源ですから」

マンションはかなりの広さだ。真代と義弘は結婚して数年間はここで一緒に暮らしていた。二人で暮らすにも広過ぎるくらいだが、義父の清吉が亡くなったあとは、真代は一人で住んでいたのだ。それでも義弘は実家とマンションを行き来していたらしいが、その義弘も亡くなってしまい、真代の心中はいかばかりだろう。

テーブルの上には、まるで浜屋で出されるような料理が並んでいる。それぞれのお腹の具合に合わせて、大皿から煮物や焼き物を銘々が取り分けるようになっている。

真代が飲み物を運んできて言った。

「浅見さんも来てくれて嬉しいわ。そやけど明日からは三千恵ちゃんもおらんようになるし、寂しなるなあ」

真代は笑顔を作っているものの、心細げな様子は隠せなかった。

「今夜は鈴木さんを励ますために、パーッとやりましょう。ねえ、先輩」

鳥羽は精一杯、場を盛り上げようと賑やかに言った。

「ありがとう。鳥羽さんも今夜はゆっくりお喋りして楽しんでってな。三千恵ちゃんと」

矛先が妙な具合に向かってきたので、鳥羽は赤面してまごついている。

「そうや。泊まっていかん？　そのほうがもっとゆっくりできるわ」

「ええ」と鳥羽が困ったように声を上げるが、嬉しそうだ。

「なあ、浅見さんもどうです？」

「いや、しかし。ご迷惑ではないですか？」

浅見も一応遠慮する。

「迷惑なことないよ。部屋はあるんやし」

真代は、ぜひ泊まっていってくれと言う。

「そのほうが賑やかでええわ」と三千惠は両手を胸の前で合わせる。その仕草が可愛らしくて、鳥羽はもうメロメロである。

「ね、先輩。お言葉に甘えて泊めてもらいましょう」

浅見が断れば、一人でも泊まっていきそうな勢いだ。帰ってノートの続きを読むつもりだったが、考えてみればこの数日、鳥羽のむさ苦しい部屋に籠もりきりだった。今日ぐらいはのんびりと息抜きをしてもいい気がする。

泊まるとなると、いきおい気が緩んで鳥羽の酒量は増え、口数も多くなる。つられて浅見もつい軽口を言った。

「鳥羽は口を開けば竹内さんのことばっかりなんですよ」

「嫌やわ。私のこと、なんて言うてはるんですか？」

「いや、そんな。なにも」

鳥羽は狼狽(うろた)えて口ごもる。

「そんなん、聞かんでも分かるやんか。可愛いとか、綺麗やとかやろ」

真代も鳥羽をからかって言う。

「それから、優しくて料理がうまい」

浅見もおどけて付け加えた。

鳥羽は、「先輩」と困り切って言うが、顔が緩んでいる。

「それやったら、三千恵ちゃんはお嫁にしたい女性の理想像みたいなもんやね」

「それだけじゃありませんよ」

鳥羽が少し怒ったように言う。明らかに照れ隠しである。

「三千恵ちゃんは、人間的にも度量が広いし、知的好奇心が旺盛で、そういう面でも素晴らしい女性です」

鳥羽にしては精一杯の愛の告白というところだろうか。それにしてもずいぶん惚(ほ)れ込んだものである。

「義麿さんのノートのことも、すごく興味を持って聞いてくれるし」

「そやかて、鳥羽さんが話してくれるから」

あまり褒められて、三千恵は居心地が悪そうだ。

「鳥羽が竹内さんにノートの話をしていたとはな。おれが話したときには興味なさそうだったが」

「あら、そやったんですか？　あんな難しいの読めるなんて、すごい思うとったんですけど」

「実を言うと、ほとんどが先輩の受け売りだったんです」

鳥羽は赤くなって頭を掻いた。どうやら、あたかも自分が読んだように話をしていたらしい。

「義麿さんの写真はこちらにありますか？」

浅見は真代に訊いた。自分なりの義麿像がすっかり出来上がっているが、常々写真を見たいと思っていたのだ。

「こっちの家には、あんまりない思うけど」

と真代は隣の和室からアルバムを持ってきた。

「ああ、あったわ。ちょっと小さいけど」

それは真代の結婚式の写真だった。

今よりも少し若い真代が、白無垢（しろむく）を着て中央に座っていた。

「ご主人、お優しそうな人ですね」

三千恵がしんみりと言う。

義弘はなかなかの男前で、昔の映画の二枚目俳優のような顔立ちだった。

「優しい人やったわ」

真代は涙をこらえているのだろう、瞬きを繰り返している。

「お祖父ちゃんは、この人や」

湿っぽくなった場の空気を変えようとしてか、明るい声で言った。

「この方ですか？　髭を生やしていたと聞きましたが」

誰かが明治天皇みたいな髭を生やしていたと言っていたはずだ。

義麿は髭がないせいか、想像よりも優しげな顔で、義弘とよく似ていた。

「私がお嫁に来たときにはもう、髭はなかったんよ。昔の写真には立派なのが生えてましたけど」

酔いが回っている鳥羽は、なにが可笑しいのかゲラゲラと笑っている。

「こっちが、お義父さんや」

清吉は、義麿を少し気弱にした感じだった。イケメンだが線が細いという言い方がぴったりする。

「義麿さんが亡くなったのは、九十二歳でしたっけ？　最期までお元気だったんですか？」

「ええ、元気だったと思います。亡くなる五日前に、なんや目がぐるぐるする言うて、入院したんです」

「ぐるぐる？」

「めまいがしたんやろね。死因は心不全て言うてましたから、まあ、大往生ですわ」

「清吉さんは、義麿さんよりも若くして亡くなったんでしたよね。ご病気ですか？」

「事故やて聞きましたけど。うちの人も、お義母さんもその話はようしませんでした」

「まだ若かったですからね。辛かったでしょうね。事故というと交通事故ですか？」

「ええ。そんなふうに聞きましたけど」

義弘が車を運転しない理由というのが、父親の事故によるものではないかと思ったが、浅見は口にしなかった。

再び場が湿っぽくなるのを恐れてか、真代が、「さあさあ、飲んで」と鳥羽のグラスにビールを注いだ。

夜半過ぎまで大いに語り合い、楽しい時間を過ごした。

思えば殺人事件だの鎌足の呪いだのに、どっぷりと浸かった数日間だった。まだなにも分かっていないが、浅見にとっては思いがけず、いい気分転換になった。

翌朝、浅見が目を覚ますと、すでに日は高く昇っており、鳥羽の布団はもぬけの殻だった。

「おはよう。よう眠れました？」

リビングに行くと真代が一人、たくさんの書類を広げ、なにやら大変そうだった。

夫が亡くなったのだ。煩雑な事務仕事があるのだろう。

「すみません。寝過ごしてしまったようで」

「ええのよ。気にせんで」

「鳥羽はもう通信部に戻ったんですか？」

「いいえ。三千恵ちゃんの仕事に間に合うように、朝早くに送って行ったんですよ」

昨夜の鳥羽の「告白」を思い出したのか、真代は意味ありげに笑う。浅見のために朝食を用意してくれながら、海南市の家のことも気に掛かるので少し早めにマンションを出ると言う。

「それじゃあ、僕の車で一緒に行きましょう。僕もお通夜の前に行きたいところがあるので」

朝食を済ませた浅見は、真代を乗せ一度田辺通信部に戻り、着替えなどをバッグに詰めた。少し考えて、義麿のノートも数冊一緒に入れる。

「鳥羽と竹内さんはうまくいきそうですかね」

浅見はハンドルを握りながら、助手席の真代に訊いた。

「いくんと違いますか。三千恵ちゃんも、けっこう鳥羽さんのことが好きみたいやわ。気いついたら二人で、なんや楽しそうに喋ってますわ。三千恵ちゃんは歴史好きやて言うてたでしょう。ほんまにいろんなこと知ってて、私も感心してますんや」

「竹内さんはどこかで歴史の勉強をしたんでしょうかね」

「さあ、大学は文学部や言うてたけど。歴史の勉強を専門にしとったようではなかったですよ。なんやお兄さんの影響や、て言うとったわ。あくまでも趣味みたいやね」

「こう言っちゃなんですが、大学を出て、浜屋でアルバイトというのはどうしてなんですか？」

「最初に就職した会社があっという間に倒産して、それからは定職には就かずに、気ままにアルバイトを転々としてるて言うてました。そやから、藤白神社に仕事が決まって、私はえらい感謝されました」

　真代が聞いた話では、三千恵はかなり苦労したらしい。小学生のときに母親が亡くなり、八つ年上の兄が親代わりになって面倒をみてくれたのだという。

「そんなふうに見えませんね」

「そうやろ。明るくて、ほんまええ子やわ」

　鳥羽と三千恵はお似合いだ、と真代は心底嬉しそうに言う。辛く悲しい出来事が続いたので、二人の仲の良さが真代の心を和ませてくれるのだろう。

　車を藤白神社の駐車場に入れる。

「ほんなら、またあとで」

　と真代は鈴木家のほうへ向かった。

浅見は、社務所にいる三千恵に挨拶をして拝殿の脇から宮司の住まいのほうへ向かった。

電話を掛けてあったので、大谷宮司は浅見を待っていてくれた。

「なんやノートがのうなったとか」

「ええ、空き巣に入られたような気配はなかったですか？」

「ああ、鈴木さんとこも入られたしなあ。しかしわしのとこは、そんな感じはなかったけど」

「そうですか」

「適当に持っていったんと違ごうてる言うてましたな」

「平成に入る直前で、五十年以上忘れ去られていた阿武山古墳が再び注目を浴びるところなんです」

「阿武山古墳が、義弘さんや松江さんの事件と関係ありますか」

大谷は小声で言いながら、近くに空き巣狙いが潜んでいるかのようにあたりを見回した。

「大いにあると思いますね」

大谷には戸締まりに気を付けるように言って、浅見は車に戻った。通夜の時間まで車の中でノートを読むつもりである。

　通夜は市内の葬儀場で行われた。松江の妻の隣には小学生の男の子が二人、泣き腫らした目で座っていた。子供たちの健気な様子と、気丈に振る舞う松江の妻に誰もが涙を誘われた。

　浅見は通夜に参列している人をさりげなく観察する。見ると三千恵がしきりにハンカチで目頭を押さえている。隣で鳥羽が気遣わしげにのぞき込んでいた。

　浅見は、そっと鳥羽に近づいて、「参列者の中に、例の男がいないか見ておいてほしい、と竹内さんに言ってくれ」と囁いた。

　鳥羽は大役を任された人のように困り切った顔で三千恵を見た。

　通夜が終わると三千恵が浅見のところへやってきた。

「私が見た男の人は、おらんかったと思います。でも、あまり特徴のない人やったんで自信はないんですが」

「中肉中背で、四十歳から六十歳くらいでしたっけ？」

「ええ」

　三千恵は、「すみません」と頭を下げた。三千恵が謝ることはないのだが、年齢の幅が広いのが、なんとも残念だ。

「これから東京に行かはるそうですけど、夜通し運転しはるんですか？」

「いえ、今夜は大阪まで行って、明日は阿武山古墳を見て、それから、まあ京都でいろいろと用事を……」

「はあ、京都ですか」

「ええ。京都のS製作所に行ってきます。むかし鎌足公の遺体のX線写真を撮った人がその会社にいたらしいんです」

「鎌足のX線写真ですか？」

三千恵は興味深そうに目を輝かした。

「もう亡くなっていると思うのですが、当時のことを知っている人がいないかと思いましてね」

「先輩は義麿さんのノートの世界にどっぷり嵌まってますからね」

「事件のことでなにか分かったら、すぐに知らせてくれよ」

鳥羽に念を押して、浅見は大阪へと出発した。


翌朝は、浅見にしては早起きをした。高槻市に向かう前に、義弘の殺害現場となった毛馬桜之宮公園に行くためだ。

近くの駐車場に車を置いて、背の高い樹木が見えるほうに歩いていくと、次第に空気が清澄になっていくのを感じた。朝が早いせいかもしれないが、川から吹いてくる風が、木々の緑に触れて爽やかさを増しているようだ。

淀川大堰（おおぜき）から分かれた大川沿いにあるこの公園は、桜の時期には花見客で賑わうらしい。「青湾」の石碑は公園の遊歩道の脇にあるものの、ひときわ樹木が生い茂っている場所で、思っていたよりも人目に付かない場所だった。夜とはいえ、生前の義弘を目撃した人がたったの一人だったというのもうなずける。

石碑のそばの案内板には、茶の湯を愛好した秀吉（ひでよし）が、このあたりの水が特に清らかであるので小湾を作り「青湾」と名付けたとある。明治の初期には飲料水として売られていたというからすごい。

浅見は川に向かって歩いた。川はゆったりと流れている。早朝にもかかわらず、犬の散歩をする人やジョギングをする人と頻繁にすれ違う。なぜ犯人はこの公園に義弘を呼び出したのか。警察も犯人の目星がついていないらしいから、その理由もまだ分からないのだろう。川岸に佇（たたず）んで周囲を見回した。外壁の工事をしているのか、公園に隣接する足場を組んだビルが、やや興ざめなものの、朝の風景はのどかで空気は澄んでいた。

駐車場に戻り高槻市に向かって出発する。前に今城塚古代博物館に行ったときと同様、近畿自動車道から名神高速道路に乗り換え、茨木（いばらき）インターチェンジで下りて高槻市内に入る。山に向かって十分ほど車を走らせたあと、ゆるい坂道を上ると次第に緑が濃くなり、本格的な山道になった。

阿武山は標高約二百八十一メートル。低い山ではあるが見晴らしが良く、一部のハイカーには人気のコースらしい。山の中腹にある阿武山地震観測所の高い塔もよく見える。それを目印にするまでもなく、分かりやすい一本道を進むと阿武山地震観測所に行き当たった。入り口のゲートは固く閉ざされており、車を停める場所もない。やむを得ず引き返し、麓の有料駐車場に入れる。駐車場の係員に訊くと、このあたりから阿武山古墳まで四十分程かかるらしい。日頃運動不足の身にとっては少々キツい。

ふくらはぎが張ってきた頃、さっきのゲートが見えてきた。許可無く立ち入ることを禁止する看板が掛かっている。地震観測所の敷地内は、生い茂る木々の向こうでひっそりと静まり返っていた。遠くから見えた塔も、ここからは木立に遮られて見えない。

森高教授がこの観測所の敷地内で自殺をしたという。それがどこなのか、今となってはもちろん分からないだろうが、敷地内を歩いて教授の弔いをしたいと思っていた。

門柱の脇に立て看板がある。そこが阿武山古墳へ通じる道だ。そこからはまさに山道で、浅見にとっては登山をしているのと変わらない。流れ始めた汗をハンカチで拭った。自分の足が重く感じ始め、息が上がってきた。すると目の前に一群の木立が現れた。

明らかに人が植えたもので、何かを守り、まるでスクラムを組むように植えられていた。そこが古墳らしい。周りを鉄柵で囲っていなければ見過ごしてしまうほど、一般的なイメージの古墳と違っていた。

あとで知ったことだが、古墳というのは土を盛った墳丘を持つ墓のことを言うのだそうだ。この墓のようにほとんど盛土がないものは古墓と呼んで区別する研究者もいるらしい。しかし阿武山古墳は見つかってから八十年もの間、そう呼び習わしているので今も古墳と呼んでいるのだろうか。現に立てられている石碑にも「史跡　阿武山古墳」とある。

浅見は汗が引くまで、そこに立ち尽くしていた。

義麿たちが立ち働いた当時の喧噪が、浅見には聞こえる気がした。同時に義麿少年の生き生きとした輝く目と、森高教授の野心に溢れる風貌までが見えるようだった。「墓室」と書かれたプレートのそばにはたくさんの花が供えられている。浅見も花を持ってくるべきだったと後悔した。手を合わせ、ここに眠る鎌足公に低頭し、森高と義麿に思いを馳せた。

阿武山古墳をあとにして京都方面に向かう。今日の最大の目的は京都市内にあるのだが、その前にもう一つ寄り道をしようと考えている。島本に水無瀬離宮の跡である水無瀬神宮があると知って、訪ねてみたいと思っていたのだ。

カーナビによると島本町までは三十分くらいだ。西国街道と呼ばれる府道67号線をのんびりと走る。島本町は古くから交通の要所で、摂津国と山城国を行き来するとき、唯一山越えをしなくてすむルートらしい。

島本の駅を過ぎたところで右折し、水無瀬に向かう。島本は桂川、木津川、宇治川が合流して淀川になる場所である。三つの川の水温が違うために冬には霧が多く発生する。万葉集の時代から歌枕とされ、後鳥羽上皇はこの地をこよなく愛し、離宮を造営した。その離宮跡が今は水無瀬神宮となっている。

浅見は神宮の駐車場に車を置き、鳥居をくぐって長い参道を歩いた。玉砂利を踏みしめる音を耳で捉えながら、若くして命を落とした妹の祐子のことを考えていた。祐子は、学生時代に研究していた後鳥羽上皇を卒論のテーマに選んだ。そして友人と一緒に、後鳥羽上皇が隠岐に流されたときの道順を追って旅をした。その旅行中、祐子は土砂崩れに遭い死んでしまったのだ。

天皇でありながら島流しとなり、死後は怨霊となったとされている後鳥羽上皇は、死ぬまでこの水無瀬離宮に戻ることを希求していたという。上皇の過酷な運命を思いながら、ひょっとすると祐子もこの参道を歩いたかもしれない。

境内の手水舎の隣には、「離宮の水」がある。ポリタンクを手に、数人が水を汲むために並んでいる。大阪で唯一環境庁の名水百選に選ばれた水なのだそうだ。近くにサントリーウイスキーの蒸溜所があるらしいが、同じ水源を使っているという。

ちょうど昼時となった。水無瀬神宮をあとにして、浅見は水無瀬駅のあるほうへ車を走らせた。

和食レストランの大きな看板に引かれ、駐車場に車を停めた。レストランはよくあるファミリーレストランだった。昼時ということもあって店内はかなり混み合っている。

浅見は天ぷら御膳というのを注文した。料理が来るのを待つ間、店内を観察する。ほとんどが家族連れだが、ビジネスマンが商談をしていたりもする。出された水を一口飲むと、心なしか口当たりが柔らかくほのかな甘みを感じる。

京都の城南宮から出発した熊野詣での一行は、鴨川から桂川へと下り、この島本を通って淀川をさらに下ると八軒家で上陸する。鈴木義弘が死体で流れ着いた場所だ。

このあと京都へ行くことを思うと、まるで熊野古道を源流へと遡っているようだ。

島本町は想像していたよりもずっと開けている町だ。千尋夫婦の別荘が見つかるような気が漠然としていたのだが、大きな勘違いだった。もっとも別荘の話がノートにあったのは昭和二十七年のことだ。見つかったとしても、せいぜい別荘の跡地くらいなものだろう。その別荘に竹さんがいた時代は遥か昔のことなのだ。

そんなことを考えているうちに天ぷら御膳が運ばれてきた。大きな海老天にかぶりついたとき、「タケさん」と呼ぶ大きな声がした。

ぎょっとして振り返る。

白髪頭の小柄な老婆が満面の笑みで、友人なのだろう、腰の曲がった老婆を呼び止めていた。どちらも八十歳は軽く超えていそうだが矍鑠としている。だが耳は遠いらしく、話し声は店中に響き渡っている。

「ちょっと、タケさん。久しぶりやね」

最近老人会に出てこないから心配していた、というような話を楽しげにしている。

浅見は、タケさんと呼ばれた老婆の笑顔があまりにもチャーミングなので、つられて笑顔になった。

食後のコーヒーをゆっくりと楽しんだあと外に出た。日差しは強いが爽やかな風が緑豊かな山から吹き下ろしている。

浅見はカーナビにS製作所と入力し車を走らせた。

S製作所の本社は京都市内の中京区にある。

浅見は受付の女性に「阿武山古墳のX線写真を撮影した方のことをお訊きしたいの

ですが」と言った。

女性は、「え」と少し驚いて浅見の顔を見上げた。小柄で童顔といっていい愛くるしい顔をした女性だった。胸のネームプレートには、「有田（ありた）」とある。

「すみません。奥居さんのことをお訊ねになる方は、あまりいらっしゃらないものですから」

有田という受付の女性が言うのは、もっともだ。浅見は連日古いノートを読んでいるせいで、時間の感覚がおかしくなっているようだ。昭和六十二年のノートに奥居の名前を見つけたのは、つい一昨日のことだが、昭和六十二年から現在まで二十八年の歳月が流れている。

「やっぱり奥居さんとおっしゃるんですね。その人のことを詳しく知りたいのです」

名刺を渡し、「フリーのルポライターをやっている者です」と付け加えた。

有田は浅見の顔と名刺を数回見比べた。大きな目をさらに大きくして、「探偵の浅見さんですよね」と訊いた。

「あ、いや」と否定しかけたが、有田は浅見の声に被せるように、「あの有名な浅見さんにお会いできるなんて信じられない」などと胸に手を当て感激している。

「事件なんですね？　殺人事件なんですね」

と有田は目をキラキラさせて言った。この人もミステリーが好きなのだろう。テレビドラマのミステリーものは欠かさず見ているクチと思われた。

「いいえ、違います。雑誌の取材で伺いました」

浅見は今度はきっぱりと否定した。義弘と松江が殺されたことが、阿武山古墳と関係があるかどうかは、まったく分かっていないのだ。

「ああ、『旅と歴史』ですね」

有田は少々落胆したようだが、好奇心を抑えられないようで、「阿武山古墳の特集でも組まれるんですか？」と仕事を忘れ、わずかに身を乗り出した。

「まあ、そんなところです」

「私、歴史が好きなんです。特に古代史が好きで、古墳とか遺跡とかよく見に行くんです。阿武山古墳にも行ったことがあるんですよ。昭和の初めに発見されたあと忘れられてしまっていたんですが、五十年くらい経ってから再発見みたいなことになって、そのときにうちの社員だった奥居さんが、X線写真を撮ったその人だということが分かって大騒ぎになったそうです」

頬をやや紅潮させ、有田は嬉しげに喋ったあと、「あ、ご存じですよね。だから取材に見えたんですものね。すみません」と下を向いて、ぺろりと舌をだした。

有田は歴史好きのおかげで、阿武山古墳や奥居のことに詳しいのだと言った。

「奥居さんのことをよく知っているのは、広報の安西という者です」

すぐに仕事の顔に戻った有田は、そう言って奥居と安西のことを教えてくれた。

広報課の安西は、昭和五十七年に古墳が再発見された際、奥居に殺到した取材を手際よく捌いた手腕が評価され、奥居にも気に入られたのだそうだ。そこから二人は親しく付き合うようになり、奥居が亡くなるまで、息子か孫のように可愛がられた。奥居は百歳近くまで長生きをして、十年ほど前に亡くなったが、そのとき安西は遺族と一緒に奥居を看取ったという。

昭和九年の古墳発見当時のことを知る人。森高教授と同じ時代に生き、阿武山古墳に関わり、X線写真の存在を知る三人のうちの一人だ。その奥居をよく知る人物、安西がどれほどのことを聞いているか分からないが、会ってみなければならない。

「安西さんにお会いしたいのですが」

「申し訳ありません。安西は東京支社に異動になりました」

「そうですか。では東京で安西さんをお訪ねすることはできますか？」

「私のほうから安西に連絡を入れておきます。浅見さんが取材に行くことを」

「ありがとうございます。よろしくお願いします」

浅見が丁寧に頭を下げると、有田はなぜか赤くなって、「浅見さんの記事、楽しみにしています」と言った。

S製作所を出て東京の自宅に向かう。京都では千尋の夫、時岡がどこの大学に勤めていたかを調べるつもりだったが、それは帰り道でやることにする。

明日は金曜日だ。S製作所の東京支社で安西に会わなければならない。

途中、サービスエリアで家に電話を入れた。電話にはお手伝いの須美子が出た。

「あっ、坊っちゃま」

須美子は、まるで音信不通の人から掛かってきた電話のように、驚きと喜びの混じった声で叫んだ。

「これから帰るよ」

「分かりました。ちょうどよかったです。今日は坊っちゃまの好きなビーフシチューですから」

「残念だけど夕食の時間には間に合わないと思う」

「今どちらなんですか？」

大津のサービスエリアだと答えると、「ずいぶん遠い所にいらっしゃるんですね」と声のトーンを落とした。

「では、軽いお夜食をご用意しておきますので、どうかお気を付けて」

須美子の声に励まされ、浅見は夕日の照り映える高速道路を東京に向かって車を走らせた。

今日は朝からかなりの距離を移動した。移動しただけでなく山登りまでしたのだ。

万が一にも居眠り運転などしないように、充分に休憩を取りながら運転した。

家に着き、ダイニングで須美子が出してくれた温かいコーンスープとガーリックトーストで一息ついていると、雪江が向かいに座る。

「光彦、わたくし、あなたを過小評価していたかもしれないわね」

「どうしたんですか、お母さん」

「だって、あなたが熊野古道に出かけて、何日もしないうちに牛馬童子の首が見つかったのですよね。光彦の働きがあったから首が戻ってきたのでしょう？」

「違いますよ。僕はなにもしていません。犯人が自発的に返してきたんですよ」

「あら、そうだったの」

雪江は急につまらなそうな顔になった。

「とにかく事件は解決したのですから、しばらくは家にいるのですね」

「いいえ、解決したわけではありませんよ。犯人が捕まっていないのですから」

「首が戻ってきたのなら、問題ないでしょう」

「そんなわけにはいきませんよ。まだいろいろとやることがあるんです」

雪江は小首を傾（かし）げて浅見の目をのぞき込んだ。

「いろいろとやることが？　いったいなにをするんです？　光彦。あなた、わたくしに何か隠し事をしているのじゃないかしら？」

すべてを見透かされているような気がして、思わず首をすくめた。気が付くと殺人事件があったことなどを、すっかり白状させられてしまっていた。

「またそうやって余計なことに首をつっこんでいるのね。でも、鈴木さんも松江さんも、ご主人を亡くされてたいへんだわ。光彦、解決してさしあげるのね」

「できればそうしたいと思っていますが、まだ犯人の目星もまったくついていないのです……」

「そんな気弱な言い方ではいけませんよ。何が何でも解決するという気概を持たなくては」

「はい」

いつもなら、殺人事件に関わるなんて、刑事局長である陽一郎さんに迷惑をかけるんじゃありません——と眉をひそめるのだが、今日はどうも勝手が違う。

「で、こちらにはどのくらいいるつもりなの？」

「二、三日の予定です。用事は明日中に終わるのではないかと思っています」

「ずいぶん短いのね」

雪江は立ち上がり、自分の部屋に戻りかけて振り向いた。

「あの方に頼まれたのですか？」

雪江が「あの方」と言うときは、軽井沢の作家に決まっているのだが、いつもの冷ややかさがない。

「頼まれたわけではないのです。ですが興味を持っているみたいですし、経過報告などはすることになるでしょうね」

「そう。仕事は大切ですけど、体にも気を付けなければいけませんよ」

「分かっています」という浅見の返事に、雪江は微笑んでうなずいた。


翌朝は、真っ先にS製作所東京支社に向かった。X線写真を撮影した人をよく知る人物に会うという興奮で、昨夜は疲れていたにもかかわらず、よく眠れなかった。

S製作所東京支社は神田錦町にある。車をビルの駐車場に入れ、受付に行って名乗ると、話が通っているらしく実に感じのいい笑顔で応対してくれる。だが、出てきた言葉は予想に反していた。

安西はその日、有給休暇を取っていた。月曜日には出社するというので、出直すことにした。

肩すかしをくって相当に気落ちした。疲れが一気に押し寄せる。しかし空いた時間を有効に使うべく、仕方なく軽井沢の作家の所へ向かう。

内田の家の呼び鈴を押すと、内田本人が出てきた。浅見は反射的に内田の足を見る。たしか足が萎えたようで下半身が不自由だと言っていた。

「やあ、いらっしゃい。まあ、入ってよ」

前に立って歩く姿も、特にどこか悪そうでもない。

暖炉の前のソファーに座ると、内田夫人がお茶を持ってきてくれた。内田の足元で、キャリーがじゃれついている。

「先生はずいぶんとお元気になられたようですね」

「え」と内田夫人が作家を見る。

「ああ、きみは忙しいと言っていたよね。やりかけた仕事をやってしまったらどう？」

「え？　ああ、そうですね。ではごゆっくり」

内田夫人は作家の意図を察したようで、すぐに二階に上がっていった。

「で、どう？　手掛かりは摑めた？」

「手掛かりというと？」

「牛馬童子の首を盗んだ犯人のだよ」

「はあ、ぜんぜんですね。首が戻ってきたので警察のほうもあまり力を入れてないんじゃないでしょうか」

「ふーん。それで浅見ちゃんもなんにも調べていないってわけ？」

「いえ。そんなことはありません」

牛馬童子の首に関しては、今のところそれほど力を入れているわけではない。しかし多額の報酬を先に貰っているので、うっかりしたことは言えない。

「十五年前の事件のことをよく知っている老人にも会って話を聞きました。あ、それに頼まれていた権現様の護符も貰ってきましたよ」

内田は護符を受け取って、「ありがとう」とぞんざいに胸ポケットに入れた。あれほど熱心に代参を頼んでいたのに、この態度である。

「その老人は、どんなこと言ってたの？」

浅見は、芳沢老人は少し記憶があやふやなのだ、と断った上で、芳沢が言った言葉をできるだけ忠実に伝えた。

「言挙げしたせいで誰かがひどい目に遭ったらしいのですが、僕の質問には答えてくれないし、そのうちに疲れてしまったようで」

「言挙げ？」

「ええ、それから、柿本人麻呂の歌を詠(うた)っていました」

浅見はその歌を内田に教えたが、内田は興味なさそうに聞いていて、「言挙げか」と、また言った。

内田は、「あ」と小さく叫んで立ち上がり、ものすごい勢いで書斎に向かった。その歩き方は、やはり元気そうだ。早くも護符の効果が出たんですね、と嫌味を言ってやろうと待ち構えていたのだが、戻ってきた内田の顔を見ると、そんなことも忘れてしまった。よほど素晴らしい発見をしたのか、目が輝いている。

「これを見てよ」

内田は持ってきた本を開いて見せた。それは浅見が図書館でコピーしたのとは別の、今城塚古墳の埴輪祭祀場の図だった。埴輪が並べられていたであろう位置を再現したものだ。

「ほらここ。牛馬童子の首は、この冠男子の足元に置いてあったんだよね」

内田は説明文にある文字を指さす。

『冠男子（言挙げ）』

「冠男子は言挙げをしているんだ」

浅見は驚いてそのページを穴が空くほど見詰めた。

「古墳に並べられた埴輪は、葬送儀礼を表現したものだとか、殯（もがり）儀礼の再現だとか、死後の世界を現したものだとか、いろんな説があるんだ。古墳ごとに埴輪の配列はいろいろだから、たくさんの解釈が出てくるのは当然なんだけどね」

「殯っていうのは本葬するまでの儀式のことですよね。死者との別れを惜しんで、仮に棺を安置しておいたという」

「そう。そして次の権力者を選ぶ期間でもあったんだ。殯を執り行った者が後継者と見做（みな）されたから、争いも起きやすかった。遺体を安置した仮屋は柵で厳重に守られていたそうだ。今城塚古墳のものも殯儀礼を再現したものだ、とこの本にある。冠男子のいる場所は、遺体のある仮屋と柵で区切られた、公的儀礼空間と呼んでいる場所だ」

そこはもっとも埴輪が多く置かれているところで、両腕を上げて祈るような格好をしている巫女もこの場所にいる。

「この冠の男子はなにを言挙げしているんですか」

「誄（しのびごと）だそうだ」

「誄ですか？」

「哀悼の意を表し、死者の生前の功績を褒（ほ）め称（たた）えるんだろうな」

「言挙げをする人の足元に首を置くというのは、どういう意図だったのでしょう」

内田は腕組みをしてしばらく考えていたが、「分からん」とつぶやいた。

「あ、だけどおかしいじゃないですか。今回は埴輪の中から見つかりましたけど、十五年前はバス停のベンチにあったんですよ。なんで前はバス停だったんですか」

「うーん。バス停のベンチに置いた理由は分からないが、十五年前に埴輪群の中に置けなかった理由は分かる。まったく簡単なことだ。今城塚古墳の発掘調査が行われたのは、一九九七年で、埴輪祭祀場が見つかったのは二〇〇一年、今から十四年前のことなんだから」

「なるほど。十五年前に祭祀場が見つかっていたら、やっぱり犯人は冠男子の足元に置いたのでしょうかね」

「そんなことは知らないよ。犯人に訊いてくれ。ところで警察の捜査はどのくらい進んでいるんだい？　殺人事件のほうの」

「あまり進んでいないようですよ」

浅見は鳥羽から聞いた最新情報を話した。

「ふーん。犯行の動機の予想もつかないの？」

「土地の売買に関してのようなのですが、交渉相手を殺してしまっては、それこそ話にならないはずなんですがね」

浅見は、ふと思いついて義麿のノートの話をした。内田ならなにか分かるかもしれないと思ったのだ。

「阿武山古墳を見つけたその教授は、棺からなにかを取り出したみたいなんです。義麿さんはそれをこっそり見ていて、丸くてまるでミイラの頭のようだったというのですが、その後教授はそれをどこかに隠してしまうんです。何年も経ってから、またノートには頭のようなものの記述があるんですが、『それ』とか『あれ』とか言うばかりで、一向にそのものの名前が出てこないんです。そのとき義麿さんは実物を目にしているわけですから、故意に名前を伏せているとしか思えません」

内田はいつになく真剣な面持ちになり、「ちょっと待ってて」と言い残して、また書斎に消えた。

「あった、あった。これだ」

内田が持ってきた本は『日本書紀』だった。

鎌足の墓の場所と、阿威山、阿武山の関係を調べたときに、苦労して読んだ、その『日本書紀』だ。

「ここに、『それ』のヒントが書かれているんですか？」

「ヒントどころじゃないよ。そのものズバリだ」

——**仍、金の香鑪を賜う**
浅見が必死になって読んでいたわずか数行後に、鎌足が黄金の香炉を天智天皇から貰ったことが書かれている。ミイラの頭蓋骨ほどもある金の香炉ならば、どれほどの値打ちがあるだろう。竹島伸吾郎は天皇が贈った恐れ多いものだと言っていた。義麿も当然、「それ」が金の香炉であることは知っていたのだ。

「殺人の動機は、この金の香炉ですね。間違いない。香炉の存在を知った者が、手に入れようと動き回っているんですね」

ノートが書かれた時点で、香炉の存在を知っていたのは森高、義麿、そして竹島伸吾郎だ。この三人が誰かに話したという可能性はあるが、森高に関してはないだろうと思う。義麿もノートにあれほど慎重に記述を避けていたのだから、人に話すようなことはないはずだ。

竹島伸吾郎はどうだろう。ひどく恐れていたし、その恐怖心からうっかり人に喋ってしまったのではないか。

伸吾郎が話をしたとすれば誰なのか。家族か友人か。

ノートによれば伸吾郎は、昭和三十九年に亡くなっている。死の間際に誰かに秘密を漏らさなかっただろうか。昭和三十九年には息子の勇一は二十歳を過ぎていたはずだ。ならば現在は七十代か。京都でもっと竹島家の消息を調べておくのだった。

「おーい、どうしちゃったんだい浅見ちゃん。考え込んじゃって」

「……もし金の香炉が殺人の動機なら、犯人がかなり絞られることになりますよねえ」

「しかし鎌足の棺に入っていたものだろ。そんなすごいものを手に入れたって、お金にならないんじゃないかなあ。いったいどこに売るっていうんだい」

「僕もそれほど詳しくはないのですが、闇のルートというのがあるらしいです。最近問題になっているのは、日本の仏像ですよ。お寺から国宝や重要文化財の仏像を盗んで売る窃盗団が暗躍していると聞きました。普通に考えて盗品が売れるとは思えないのですが、そこは蛇の道は蛇なんですね。数億円で売れたりするそうです」

内田は、「億」とつぶやいたまま放心している。

そのとき、浅見の携帯に電話が入った。知らない番号からだった。通話ボタンを押すと、

「浅見さんですか？」と男の声で訊く。浅見の携帯に電話を掛けておいて、「浅見さんですか」とはおかしなことを言う人だ。

「そうですが」

「私、安西と申しますが」

「え」

まさかS製作所の安西から電話を貰うとは思ってもいなかったので、声が上ずった。

「会社のほうに電話をしましたら、浅見さんがおいでになったと聞きまして」

安西と待ち合わせの場所を決め、電話を切った。浅見の顔がよほど嬉しそうだったからなのか、内田は身を乗り出して、「有力な情報？」と訊いた。

「ええ、たぶん」

浅見は昭和九年に阿武山古墳が発見されたとき、撮られたであろうX線写真の話をした。

「へえ、X線写真をねえ。当時としては最先端なんだろう?」

「世界で初めて、X線写真を使って考古学の調査をした人が森高教授ということになるでしょうね。そのときに一緒に撮影した技師をよく知っている人なんですよ。これから会うのは」

「面白い話が聞けそうだな」と内田は、羨ましそうにつぶやいた。どことなく元気がない。少し疲れているようにも見える。

浅見は暇乞(いとまご)いをして玄関に向かった。下駄(げた)箱の上には新聞でくるんだトウモロコシが数本置いてあった。家庭菜園でできたものを近所の人が持ってきたようだ。『軽井沢タイムズ』の連載小説の欄に内田の名前が見える。タイトルは『花山院伝説殺人事件』だ。締め切りに追われて取材に行く時間がないものだから、仮病を使い浅見に牛馬童子の事件を調べに行かせたのだ。

「あ、それね。なかなか好評でね」

後ろから内田がのぞき込むようにして浅見の手元を見ている。

「先生、やっぱり仮病だったんですね。僕に取材に行かせるために嘘をつくなんてひどいじゃないですか」

「いや、嘘じゃない。嘘じゃない」

浅見を宥めるように両手を前に出す。

「本当にあの時は神仏にすがるしかないと思ったんだよ。病気っていうのは実に辛いものだねえ。なんかこう、いろんなことが頭をよぎってねえ。もう浅見ちゃんにも会えないのかなあなんて、妙に悲しくなったりして」

内田はいつになく神妙な面持ちで言う。ほんの少し涙ぐんでいるようにも見える。浅見は不意に、熊野に行くための旅費が驚くほど高額だったのを思い出した。そのことを言うと、内田は、「浅見ちゃんには、いろいろとお世話になったからさ。せめてもの罪滅ぼしと思ったんだよ」と照れながら言った。

「そうだったんですか」

仮病だと疑って、冷たい言い方をしてしまったことを心底申し訳なく思った。少しでも励ますようなことを、なぜ言ってやれなかったのだろう。

「お元気そうに見えますから、もうすっかりいいんですね。どこがお悪かったのですか」

「あー、それはね……あれだよ。原因不明だから。そう、難病なんだ。いつなんどき、また歩けなくなるか分からないんだよ」

わざとらしく腰をさすっている。一瞬でも同情したことを後悔した。

「だからさ、これからもよろしく頼むよ。浅見ちゃん」

「はあ」

煙に巻かれたような心地になって玄関を出ると、内田夫人が見えた。キャリーを連れて散歩に出るところらしい。近づいていくと、キャリーが嬉しそうにしっぽを振っている。家人以外には懐かないのだが、土産を持ってくる浅見にだけは愛想がいい。

「先生のご病気は……」

「ええ、だいぶ良くなったんです」

浅見の言葉を引き取って、内田夫人は笑顔で言った。

「病院を嫌がって勝手に退院を早めた時には、どうなることかと心配したんですけどね。家に戻ってからも仕事の合間に、リハビリをとても頑張っていましたから」

やはり病気だったのだ。夫人は病名を教えてくれた。難病ではない。

「どうして僕に教えてくれなかったのでしょう」

「浅見さんに心配をかけたくなかったんじゃないかしら。まだ麻痺が少し残っているんですけど、さっきは一生懸命元気な振りをしていたみたいです。ああ見えて見栄っ張りなんですよ」

キャリーがリードを引いて、散歩に出掛けたそうにする。内田夫人は、「また来てくださいね。主人が元気になりますから」と言って、キャリーと一緒に軽やかに駆けていった。

約束の場所は南千住（みなみせんじゅ）にある喫茶店だった。安西の家が近いのかもしれない。初対面の者同士、事前に互いの特徴を伝え合った。

「僕は水色のシャツを着ています」

「私は右手に包帯を巻いています」

包帯に対して水色のシャツは、特徴的とは言いにくいのでなんだか申し訳ない気がする。

夕日はギラギラと照りつけ、まだまだ沈みそうもない。焼け付くような暑さの中、ようやく約束の喫茶店に着いた。昔ながらの喫茶店という感じだ。壁にはランチメニューが張り出されていて、マグロ丼とか刺身定食などと書かれているのが目を引く。客の年齢層は高めで、中高年の憩いの場といった趣だ。

窓際の席で伸び上がるようにしてこちらを見ている男性がいた。右手には包帯が巻かれている。

「初めまして、浅見と申します」

「安西です。今日は会社のほうに来ていただいたそうで申し訳ありませんでした」

安西は小柄な男だった。丸い顔と小さな目が人懐こい印象を与える。

「浅見さんは、阿武山古墳の特集記事をお書きになるんでしたね」

安西はコーヒーを注文するとそう切り出した。

「はい。阿武山古墳が発見されたときのことを詳しく知りたいのです」

「発見された……というと昭和九年のことですか？　それとも昭和五十七年の再発見のときのことですか？」

「安西さんは、昭和九年にX線写真を撮った奥居さんという方と親しかったと聞きました」

「やはり奥居さんのことを知りたいのですね」

「やはり、といいますと？」

「いえ、そうではないかな、と思ったものですから」

歯切れの悪さが気になったが、安西の「なんでも訊いてください」という言葉に押されて浅見は、まず奥居がX線写真を撮ったときのことを詳しく教えてくれるよう頼んだ。

「奥居さんは上司の助手のような立場だったと言っていました。京都大学の理学部の教授から、古墳のミイラをX線で撮影して、表面から見えない副葬品がないか、調べてほしいという依頼だったそうです。京都大学には計測機器を納めていたので、その関係でそんな話が来たようでした。トラック二台に、当時としては最新鋭の高価な器械を積んで阿武山に向かったそうです」

一日目はテスト撮影。二日目が本撮影の予定だった。撮影は非常にうまくいった。

奥居たちは山に一泊し、いよいよ本撮影をしようとしたところ、麓から憲兵隊がやってきた。

『諸君のやっていることは不敬罪に当たるかもしれない。即刻中止して山を降りられたい』

憲兵の有無を言わせぬ高圧的な態度に、奥居たちは震え上がり這々(ほうほう)の体(てい)で山を降りた。

「当時は不敬罪といえば、殺人罪よりも恐ろしいことみたいに思われていたそうですからね。生きた心地がしなかった、と言っていました」

「京都大学の教授というのは森高露樹先生ですか?」

「ええ、そうです。もともと地震学の権威で、高名な学者だったということですが、古墳の発見で一般の人にも名前が知られるようになったそうですね」

浅見は胸の奥に深い感動が広がるのを感じた。

亡くなってしまっているとはいえ、ノートの中だけにいた森高が、やっと現実の世界に現れたのだ。浅見がそんな感慨に浸っているとき、安西は言うか言うまいか迷っていたらしいことを口にした。

「なんでも戦争中だったか戦後すぐだったかに亡くなったと聞きました。阿武山地震観測所で自殺をしたのだそうです」

ノートの記述が不意に現実感を伴って迫ってくる。

「そういうこともあったからでしょうかね。奥居さんは、そのときのことを思い出すと今でも怖いと言っていました。撮影のあとは、棺の中のミイラの姿が目蓋に焼き付いて離れなかったとか、不敬罪を犯したんじゃないか、とか。ああ、それからミイラを冒瀆した罰が当たるかもしれない、なんて言ってましたよ」

安西は笑って言うが、義麿のノートを読んでいる浅見には、奥居の恐怖が分かるような気がした。

「そのときに撮影したX線写真が、五十年もあとに見つかった経緯というのをご存じですか？」

「ええ、私はその発見に立ち会った当事者ですよ」

「本当ですか？」

浅見は思わず声を上げた。

「ぜひ、そのお話をお聞かせください」

勢い込む浅見に、安西は面食らったように微笑んだ。

「あれは昭和六十二年の五月頃でした。S製作所の京都本社に和歌山から、鈴木さんという方が突然訪ねてこられたんです」

「鈴木さんですか？　鈴木義麿さんという方ですね」

「ええそうです、よくご存じですね」

安西は少なからず驚いたようだった。訳あって義磨の日記のようなものを読んでいることを話すと、安西はその話に興味を持ったようだ。しかし浅見のほうも訊きたいことが山ほどある。

「昭和六十二年というと、奥居さんは職場を退職なさって、かなり経っていますよね」

「二十年くらいですね。ですから最初は、鈴木さんのおっしゃっていることがよく分かりませんでした。その頃の私は阿武山古墳なんて聞いたこともありませんでしたから、なんのことかさっぱり分からなかったんです」

「どんな方でしたか？　鈴木さんは」

「とても上品で紳士的な人でしたね。若い頃はさぞかし女性にもてたんじゃないでしょうか。お話を聞くと、鈴木さんは昭和九年に阿武山古墳を掘り当てた当事者だということで、本当に驚きました。なにかとても重要な話があるというので、奥居さんの住所を調べてお連れしたんです」

「奥居さんはさぞ驚かれたでしょうね」

「ええ。でも初対面なのにお二人はすぐに打ち解けて、ずいぶん長いことお話ししてました。同じ時間に同じ場所にいた、縁というんですかね、そういうのを感じていたようです。あのとき奥居さんは七十代の後半で、鈴木さんは七十歳くらいだと思いますが、話しているうちに、二人ともどんどん若返ってくるんですよ。昭和九年に阿武山古墳が発見されたときの話を、それこそ、いつ果てるともなく語り合っておられましたね」

安西は懐かしむように頬を緩めた。

「お二人の話を聞いているうちに、鈴木さんはとても考古学に詳しいことが分かりました。お訊ねすると、京都帝国大学で専門に学ばれたのだそうです。『今はしがない不動産屋のオヤジですがね』ってお笑いになりましたが、学者さんらしい真面目さや知性は隠しようがないですね。どういう経緯で研究をおやめになったのか分かりませんが、今でも考古学は大変お好きなのだとお見受けしました」

発見当時の話をひとしきりしたあと、義麿はそのときに撮ったX線写真はどうなったかと訊いたという。奥居はどこにあるのか分からない、と答えた。現像は現地で行ったので、テスト撮影の写真があるはずだが、憲兵が来るなどの混乱の中で、それがどうなったのか、考えるゆとりもなかったし、現存している可能性は低いだろう、と奥居は話した。X線写真を探している理由を訊くと、義麿は阿武山古墳が「再発見」された話を知っているか、と問う。

「私も奥居さんも、まったく知りませんでしたから、鈴木さんのお話はとても興味深く拝聴しました。なんでも、ある大学のグラウンドの造成工事で、古墳の一部が壊されてしまったのだそうです。昭和九年に発見された時には、遺骸が腐敗するのと不敬罪とを怖れて、ろくな調査もせずに慌てて埋め戻してしまったということでした。それで五十年もの間、忘れ去られていたのだとおっしゃっていました」

再発見された古墳は国の史跡に指定され、被葬者は誰であるか、という研究もされるようになった。昭和九年の発見当時から藤原鎌足の墓ではないかと言われてきたが、出土した須恵器の年代から、鎌足の墓であることを否定する考古学者が現れた。

「鈴木さんは大変、憤慨されていました。どうやら師匠である森高教授が、強力に鎌足の墓であると主張していたようなんです。それで反論されるのが我慢ならない、というふうに見えましたね。なんとしてでもX線写真を探し出し、被葬者が鎌足であることを証明したいとおっしゃっていました。あまり感情を表に出さない方でしたが、そのときは怒りを露にしていました。須恵器の年代についても、熱っぽく語っておられましたが、残念ながら、私にも奥居さんにもほとんど理解できませんでした。ところが奥居さんは、鈴木さんの熱意に大変感心されて、共にX線写真を探すことを約束してしまったんです。どういうわけか、同席していた私も一緒に探すことになっていました」

二人の老人に押し切られた当時のことを思い出して、安西は苦笑いを浮かべた。

「手始めに京都大学の考古学教室に調査をお願いしました」

その一方で、三人はS製作所の倉庫を、半月掛けて徹底的に探した。しかし目指すものは見つからない。

考古学教室からも見つからないという返事が来ると、義麿はひどく落胆した。単独でもあちこち探し回っていたようだったから、それも仕方のないことであっただろう。

万策尽きたという態で、三人は倉庫の床に座り込んだ。うっすらと埃(ほこり)の積もった床を、言葉もなく見つめていた。

「飯にしよう」

奥居は、妻が作ってくれた握り飯を取り出した。安西と奥居が食べ始めても、義麿は握り飯を見つめたまま食べようとしなかった。

「鈴木さん。残念やけどこれまでやな。わしもあの男の鼻を明かしてやりたいんやけど、しゃあないなあ」

奥居は残念そうに言った。安西も励ますようなことを言いたかったがなにも浮かばず、ただ梅干しの握り飯を噛みしめていた。義麿の息遣いが聞こえてきたので、泣いているのではないかと横顔をのぞき込んだときだった。

「やはりあそこしかない。阿武山地震観測所だ」

森高教授が亡くなったあの場所にこそあるはずなのだ、と義麿は振り絞るような声で言った。

しかし阿武山地震観測所は、所長に頼んで、隅々まで探してもらっている。安西がそう言うと、「あそこは戦災も受けていないし、ほかには考えられない」と憑かれたように言う。

安西と奥居は困惑して目を見交わした。二人はたびたび、X線写真はもう捨てられてしまったのではないか、と義麿の耳に入らぬように話し合っていた。しかしそれを言えるような様子ではなかった。

義麿は自分の手で探したいと言ってきかなかった。自分で探せば、諦めもつくだろう、と安西は再び阿武山地震観測所の所長に頼むことにした。

安西と奥居は、義麿の後に続いて地下の資料室に入っていった。資料室といっても戦後は使われておらず、重要なものはなにも置いていないということだった。当然そこも観測所の職員によって調べられていた。

段ボールや新聞紙、紙の束が部屋中に散乱していた。義麿はゴミの山をかき分け、腰を屈めて段ボールを一つ一つ開ける。作り付けの棚も隅から隅まで調べた。安西は、こんなゴミ置き場のようなところにあるわけがないという気持ちで、つい手を抜いた探し方になっていたが、義麿は気にする風でもなく、黙々と探し続けていた。

朝から探し始めて夕刻となり、「もう諦めましょう」と言うために安西は義麿を見た。

手を止めて一方の壁を凝視している義麿の姿があった。そこは一部分だけがベニヤの板を貼った壁だった。なにかを思い出そうとするように義麿は首をかしげた。安西は壁を見つめながら近づいていく義麿を目で追っていた。次の瞬間、安西は思わず声を上げた。義麿がベニヤの端に手を掛け、一気に引き剝がしたのだ。

ベニヤ板はそこに立て掛けられていただけだったのだ。たくさんのゴミに押されて、ぴったりとドアを塞ぎ、壁の一部のようになっていたのだった。

義麿は少年のような笑顔で言った。

「思い出した。この奥には現像ができる暗室があったのです」

ついにX線写真は見つかった。

「私は鈴木さんの並々ならぬ意志の力に震えました」

安西は頰を紅潮させ、そのときの興奮を反芻するようにうなずいた。

「見つかったのはX線写真だけではありませんでした。ほかにはガラス乾板もありました。大型カメラで撮影した写真の原板です。長年放置していたために傷みが激しいので、うかつに触ることはできませんから、京都大学の考古学教室にすべてを引き渡したんです」

浅見は長い息を吐いた。義麿と安西たちのX線写真を探すさまが、生き生きと脳裏に浮かんだ。

X線写真が発見されてからのことは、古い新聞記事などで浅見も知っている。X線写真のフィルムと写真の原板は大変な苦労の末に復元されたのだ。古墳の発掘状況を撮影したものが二枚。棺を撮ったものが六枚。遺体の様子が七枚。そして遺体のX線写真が十九枚である。それらの写真は京都大学の考古学教室を中心に、それぞれの研究分野の第一人者がチームを組んで研究を行ったらしい。

「そんなご苦労があったとは驚きました」

「もうくたくたになりましたよ。元気なご老人たちには、とてもかなわないと思いました。しかしまあ、この発見で計り知れない学問上の収穫があったそうです。鈴木さんという人は本当にすごい人ですよ」

「まさに執念ですね。そうまでしてでもその考古学者の説を覆したかったということなんですね」

「そうです。その考古学者というのは……」

「柿崎泰正さんですね」

安西は驚いて目を丸くした。

「それも鈴木義麿さんの日記に書いてあったのですか？」

「はい。ただ柿崎さんについては、ほんの少ししか書かれていませんでした」

失われたノートには、あるいは柿崎のことがたくさん書かれていたかもしれないのだが。

「どうして鈴木さんの日記を読むことになったんですか？」

「実は、鈴木さんのお孫さんの義弘さんという方が、何者かに殺害されまして」

安西は、息を呑んで身を引いた。まるで浅見の禍々しい言葉から逃げるかのようだった。

「鈴木さんの日記のようなものを預かっていた人から、なにかの役に立たないかと託されたのです」

「ということは、お孫さんを殺した犯人はまだ捕まっていないということなんですね」

浅見がうなずくと、安西は頰を強ばらせ考え込んでしまった。

「どうかなさいましたか？」

「いえ……。柿崎さんには一度だけ会ったことがあります。鈴木さんがなにかの話があって会いに行くと言うので、車でお連れしたんです」

「お二人はどんな様子でしたか？」

「それはもう険悪でした。鈴木さんのことを、素人と端から馬鹿にしているんです。

私はその頃、考古学に興味を持ち始めていて、独学で勉強をしていましたからとても腹が立ちましたね。素人の考古学愛好家がすごい発見をした例はいくらもあります。まして鈴木さんは京都大学で考古学を学んだ方なんですからね。柿崎さんの横柄な態度にも、鈴木さんは忍耐強く相手をしておられました。二人の話はとても専門的でしたが、ところどころは私にも理解できました。柿崎さんは須恵器の年代だけでなく、副葬品の中に天智天皇から賜った金の香炉がないことも、古墳が鎌足のものでない証拠だとしていました」

義麿は歯噛み(はが)して悔しがったのではないだろうか。森高が金の香炉を持ち去ったりしなければ、X線写真の結果と合わせて百パーセント鎌足の墓であることが証明されたはずだ。

「香炉がなくても阿武山古墳は鎌足の墓であるとして間違いないのですよね」

「私も鎌足の墓に違いないと思うのですが、やはり反対の意見をお持ちの先生もいるのです。『日本書紀』にははっきりと金の香炉を賜ったと書いてありますし、『藤氏家伝』にも金の香炉は、死後に弥勒(みろく)から妙説(みょうせつ)を聴き、兜率陀天(とそつだてん)に至るために持つ法具であると記されています。その法具を……」

「すみません。ちょっと待ってください。弥勒……から妙説……ですか?　分かりやすく教えてもらえませんか?」

「私もあまり詳しくはないのですが、弥勒信仰といいましてね、弥勒菩薩を本尊とする信仰があるんです。極楽往生という言葉は聞いたことがありますよね、それと同様に兜率陀天というのは浄土の一つで、極楽浄土よりも古くから信仰されていたんです。兜率浄土イコール兜率陀天というわけです。兜率往生するためになぜ金の香炉が必要なのか、その辺はよく分かりませんが、天智天皇が『この金の香炉を持って浄土に行ってほしい』と言ったわけですから、その法具を亡骸とともに埋葬しないはずがないのです。それに、阿武山古墳は盗掘をされていなかったことは間違いないですから、やはり香炉がないのはおかしいんです」

安西が詳しくないとしつつ説明してくれた内容は、十分に詳しかったが、浅見には、分かりやすいとは言いにくかった。

「そういえば不思議なのは、どうして鈴木さんは金の香炉を探そうとしないのかということです。X線写真はあんなに熱心に探していたのに、香炉の話になるとまるで興味がないかのように素っ気ないんです。香炉についてはいろいろと調べていた先生もいましたが、手掛かりすら摑めないようでした。でもX線写真に写っていないのですから、ないものはないのです。ねえ、浅見さん」

「あ、ええ。そうですね」

しかし、香炉の存在を知っていた人間が、すくなくとも三人いた。だが森高は戦争中に自殺しているし、竹島伸吾郎は昭和三十九年に亡くなっている。当時、金の香炉の存在を知っていたのは、ほかの二人が他言していなければ義麿だけということになる。

義麿は香炉の所在を知っていたのだろうか。

知っていたら香炉を公表して、鎌足の墓であるという説を強固なものにしたのではないだろうか。

それをしなかったのは、やはり、誰がそれを棺から取り出したか、という問題になるのを恐れたのだろう。

「X線写真によってかなりのことが分かったんですよね。たしか骨折のあとと『日本書紀』の記述が一致したのではなかったですか」

「ええ、そうです。私はそのとき、X線写真を鑑定した先生から直接教えていただいたのです。そんなふうに専門の先生からお話を伺えるのも、私がX線写真の発見者の一人だからです。鈴木さんのおかげです」

X線写真には第十一胸椎の粉砕骨折がはっきり写っていたという。

「先生は復元されたレントゲン写真の、一つだけ潰れた胸椎を指し示して言いました。高いところから落ちた場合やなんかは、こんなふうになりますね、と。その胸椎のそばの肋骨（ろっこつ）が三本と、左の腕の付け根も折れていました。私のような素人が見ても分からないのですが、専門家にそう言われるとたしかに折れているな、というのが分かりました。さらに、第十一胸椎がこれだけ損傷すると裏の脊髄がやられ、場所からいって、下半身は麻痺してまったく動かなかっただろう、と教えてもらいました」

千三百年前にこんな大怪我をしたら長くは生きられないが、この人物が数ヵ月は生きていたことが骨の治癒状況から分かるという。

「現代なら手術をすれば、車椅子の生活は余儀なくされるでしょうが、死ぬようなことはまずありません。しかし当時は抗生物質もないわけですから、激痛と闘いながら、三、四ヵ月か長くても半年ほどしか生きられなかったでしょうと言っていました。『日本書紀』によるとですね」

安西は目を光らせて、ぐっと顔を近づけてきた。

「『日本書紀』によると、鎌足が亡くなった年、六六九年の五月の時点で鎌足はまだ元気でした。五月五日に宮中恒例の狩りに出かけています。たぶん馬に乗って獣を追いかけ、野山を駆け巡ったことでしょうね。ところが次に鎌足が『日本書紀』に登場するのは、同じ年の十月です。厳密には九月にも記述があります。鎌足の屋敷に雷が落ちたというものです。『日本書紀』では世の中に異変があると、必ずといっていいほどその前兆として自然現象の記事を載せているんです。十月に天智天皇は自ら藤原邸を訪れています。そして、死の前日に大織冠と藤原の姓を授けたのです」

「鎌足は狩りで落馬し、重傷を負って死んだということですか。狩りから五ヵ月後のことですから、専門家の先生がおっしゃった日数とも合致しますね」

千三百年前の出来事が、目の前に立ちのぼってくるかのようだった。その世界に今しばらく身を置いていたい気がしたが、安西はまだまだ語りたいことがあるようで、次々と知識を披露してくれる。

「棺の中にたくさん散らばっていたガラス玉は玉枕だということが分かりました。ガラス玉を立体的に編んで、その上から絹の布で覆ったものです。それから発見当時、『金糸を纏う貴人』と言われるもととなった金糸は、鎌足が死の前日に授けられたという大織冠の飾りの金モールだったということも分かりました」

X線写真を発見したことで、これほどたくさんのことが分かったとは。被葬者が鎌足であるということもほぼ確定して、義麿はどんなに喜んだだろう。

「鈴木さんも、そういう専門家の方々のお話を、直接聞く機会があったのでしょうね」

そのあたりのノートがないので分からないが、そのときの喜びが書かれているのではないだろうか。

「それが、X線写真を発見したあと、和歌山のほうへ帰られましてね、柿崎さんとの仲がひどくこじれた、というようなことも小耳に挟みました。そんな噂を聞いてから、ほどなくして柿崎さんは亡くなってしまったんです」

「どうして亡くなったんですか？」

「自殺じゃないか、なんて噂もありましたが……」

「えっ。毒を呷ったとかですか？」

「いいえ」

安西は驚いたようだが、浅見にしてみれば別段突拍子もないことを言ったつもりはない。

「事故ですよ。車を運転していて山の斜面に激突したのだそうです。ただ妙なのは、その場所が和歌山県なんです」

「和歌山県ですか？　和歌山県のどこですか？」

「ええっと確か、熊野古道の入り口の……なんて言いましたか、ああ、ちょっと覚えていないですね」

「熊野古道の入り口といったら、滝尻王子ではないですか？」

「いやあ、そんな名前だったかもしれませんが、分からないですね。その事故を目撃した人の話では、突然スピードを上げ、そのまま斜面に突っ込んだというんです。まるで自分の意思で突っ込んだかのように。警察の調べではブレーキとアクセルを間違えたのだろうということになりました。自殺だという噂が流れたのも、そういう事故だったからなのかもしれませんが、どうも釈然としませんでした。お子さんもまだ小さいのに、自殺するなんて考えられないですよ」

「お子さんがいたのですか？」

「男の子です。六歳だと聞きました。お葬式のときに一生懸命に涙をこらえていたのを覚えています。参列者はみんなもらい泣きしていました。奥さんもまだ若くてきれいな人でしたね。あのあと再婚したと聞きました」

「柿崎さんは、当時京都に住んでいたんですよね。住所は分かりますか？」

「家に帰れば分かると思います」

安西はあとで電話をくれるという。

「できれば柿崎さんの奥さんが、今どちらにいらっしゃるか知りたいのですが、ご存じありませんか」

「私は知らないですね。お葬式のときに会っただけですから。あ、でも柿崎さんがお世話になっていたという考古学の先生なら知っているかもしれません。家族ぐるみの付き合いだと言っていましたから」

その考古学者に問い合わせてくれるらしい。

「そういえば鈴木さんは、自分と争っていた柿崎さんが亡くなったので、その後、家族がどうしたか、などということもとても心配していたようです」

ああ、それならば、と浅見は思った。なくなったあの三年分のノートに、柿崎の家族のことなどが書かれていたのではないだろうか。その間のことを読めないのは返す返す残念であるが、ノートを奪った人間は家族のことを知られたくなかったという仮説も成り立つはずだ。

安西に会うことで、これほどの収穫があろうとは予想もしていなかった。これまで現実感の乏しかった、森高や義麿の存在がにわかに生き生きと浅見の前に現れたのだ。彼らはたしかに存在していた。生きて悩み苦しみ、自分たちの生を全うしようともがいたのだ。

「実は」

安西が言いにくそうに口を開いた。

「浅見さんにここへ来ていただいたのには、訳があったのです」

昨夜、雑誌記者を名乗る男にこの近くに呼び出され、揉め事に巻き込まれたのだという。

「この手はそのときのものです」

安西は包帯を巻いた右手を少し上げて見せた。

「浅見さんは探偵として活躍されているそうですね。ぜひ昨夜のことを聞いていただきたいんです。そして私はいったい、どんなトラブルに巻き込まれたのか解明してもらえませんか？」

会ったときから、含みのある言い方が気になっていた。このカフェを待ち合わせ場所に選んだのは、家に近かったからなどではなかったのだ。

浅見は当然のごとくうなずいた。安西の身になにがおこったのか、好奇心がむくむくとわき起こってくる。悪い癖だと思いつつ、止めることはできなかった。

「私を呼び出した男は、浅見さんと同じように、阿武山古墳の記事を書くので奥居さんのことを聞きたいと言ってきたんです。私は浅見さんがおいでになったことと、無関係ではないという気がしてきました。どう思われますか？」

浅見もそのとおりだと思った。同じタイミングで同じことを訊きにくるなど、偶然とは考えにくい。

「その男は、とある出版社の梶本（かじもと）という記者だと名乗りました。警察が問い合わせたところ、そんな男はいないことは分かったのですがね」

「梶本と名乗る男が、あなたに怪我を負わせたのですか？」

「いえ、そうではないんです」

この喫茶店の近くにある公園を、梶本は待ち合わせ場所に指定したという。

「すぐそこなんで、行ってみませんか」

安西のあとについて外に出る。むっとした熱気に襲われる。日中よりは幾分ましになったとはいえ、まだまだたまらない暑さだった。

「今よりも、もう少し遅い時間でした。こんな時間に公園で待ち合わせをするなんて、少し変だなと思いました。でも、長年広報をしていると分かるんですが、記者さんの中にはいろんな人がいますから。それに阿武山古墳の取材を受けるのは久しぶりでしたからね。私のほうもこんなものかな、という気持ちで出掛けていったんです」

比較的大きな公園で、一角に老人ホームがあり、まるでホームの庭のようにも見える。鐘の付いたオブジェのそばにベンチがあり、安西はそこで男を待っていたという。

「私がベンチに座ると、梶本という男はすぐに現れました」

「どんな男でしたか？」

「年は三十歳くらいで、痩せ形。いかにも記者らしい物腰の、知的な話し方をする人でした。梶本は川岸を歩いたほうが涼しいから、と川のほうへ誘いました。確かに隅田川から吹いてくる風は涼しかったですね。話はやはり昭和九年のX線撮影の話と、昭和六十二年にそのフィルムを見つけたときの話でした。梶本はそのへんのことはかなり詳しくて、私に確認をとっているといった印象を受けました。それと奥居さんのことを、詳しく聞きたがりました」

そのときの道をたどり、浅見と安西も川岸に出た。ほんの数分の距離だった。川から吹いてくる風は、わずかに湿り気を含んでいて、心なしか街中よりも涼しい気がした。

「このあたりを、ぶらぶらと橋に向かって、話しながら五分ほども歩いたでしょうか。ほら、そこに立体駐車場があるでしょう。あそこの陰から男がなにか叫びながら飛び出してきたんです。手にはナイフのようなものを持っていて、梶本に切り掛かりました。私は、無我夢中でその男を取り押さえようとしました」

「そのときにお怪我をなさったんですね」

「ええ、その男もそれほど立派な体格をしていたわけではなくて、むしろひ弱な感じで、私よりも年上に見えました。ところが組み合ってみると意外に力が強くて、私はあっという間に突き飛ばされてしまいました。梶本は、男に切られたように思ったのですが、そのまま姿が見えなくなってしまったんです」

「切りつけた男のほうは、どこへ行ったんですか？」

「分かりません。二人ともいなくなってしまったんです。一応警察に届けたのですが、二人の男がどこの誰とも分かりませんし、私の怪我も幸いかすり傷みたいなものだったからでしょうか、大した事件じゃないと警察は思ったようです。私はありのままに話したのですが、どうもおかしな話だと思われたようで」

たしかにおかしな話だ。切りつけた男がどこかに逃げてしまうだけなら分かるが、切られた梶本までもいなくなってしまうとは。安西の手の傷がなければ、ただの作り話と思われてしまうかもしれない。

「昨夜（ゆうべ）はかなり遅くまで、警察に事情を聞かれ、まったく疲れ切ってしまったんですよ」

安西は本当に疲れた顔で肩を落とした。

「男はどんなことを叫んでいたか分かりませんか」

「それが、突然のことで驚いてしまって。男のほうもかなり興奮していたみたいでしたし。ただ、二人は知り合いのような感じでした。梶本のほうは、なんでここにいるんだ、みたいなことを言ってましたから」

駅に向かう安西と一緒に、浅見は川岸から千住大橋（せんじゅおおはし）のほうへと歩を進めた。

「では、柿崎さんの京都の住所をあとでお知らせしますね」

浅見も、梶本についてなにか分かったら連絡する、と約束した。

安西は千住大橋駅から電車に乗るという。浅見は喫茶店近くの駐車場へと向かった。

隅田川に掛かる千住大橋は、そろそろ夕方のラッシュの時間だからなのか、かなりの交通量だった。橋のたもとに石碑が立っている。大きな木が影を落としていた。浅見は目を細めて石碑に刻まれた文字を読んで驚いた。

「八紘一宇」

この碑がここにあるのは偶然だろう。だが、複雑に絡まった糸の一端がここにも顔を覗かせていたことは間違いない。梶本と名乗る男は、どんなふうに義弘や松江の事件と関わってくるのか、分かりそうでいて、依然模糊とした夕闇の中に隠れている。その闇の先にある真相のヒントが、義磨のノートに書かれている気がしてならなかった。


家に帰ると、もう家族の夕食は終わっていた。一人ダイニングで夕食をとっていると、安西から電話が入った。

「当時、柿崎さん一家が住んでいた住所が分かりました」

浅見は安西が読み上げる住所をメモする。京都市内だがどのあたりなのか、見当がつかない。

「ここは賃貸のアパートでしてね、柿崎さんが亡くなったときに引き払ったそうです。奥さんは子供を連れて、一度実家に戻ったところまでは分かっているのですが、今はどこに住んでおられるのか、時岡さんにも分からないそうです」

「時岡さんといいますと」

「ああ、失礼しました。柿崎さんは時岡さんのお父さん、功一郎さんのお弟子さんなんです」

「というと考古学の先生ですか？」

「そうです、もうお亡くなりになりましたが、京都大学考古学教室の教授でした。息子さんの昭治郎（しょうじろう）さんも考古学の教授です」

浅見は思わず声を上げそうになった。

時岡といえば、千尋が結婚をした男の名字と同じだ。たしかその時岡も大学の教員をしているとあった。

「昭治郎さんのお母さんは、千尋さんとおっしゃるのではありませんか」

「ええっと、たしかそのようなお名前だったと思いますが」

間違いない。千尋の夫は時岡功一郎だ。

なんという皮肉だろう。千尋は考古学者と結婚していたのだ。

「息子さんは今も京都に住んでおられます」

安西の言う住所をメモする手が震えた。千尋はまだ生きているのか、それを一刻もはやく知りたいのだが、胸が一杯で言葉が出てこない。

結局千尋が存命かどうかは訊けなかった。

だがそれも明日、千尋の息子に会えば分かることだ。

食事は味が分からなかった。

第十一章　人生の忘れ物

千尋の息子、時岡昭治郎は京都大学を退官して、現在は私立大学の教授をしているそうだ。家は東山の京都国立博物館にほど近い住宅街にあった。千尋の実家である森高教授の住まいも東山にあったことを思うと、不思議な縁を感じる。

純和風の家を想像していたが、最近建て替えをしたのだろうか、白い壁の美しい近代的な豪邸だった。

呼び鈴を押すと、時岡昭治郎らしい人がすぐに出てきた。六十代後半といった感じだろうか。白髪が上品な、痩身の男性だった。この人が千尋の息子かと思うと、浅見は懐かしい人に会ったような気になった。千尋の顔を知らないにもかかわらず、昭治郎にその面影を探そうとしてしまった。

「浅見と申します。突然お邪魔して申し訳ありません」

「安西さんから聞いてます。柿崎さんのことをお聞きになりたいとか」

「はい。昭和六十二年頃、柿崎さんの身辺に起こったことなどを教えていただければと思いまして」

昭治郎はスマートな仕草で浅見を招き入れ、居間に案内した。慣れない手つきでお茶を出し、「今日はみんな出かけておりまして」と照れて、向かいのソファーに座った。

「どうして柿崎さんのことを調べておられるんですか？　柿崎さんが亡くなられたんは、かなり前のことやけど」

「そうですね。三十年近く前になりますね。僕はひょんなことから、鈴木義麿さんという方の日記のようなものを読むことになりました」

浅見は義麿のノートを読むことになった経緯を簡単に説明した。その中に柿崎泰正の名前が出てくるが、紛失している部分があってよく分からないことが多いので、柿崎を知る人を探して話を聞いているのだと話した。

昭治郎は記憶を探るように目を伏せて、「スズキヨシマロさん」と口の中で言った。

「鈴木義麿さんをご存じですか？」

しばらく考えたあと昭治郎は、「聞いたことありますね。しかしどこで聞いたんか思い出せませんせん」と答えた。

「柿崎さんと険悪なムードになっていた人なんです。阿武山古墳の被葬者を巡って」

「ああ、そうですね。そういう方がいました。ないと思われとったX線写真を探し出した人ですね」

「ええ、そうです」

「その義麿さんは、偶然にも時岡さんのお母様と知り合いだったのです」

「ほう。それはいつ頃のことやったんですか」

「義麿さんと千尋さんが初めて出会ったのは、昭和九年頃です。義麿さんはまだ中学生、千尋さんは女学校の三年生でした」

「浅見さんは、母のことを知ってはるんですか？」

「知っています、と言っても間接的にですが。義麿さんのノートに千尋さんが登場します。千尋さんのことが好きだったようです」

「そうですか。母が生きとったら喜ぶやろなあ」

「お亡くなりになったのはいつですか？」

浅見は、やはりそうか、と思いながら訊いた。

「八年前です。来年は卒寿のお祝いをしようと相談しとったんです」

「どうしてお亡くなりになったのですか？」

「老衰ですよ。軽い肺炎にかかって、そのまま回復せんと眠るように亡くなりました」

「そうでしたか」

「義麿さんと母は、どういう知り合いやったんですか？」

「千尋さんのお父さんの弟子が義麿さんだったんです」

「義麿さんがですか？」

時岡昭治郎の父、時岡功一郎。時岡……。

(そうか、あの時岡だ)

初めて森高教授の家を訪れたとき、義麿は千尋と出会った。その場に居合わせた京大生の一人に、時岡という学生がいたのだ。

「義麿さんのノートに、あなたのお父上が、ほんの少しですけど登場したのです」

「父がですか。どないにですか？」

「それが、あまり覚えていないのですが、たしか森高教授のお宅に京大生が何人か遊びに来て、義麿さんは几帳面(きちょうめん)にもその方たちのお名前をノートに書いておられたのです。お父上と義麿さんが、特に言葉を交わされたようなことは書いてなかったと思いますが」

「そうか、父と義麿さんが……」

昭治郎は目を細めた。若き日の父親を思い浮かべているようだった。

「父は祖父のことをよう話してくれました。阿武山古墳を発見した人なんやで、って」

「義麿さんは当時中学生でしたが、阿武山地震観測所での工事を監督する森高先生と一緒に、あの古墳を偶然発見しました」

「そして半世紀ぶりに古墳が発見されたあと、今度はX線写真を見つけ出すなんて、よくよく阿武山古墳に縁の深い人やなあ」

「まったくその通りです。お祖父様のことですが、阿武山地震観測所でのこと、ご存じですか？」

「ええ、知ってます。家族の間でその話はまずしませんが、なんで自殺なんかしたんやろうって、時々頭をよぎります。あ、まさか、その義麿さんが自殺の理由を知ってはるいうことですか？」

「残念ながら、ノートを読む限りではそういうことは書いていないですね」

浅見は森高が自殺するまで、どんなことがあったか、記憶を頼りにかいつまんで話した。

古墳を埋め戻したあと義麿が森高のもとを去り、師事した山村教授が死に、千尋とも疎遠になってしまったこと。しかし森高との縁は復活し二人で多武峰に旅行に行ったが、そこで長老が何者かに毒殺され、そのあと森高も同じ毒で死んでいる。

「ずいぶんたくさんの人が死なはりますなあ」

まだまだ序の口なのだ、と言いたい気分だった。昭治郎の言うように、阿武山古墳をめぐって次々と人が死に、それが現代にまでも波及している。これがどういうことなのか、解明することが義麿のノートを読んだ者の責務なのだと思った。

「義麿さんのノートによりますと、山村先生が亡くなったのは、あるものを手元に置いていたからだと言うんです。亡くなったあとそれを保管していた人の体調が悪くなり、森高先生に渡した。すると」

「すると、祖父が自殺したと言わはるんですか？　なんですか？　そのあるもんっていうのは。まるで何かの祟りみたいやね」

昭治郎は笑って言うが、頬が引きつっている。

「義麿さんは、呪いだ、祟りだと思っていたようです」

「気になるなあ。いったいなんなんです？」

「鎌足が天智天皇から賜ったという金の香炉です」

昭治郎の顔が驚きで凍り付いた。さすがに考古学の専門家だけあって、金の香炉の話には仰天したようだ。

「祖父がそれを持っていたということですか。しかし、それは……。古墳の棺の中にもなかったし、これまで香炉が発見されたいう話はない。なんでそこにあったんです」

「あなたのお祖父様が棺から取り出したようなんです。ノートにはそう書いてありました」

昭治郎は頭を抱え、しばらくの間、獣じみたうなり声をあげていた。

「なんてことを。とんでもないことしてくれたもんな、祖父さんは」

ようやく冷静さを取り戻した昭治郎だが、「そりゃあ呪われるやろう」と少し上ずった声で言った。

「祖父は考古学の専門家やありませんでした。しかしやってええことと、そうやないことの区別の付かへん人やなかったはずや」

「森高先生は、鎌足に特別の思い入れがあったようなんです」

浅見は多武峰の八講祭の話をした。

「ああ、八講祭ですか。あのあたりでは今でも鎌足公を信奉してるて聞きます」

「八講祭を執り行う集落が八つあるのはご存じですよね。今はどうか知りませんが、当時の人たちは鎌足公の子孫だと思っていたそうです。お祖父様は、その村のご出身なんです」

ノートに書いてあった話は義麿が森高から聞いた話だが、それを読んでいて浅見も胸が詰まった記憶がある。今も昭治郎に話しながら、森高の不幸な生い立ちに涙が出そうになる。

「祖父はそんな辛い目に遭っとったんですね。まさか長老を毒殺したんは祖父なんやろか？」

「それは結局、分からずじまいだったようです。森高先生は警察に事情を訊かれたようですが、すぐに放免されたみたいですから。ただ、義麿さんは森高先生のことを疑っていたでしょうね」

「長老と同じ毒を呷って死ぬやなんて……。祖父は鎌足の墓であることを証明したい言うていたんでしょう？　そういう目的があるんやったら自殺なんてするやろか。義麿さんが呪いや思たんも無理ないですね。金の香炉は鎌足の墓やいうことを証明するために隠し持っとったんやろか。戦争が終わって時局が変わったら、もう一度墓を掘るつもりやったんかもしれへん。そして、あたかもそのときに発見したように、香炉を出してみせる」

「ですが、X線写真には香炉は写っていませんでした。そのときに発見したように、というのは無理があるのではないですか？」

浅見もそこのところは、何度考えても分からなかった。森高の行動に一貫性がないのである。昭治郎の言うように、再度墓を掘ったときに金の香炉を出してみせるのなら、X線写真は処分してしまうはずだ。

「うーん。誰かに罪を着せるつもりやったんやろか」

昭治郎はほんの思いつきで言ったようだった。しかし浅見は、案外当たっているのではないかという気がした。発見当時はたくさんの人足が関わっていた。それに一度は竹島伸吾郎に香炉を預けている。だが、それも憶測の域を出ない。

「それで香炉は、今どこにあるんですか？」

「時岡さんはご存じないですか？　僕は千尋さんがお持ちなのではないかと思ったのですが」

「いいえ、母の遺品の中にはありませんでしたね。遺品はすべて別荘のほうに運んだんですけど、それらしいものはなかったように思います」

「別荘といいますと」

「古い家で、別荘いうほどのもんでもないんですけど、島本にあって、もともと祖父のものやったんです。母が結婚するときに持参金代わりに持ってきたと聞いてました」

「そうですか。森高先生の別荘だったんですね」

「ええ。そういうたら、祖父が亡くなったときは父が遺品の整理を手伝って、やはり島本の別荘に持ってってた言うてました」

「森高先生が亡くなったときは、まだお母様はご結婚されていませんでしたよね」

「父は大学院生でした。京大を卒業して一度郷里の岡山に帰ったんですけど京都に戻って、ちょうど院に入学した年に森高先生が亡くならはったんです」

「お父上が森高先生の遺品を整理なさったとは驚きです。別荘のほうに金の香炉がないのは確かなんですよね」

「ええ、確かです」

浅見の言い方が残念そうだったからなのか、昭治郎は少し笑って言った。

森高の死とともに、金の香炉もどこかへ消えてしまったということか。

浅見は、香炉を探し出そうとしている人間がいるらしいことを伝えた。そのために人の命が奪われたことも。義麿の孫、義弘がなにものかに殺され、その数日後には義弘の会社の社員までもが殺されたと知ると、昭治郎の顔から血の気が失せた。

「犯人は義弘さんが香炉を持ってると思ったんでしょうかね」

「そうかもしれません」

「浅見さんは、我が家に香炉があると思ってた。犯人がもしそう思ったら、私の家族も危ないんやありませんか？」

昭治郎の言うことはもっともだ。だが、十分に注意してください、と言う以外、掛ける言葉は見つからなかった。

そのとき浅見は、はっと気付いた。

自分の迂闊さに呆れた。

犯人は真代を狙うのではないだろうか。真代は義弘同様なにも知らないはずだが、鈴木家にただ一人残された人だ。現に鈴木家に空き巣も入っている。

昭治郎との話が終わったらすぐに真代に電話を掛けなければならない。

「あ、ひょっとしたら」

なにを思いついたのか、昭治郎は宙を睨んで難しい顔をしている。

「ひょっとしたら、柿崎さんは誰かに殺されはったんですかね」

「昭和六十二年でしたか。事故で亡くなったと聞きましたが。自殺だという噂もあったようですね」

「私は事故やと聞きました」

「場所は熊野古道の入り口だそうですが」

「ああ、思い出しました。滝尻王子というとこです。そこのバス停の前が落石防止のために、山の斜面をコンクリートで固めてあるんですけど、ちょうどT字路になってて、そこに激突したんやと聞きました」

語り部の菅と行った、滝尻王子のバス停が目に浮かんだ。

『そこのベンチにこっち向きで』

たしかに菅はそう言った。

あのとき、浅見と菅は、山の斜面を背にして道の反対側からバス停を見ていた。牛馬童子の首が『こっち向き』に置いてあったのなら、牛馬童子は山の斜面を見ていたことになる。柿崎が激突したというその場所を、首があたかも睨んでいるかのように置いたのだ。義麿は、それに何らかの意味付けをしたのではないだろうか。牛馬童子の首から連想するもの。はじめは鎌足の頭蓋骨かと見間違えた金の香炉だ。そして震え上がったはずだ。

「義麿さんと柿崎さんが阿武山古墳の被葬者をめぐって争っていたという話は知っていますか？」

「柿崎さんは父の弟子やったから、それらしいことを聞いたことがあります。しかし被葬者に関して意見が食い違ったからっていうて、殺すなどと、そんなことが……」

昭治郎はそう言ったあと、「あ」と顔を上げた。

「金の香炉ですか？　柿崎さんは香炉を探していはったんかもしれへん」

「そうなんですか？」

浅見は思わず身を乗り出した。

「ええ、父がぼやいてました。『柿崎は自分の説を曲げて宝探しを始めよった』って。柿崎さんがやりそうなことや、とそんとき私は思ったんです。宝とは金の香炉のことやったんとちがうかな」

「柿崎さんがやりそうなこと、というと、柿崎さんはそういう人なんですか」

「ええ、功名心にはやるというか俗物というか、そういうとこが多分にある人でした」

「柿崎さんの奥様は再婚されたそうですが、今はどちらにいらっしゃるか分かりませんか？」

「分からないですね。和歌山県の人と結婚したと、聞いたような気がしますけど確かではありません」

「和歌山ですか。では、京都ではなく和歌山に住んでいるという可能性のほうが高いのですね」

「父が生きていたら、分かったかもしれんけどなあ」

昭治郎は申し訳なさそうに首を振った。

「ところで、別荘にはよく行かれるんですか？」

「そうやね。夏に釣りをしたりゴルフに行く時とかですわ。近いさかいに、気分転換によう出かけます」

「戦後すぐに、竹島伸吾郎さんという方が、そこの管理人をされていたはずなんですが」

「よう知ってはりますね。竹島さんは、ほんまに真面目でええ方でした。私はずいぶん可愛がってもらいました」

「今はどなたが管理をされているんですか？」

「息子さんですわ」

浅見は、またしてもノートの記述が現実と重なる興奮を覚えた。ノートは事実を書いているはずだから当たり前なのだが、どこかフィクションのような感覚で読んでいたのだ。

「勇一さんですね」

「驚いたな。なんで知ってはるんですか」

「義麿さんのノートに書いてあったんです。昭和三十九年に竹島伸吾郎さんが亡くなって、義麿さんはお葬式に行っています。そのときに息子の勇一さんを見ているんです。千尋さんとあなたのお父様が葬儀に来ていたそうですが、挨拶もしなかったと書いてありました」

「竹島さんの葬儀には、私も行きましたよ。高校生やったから覚えてます」

同じ場所に義麿さんもいたのだなあ、と感慨深げだ。

「勇一さんはどんな人なんですか？」

昭治郎は、「ああ」と顔をしかめた。

「いわゆる不良やったね。母が言うには、竹島さんが年をとってからできた子供で、甘やかして育てたんやと。高校を卒業したあと、大阪で会社員をしとったんですけど、すぐに辞めて戻ってきました。なんやえらい悪いことしとったんやと思います。警察にも何べんか捕まったりして」

「そういう人をよく雇い続けましたね」

「竹島さんが亡くなる前に、私の父に頼んだんですわ。どうか息子を頼みますと。それにどういうわけか管理人の仕事は真面目にやるんですわ。とても器用で、大工仕事や配水管の修理なんかも、プロ並みにやってしまいよるんです。あそこに住んでるわけですし、出ていけとはなかなか言えませんわ」

昭治郎は義麿のノートに、竹島がどんなふうに書かれているのか、と訊く。

「竹島伸吾郎さんのほうですね。おっしゃるとおり、とてもいい方だというふうに義麿さんは書いていましたよ」

昭治郎はノートの内容に興味津々で、千尋や祖父の森高がどう書かれていたか知りたがった。浅見はそれにできるだけ丁寧に答えた。義麿が森高と熊野古道をいつか一緒に歩こうと約束していたのだと話すと、昭治郎は、「母も祖父とそんな約束をしてたみたいです。熊野古道を歩いて、牛馬童子を見に行かへんかて。そやけど、その約束は守られへんかった、と悲しそうに言うてました」と遠い目をした。

浅見の胸に静かな感動が広がった。千尋は義麿と古道に行くことを望んでいた。たったそれだけのことだが、義麿の孤独な魂がほんの少し慰められる気がした。

「勇一さんとお会いしたいのですが、連絡していただけないでしょうか。僕はこれから大阪経由で海南市に行くのですが、途中別荘のほうへ寄ってみたいのです」

「かましません」

昭治郎は気軽に返事をして、携帯を取り出し電話を掛けたが、「ん」と首をかしげた。

「勇一さんは電話に出ませんか」

「電源が入ってへんみたいや。けったいな」とつぶやき、もう一度掛けるが、やはり勇一が電話に出ることはなかった。

昭治郎は別荘の住所をメモに書いて渡してくれた。

「とりあえず行ってみてください。あとでもう一ぺん掛けてみますから」

浅見は礼を言って時岡邸を辞去し、車の中で真代に電話をした。

真代の無事を確かめ、身辺に気をつけるように、と言うと予想どおり不安そうな声になった。

「なんで？　なんや怖いわ」

「理由は帰ってからちゃんと説明します。とにかく一人にならないように。それから夜道は歩かないように気をつけてください」

「一人にならんように、言うても。また三千恵ちゃんに泊まりに来てもらいたいけど、なんやお兄さんがどうしたとかで実家に帰ってるんやて。ほんまに仲のええ兄妹なんやわ」

「それは残念ですね」

「そやけど、私のとこはマンションの最上階やから大丈夫やわ」

「そうですね。セキュリティもしっかりしているようでしたし」

真代は相変わらず暢気な様子だ。実はマンションの最上階は泥棒に狙われやすい。屋上からロープでベランダに下りてくる、「下がり蜘蛛（くも）」という手口で侵入するのだ。いたずらに不安にさせることもないので言わなかったが、窓とドアの鍵は必ず掛けておくようにと念を押し、島本の別荘に向けて車を走らせた。

*

金がない。働いても働いても金は指の間からこぼれ落ちていく。母の療養中に、わずかにあった蓄えもなくなってしまった。どんなに切り詰めても追いつかない。昼も夜も働いているのに一向に生活は楽にならなかった。

未来が見えない。このままではどんな小さな夢も持つことはできないだろう。「司世」

代の若者が小綺麗なファッションに身を包み、洒落た街を闊歩している。屈託のなさそうな彼らを目にすると、智之は激しい怒りと嫉妬を感じて、なにもかもぶち壊してやりたい衝動に駆られる。そしてそんな自分に恥じ入って、この世から消えてなくなりたくなるのだった。

母の葬儀から一年が過ぎた頃、智之のアパートに見覚えのある男がやってきた。

「大学やめてしもたんかいな。可哀想に」

「おっさん」

「わしのこと覚えててくれたんか。苦労したな」と智之の肩を摑んで小さく揺すった。

「そやけど負けたらあかんで。こないな苦労してるんは、あんたが悪いんやない。世の中が悪いんや。世の中のやつら見返してやらなあかん」

島本に連れて行かれ、「時岡」と表札が出ている家に入った。

怪訝に思い訊ねると、「まあ、親戚みたいなもんや」と答えた。

おっさんの名前が、竹島勇一であることは知っていた。親戚のようなもの、という言葉に嘘があると感じてはいたが、敢えて目をつぶっていた。今、頼れるのはこの竹島しかいない。少々の嘘がなんだというのだ。

古い日本家屋だが、どこもここも金が掛かっているのが智之にも分かった。離れは物置として使っていた。そこにはたくさんの遺物と一緒に考古学、歴史学、物理学の専門書が置いてある。

智之は一瞬、ここが父の家のような気がした。もし父親が長生きをしていたら、こんな家にこんなふうに遺物や専門書を置いたのではないだろうか。きれいに湾曲した褐色の土器片を手に取り、智之は見入っていた。

「ここの持ち主は、もともと森高露樹いう大学の先生やった」

廊下から顔を出して竹島が言った。

「考古学の先生やったのですか？」

「なんの先生かは、わしは知らん。そやけど娘婿は考古学の先生やったで。時岡功一郎いうんやけど、あんたのお父さんはその人の弟子やったんや」

「えっ。時岡という人の弟子やったんですか？」

「そうや。もし生きとったら、こないな家に住んでたかもしれんな」

「父のこと教えてもらえませんか？　僕はあまり記憶がないんです」

賢くて大きくて優しかった父。父のことを忘れまいとしても、そもそも思い出が少なかった。母も少しは話してくれたが、父が亡くなってからの目まぐるしい生活では、ゆっくりと話をする時間もなかったのだ。

竹島は父、柿崎泰正が母と出会う前の話をしてくれた。若き日の父がなにに悩み、どんな夢を持って生きていたのか。その姿を目の当たりにしているかのように、竹島は生き生きと語った。ずっとあとになって、その話のほとんどが嘘だと知ったが、それでも智之は、竹島が教えてくれた父の姿をそのまま信じて持ち続けた。

拠り所が欲しかったのだ。自分の父はそういう人であった、という確かなものが必要だった。たとえそれが創られたものであっても。

「柿崎さんは、そりゃあ立派な人やった。あないに早う死んでしまわなければ大きな仕事をした人なんや。みんなあいつのせいや」

「あいつ、て誰ですか?」

「鈴木義麿や。海南市で大きな家にのうのうと住んどるわ」

「父は和歌山で死んだと聞きました。父の死に、その鈴木義麿という人は関係があるんですか?」

「あるなんてもんやない。義麿が殺したも同じや」

「その義麿いう人は、父になにをしたんですか?」

鈴木義麿は森高教授の弟子だった。親が金持ちだったので、金にものを言わせ、海南市から京都の大学に進学したのだ。在学中は不真面目な学生で少しも勉強をしなかったが、どうにか大学は卒業した。卒業後は家業を継いだが放埒な生活は直らなかった。それでも資産家の息子であるために少しも金に困らない。

「そやけど強欲なんや。よく言うやろ。金持ちほど欲が深いて。義麿はまさにそういう男や。森高先生が大切にしていた香炉を盗んで自分のもんにしたんや。あんたのお父さんは義憤に駆られて取り返そうとした」

義麿は目障りな柿崎泰正に、なんとか諦めさせようとして嫌がらせを始めた。金と暇が有り余っている義麿にとって格好の暇つぶしだったのだろう、と竹島は言う。

「嫌がらせて、どんなことですか？」

「よう知らんが、家にまで押しかけていって、いろんなこと言うたらしいで」

「呪われろ、とかですか？」

「まあ、そんなことも言うたやろな」

智之は怒りで体が震えた。少年の日、父のもとにやってきた老人は義麿であったのだ。

「許せへんな。義麿は今も裕福な暮らしをしとる。あんたがこないに辛い思いしているのにな」

竹島は言った。

「懲らしめてやらなあかん」

＊

別荘は水無瀬川沿いにあった。どこにでもあるような住宅街から少し離れて竹林を背に建っていた。昭治郎は謙遜していたが庭も家も立派なもので、住み込みでなければ、とても管理できるものではないだろう。

近くに車を停め、歩いていくと別荘を遠巻きにして、何人かが立ち話をしている。その姿がいかにも、よくない噂話をしているといった感じだ。

「あのう、なにかあったんですか？」

浅見は老年に入りかかった二人の主婦に声を掛けた。

「なにか、ってあんた。びっくりやわ」

と片方が言うと、二人で顔を見合わせ、「なあ」と言い合った。

「ここの管理人が殺されたんやで」

「竹島さんがですか？　どうして。いつですか」

「どうしてか、なんて知らんけど。東京のなんたらいう川に浮いとったんやて」

主婦たちは、「いつかこんなことになるって思ってたわ」とうなずき合う。

「それはどうしてですか？」

「どうしてって、死んだ人のこと悪く言いたくないけどな。がめつい男でなあ。近所の人の屋根を直してやって、法外な代金を請求するんやわ。素人のくせに」

「そやけど、わしは素人やないって言うてたで」

もう一人の主婦が反論する。

「あんなん素人や。資格持ってるからって、その道のプロと違う」

「まあな。資格ぎょうさん持ってるって、いっつも自慢してな。嫌な男やわ。鳶(とび)の資格持ってるからて、なんになるやろ」

「竹島さんは、金銭面でトラブルがあったんですか？」

「ああ、いっつもトラブルばっかりや」

最近は具体的にどんなトラブルがあったのかを訊くと、よく知らないという答えが返ってきた。過去にあった揉め事が記憶に残っていて、それがそのまま竹島の印象になっているようだ。

そのとき、浅見の携帯に昭治郎から電話が入った。

「浅見さん、ニュース聞かはりました？　竹島さんが遺体で見つかったんですわ」

「ええ、今聞いたところです。こちらの別荘のまわりはちょっとした騒ぎになっています」

昭治郎はニュースの内容を詳しく教えてくれた。

今朝早くに、竹島勇一の遺体が隅田川に浮いているのを発見したのは、新聞配達員だった。千住大橋の橋脚に人のようなものが引っかかっているのを見つけ通報したのだ。勇一の体には人と争ったあとがあり、切り傷が数ヵ所と左胸に深い傷があり、これが致命傷となったようだと報じている。

「いやあ、びっくりしました。なんで勇一さんが東京にいたんかも分からへんし、誰に殺されたんやろう」

浅見は、安西と梶本という男のところに現れたのが、竹島勇一ではないかと思った。時間や場所を考えると、そう思われる。

それを昭治郎に話した。

「たぶん偽名でしょうが、梶本という男に心当たりはありませんか?」

「ないですわ。勇一さんに、東京の知り合いがいるなんて話も聞いたことありませんからね。安西さんに阿武山古墳の話を訊いてた、というんやったら、梶本は香炉の存在を知っていたんやろか?」

「そうかもしれません。竹島さんとは知り合いだったようですから、仲間割れでしょうか。安西さんは、まだ竹島さんのことは知らないでしょうね。僕から電話をしておきます」

浅見は電話を切るとすぐに、安西に掛けた。

やはり安西は知らなかった。

「仲間割れですか？　私も間の悪いところに居合わせたものですね」

安西から香炉の情報を聞き出そうとしていたらしい、ということは伏せておいた。梶本が再び接触してくるかもしれないが、なにも知らないほうが、むしろ安全ではないだろうか。

浅見は車を降りて、さっきの立ち話をしている主婦のところに戻った。話はもう竹島のことではなく夫への愚痴になっていた。

「こういう者ですが」と肩書のない名刺を渡す。

「ルポライターをしています。竹島さんのことでお話を聞かせていただけませんか？」

二人の主婦は名刺に見入りながら、「ルポライターやて」と囁き交わす。

「竹島さんは独身と聞きましたが、ずっと一人だったんですか？」

「そうや。あんな人、結婚できるわけあらへんわ」

「あ、そやけど女の人は出入りしとったわ。ずっと前やけど」

「いつ頃ですか？」

「いつやったかな」

「二〇〇〇年やない？」

「ああ、そうや。二〇〇〇年や。ミレミアム、ミレミアムとかいうて、大騒ぎしてた年や」

「ミレニアムですか？」

「そうや。なんでもめったにないことなんやろう？　あの男にも女ができるて、めったにないことや、いうて旦那が笑っとったわ」

「どんな人でしたか？」

「きれいな人やったで。竹島より二十くらい若いんとちゃうやろか。ずうずうしい男やわ」

「みっちゃん。みっちゃんて、でれでれしてたんを見たわ」

「いや、ほんま？　いやらしいわ」

竹島は、みっちゃんという女を見せつけるように、街中を腕を組んで歩いていたらしい。

「その女性は、どこでなにをしている人か分かりませんか？」

「なんや、飲み屋の女やったと思うけど。分からんなあ」

「ほかに竹島さんのところに出入りしてた人は知りませんか？」

「女いうたら、その人のあとはおらへんかったと思うけど」

ほかには男も女も、特に記憶に残る人はいなかったという。

竹島と付き合いのあった人物の中に梶本がいるはずだ。警察も当然そこは捜査するはずである。警察の捜査を待って、なんとか情報を得ることを考えるというのが、時間と労力の節約ではある。兄の陽一郎の顔がちらちらと浮かぶ。いい作戦が浮かぶようにと祈りながら、車に乗り込みエンジンを掛けた。

＊

居間には見知らぬ女がいた。

「なんや来てたんか」

「あんたが来い言うたんやないの」

美香という女は竹島の女で、今日は食事を作りに来てくれたようだ。娘ほどの年齢で竹島に不釣り合いな女だった。水商売をしているわりにはどことなく上品だ。

「駅前に電器屋あるやろ？　あそこの上でやってんの。来てな」

美香は名刺を渡しながら言った。

「こいつはまだ子供やぞ」

竹島は急に横柄な口の利き方をする。

「そないなことないわ。もう立派な大人や。なあ」

智之はドキリとした。

『もうお兄ちゃんやさかい。なあ』

母はよくそんなふうに言っていた。美香の言い方は母によく似ている。顔つきや体つきも、どことなく母に似ていた。

「あんた、なにが食べたい?」

美香の問いに、母がよく作ってくれた好物を言った。

「そんなんでええの?」と笑う言い方も母のものだった。

竹島と三人で囲む食卓は、不思議な感覚を呼び覚ました。温かい家庭への希求が耐えがたいほど強くなる。自分のこの状況を作った男が、家族に囲まれなに不自由なく暮らしていると思うと、激しい怒りを感じずにはいられなかった。

「なんや、肉じゃがが好物なんか。じじくさいのう。ステーキとか好きやないんか?」

竹島はじゃがいもを箸の先で突きながら言った。

「好きやけど……」

智之が口ごもると、美香は取りなすように言った。

「ええやないの。うちも肉じゃが好きやわ。それに安く済んでよかったんやないの?あんた金欠や言うてたから」

「これから大きな金が入ってくるんや。見とれよ、おまえにもええ思いさせたる。人はな、みんな生きて死ぬだけや。生きてるうちに目一杯、好い目見んといかんのや。みっちゃんはな、こう見えて義麿なんか足元にも及ばない、ええとこのお嬢さんやってん。それやのに親が事業に失敗して心中したんや。たった一人残されて、悲しい思いしたんやで。なんか智之と境遇が似とるな」

「こう見えて、てなんか失礼やわ。そやけど勇一が言うのはほんまやの。お金がなくてえらい辛いわ。今はな、勇一のおかげでお店も繁盛してどうにか食べていけるんや。私のためにずいぶん危ない橋も渡ってくれたんよね」

「そうや。おまえのためやったらなんでもする」

竹島と美香は目の前でいちゃつき始めた。

「そやけど、悪いことは、もうあかんで」

美香が二人を見比べながら言った。

「悪いこと？　そんなことするかいな。善行や。人助けなんや。なあ、智之」

竹島は智之の肩を叩いて哄笑(こうしょう)した。

「義麿の弱点は清吉や」

離れで竹島は言った。

「清吉をうまいこと騙して香炉を取り戻そやないか。これであんたのお父さんも浮かばれるっていうもんや」

竹島ならできる気がした。美香という女を自分のものにするのも、舌先三寸で丸め込んだのだろう。

*

大阪のホテルに落ち着くと、一気に疲労が押し寄せてきた。ベッドにどさりと倒れ込み、目をつぶると、この数日に会った人の顔や、言葉の端々が浮かんでは消える。実際に会った人物と、義麿のノートに出てきた人物とが入り乱れて、千尋が女学生の姿で現れたかと思うと、義麿が昭治郎に重なって登場したりする。

浅見自身も多武峰の八講祭に参加し、『海士』を聴いている。謡曲『海士』は藤原氏にまつわる伝説が素材になっている。藤原不比等の子、房前は亡き母の菩提を弔うため、讃岐の志度の浦を訪れる。そこへ海士が現れ、唐土から贈られた面向不背の玉が龍宮に奪われた、と物語する。実は海士は房前の母であり、龍宮から珠を奪い返したその人だった。珠を奪い返せば生まれた子を世継ぎとする、と約束して不比等と契ったのだ。海士は自らの命を懸け取り戻すのだった。

——かの海底に飛び入れば、空は一つに雲の波、
煙の波を凌ぎつつ、海漫々と分け入りて

謡曲が聞こえる。シテの踏み鳴らす足拍子まで聞こえる。

龍宮から奪い返した玉はいつしか、金の香炉になっていた。燦然と輝く香炉を手に、森高が勝ち誇ったように笑っている。森高を、浅見は知らないからだろう。香炉の輝きがまぶしくてその顔を見ることができないのだった。

目が覚めると、日は暮れかけていた。

目の奥には、まだ香炉の光が残っていた。

浅見は外で食事をとったあと、シャワーを浴びノートを開いた。

疲れはすっかり取れ、頭が冴えていた。

なくなったノートの続きは平成二年だが、そこから六年ほどは読み終わっている。時代はバブル景気の真っ只中だ。ノートにもその華やいだ時代の雰囲気が滲み出ている。義磨も国内ではあるが、あちこちに旅行に行ったり、自家用車を購入したりしている。不動産業を営む鈴木家は、時流に逆らう主義だったとはいえ、バブルのおかげで多少は潤ったのではないだろうか。その好景気も長くは続かなかったが、八紘昭建は堅実な経営をしていたからなのか、特に大きな影響を受けることもなかったようだ。義弘に嫁の来手がないのでは、と心配したり、自分の体の衰えを嘆いたりしている。ノートを見る限り、義磨は健康そのもののようで、平穏な日々を送っていたようだ。傘寿の祝いを家族にしてもらい、この上なく幸福だと綴られている。

ノートをめくる手に、俄然力が入ったのは、その三年後だった。突如、義麿は体調を崩している。

動悸（どうき）がする。病院に行くが、どこも悪くないと言われる。分かっている。心臓が悪いのではない。あの男のせいだ。私にどうしろというのだ。警察に届けるべきだとは思うが、まだ具体的に金銭を要求されたわけではない。あの男は巧妙に私を追い詰めるつもりなのだ。

義麿は誰かに脅されている。どんな弱みを握られたのかは、まだ書いていないが、なにが目的なのかは分かるような気がする。

おそらく強請（ゆす）っている男は竹島勇一だ。

ノートはしばらくの間、義麿の思い悩むさまが綴られている。だが、強請っている人物は、まるで義麿の精神を痛めつけることが目的であるかのように、揺さぶりを掛けているらしい。

竹さんの息子が、こんな悪党になるとは。竹さんが生きていたらどんなに悲しむだろう。私が柿崎泰正を殺したなどと、根も葉もないことをどうやって思いついたのだ。

やはりそうであった。このあと、竹島勇一に対する恨み言が綿々と続いている。やがてノートの日付に間が空くようになり、義麿は体調の悪さばかりを書き付けている。


眠れない。

背中が痛いから眠れないのか。

その三日後には、
食事ができない。

唾液がでないのはなぜだ。

とある。そして時々、
今日も竹島来る。

と書いている。こんなことが一ヵ月以上も続いた頃、義麿にとって衝撃的なことが起きる。


こんなことをするのは、あの男しかいない。私が恐れるとでも思っているのか。柿崎の死に私はなんの関わりもない。柿崎が激突した斜面を、牛馬童子が見ていたなどという子供だましの脅かしに、私が動じるとでも思っているのか。

しかし義麿は、勇一の思惑どおりに精神を消耗させていく。長い文章は書かれなくなり、文字もだんだんと乱れていくが、珍しく長文の日があった。


柿崎が夢枕に立つ。

もう四日も続いている。柿崎は牛馬童子の首を抱えて、恨めしそうに私を見るの

だ。

「お父様、一緒に熊野古道を歩きましょう」

柿崎の抱える牛馬童子の首は、涼やかな声でそう言った。あの懐かしい千尋さんの声だ。私は自分が森高教授だと思い込んでいる。

「しかし、千尋。私はもう……」

この世にいないのだ、と言おうとして、私は私であることを思い出す。

柿崎の顔は一転して恐ろしい形相となり、「お前のせいで私は死んだ。私はお前に呪い殺されたのだ」と言うなり、私の心臓を鷲掴みにする。

目が覚めても、心臓の痛みは残っている。こんなことが続いたら、本当に死んでしまうだろう。

数日後、義麿は意を決して竹島勇一に会いに行ったようだ。驚いたことに、この時点でも義麿は、勇一の真の目的を理解していなかった。「どういうつもりだ」と問いただす義麿に、勇一は言を左右にして、「知っているはずだ」と繰り返すばかりだ。

「まだ六歳やった智之くんの前で、あんたは泰正さんを脅したそうやね。『呪ってやる。死んでしまえ』って。どんなにか怖かったやろな。その直後に泰正さんは死んでしまった。智之くんにしてみれば、あんたが殺したと思うのも無理はないよな」

「違う。私はそんなことは言うてへん」

私はただ、あれを探してはいけないと言いたかったのだ。手にした者が確実に二人は死んでいる。探そうとすれば必ずや恐ろしいことが起こるに違いない。このままそっとしておくほうがいいのだ。

しかし勇一は聞く耳を持たない。

「父親が亡くなって、智之くんがどんな苦労をしたか知ってるか？　あんたのような、お坊ちゃん育ちの人には想像もつかんやろな。智之くんのお母さんは、和歌山市の会社社長と再婚した……」

知っている。私は柿崎の妻と子供が、その後どうしたか、気になって調べたのだ。私と言い争いをした直後、柿崎は死んだ。こんな寝覚めの悪いことはない。だが、柿崎の妻は経済的にゆとりのある相手と再婚した。それを知って、私はどんなに安心したことか。

「再婚相手の会社は潰れたんや。夫は自殺して、母親は子供らを育てるためにずっと働き詰めで体を壊して去年死んだんや。智之くんはせっかく入った大学を中退して、今は生活のために働いているんや」

そんなことになっているとは、少しも知らなかった。もし智之くんが援助して欲しいと頼みに来たら、私は喜んでお金を出すだろう。だが、勇一はこれを好機とばかりに、自分も金を得ようとしているらしい。少しくらいならくれてやっても構わないが、勇一はいつまでたっても金額を言わないのだ。

　勇一は言う。

「人の心があるんやったら、やらなあかんことが分かっているはずや」

　分からない、と言うと、勇一は私がしらを切っていると怒り出した。本当に分からないのだ。金ではないのか。

　義麿の育ちの良さが裏目に出て、一向に話が進まない。浅見もだんだんと焦れてくる。

（義麿さん、金の香炉なんて持っていない、と言うんだ）

と浅見は心の中で叫んだが、はたと考え込んでしまった。

　果たして義麿は、本当に金の香炉を持っていないのだろうか。持っていないまでも、どこかに隠しているのではないか、という疑念は残る。

　義麿は悪夢にうなされ体の不調と闘いながら、必死に考えて、ようやく「あれ」を要求されているのではないか、と思い当たる。

　勇一が父親から聞いたのなら、私があれを持っていないことは分かるのではないだろうか。だが私を強請る口ぶりは、確信を持っているかのようだ。

　では、なぜ勇一はそう思うのだろう。柿崎泰正は死の直前、あれを探し出そうとしていた。しかも強欲な彼は誰にも言わず、独り占めしようとしていた。

私と柿崎の話を、息子の智之くんは聞いていたという。たぶん物陰からこっそり聞いていたのだろう。私も柿崎も、いつだって人の耳には注意を払っていたからだ。

義麿は記憶の糸を手繰って、なにかを思い出そうとしている。書くことで頭の中を整理しているようだ。柿崎の死の前に会った人、行った場所。それらを列挙している。その中に時岡功一郎の名前もあった。ノートは、京都の時岡家を訪ねた記憶を、掘り起こすように書いている。

なぜ忘れていたのだろう。私は千尋さんに会いに行った。X線写真の場所を突き止めようとして、それを訊きに行ったのだ。あの時、X線写真のことだけでなく、いろいろな話をしたはずだ。

千尋さんは私に言った。

「父と三人で牛馬童子を見に行く約束は、叶いませんでしたわね」

あの時、夫の時岡もいたはずだ。だが千尋さんは、少しも頓着せずに言った。

「竹さんにこのお話をしましたら、自分も一緒に行きたかった、言うてはりましたわ。懐かしいですね。あの頃が」

私との行き違いを忘れてしまったかのように、森高先生が生きていらっしゃった頃の思い出を語った。愛する人と共に幸福で豊かな人生を送った千尋さんは、過去のすべてが美しい思い出になったのだ。

それに引き替え私は過去を悔いてばかりいる。なにか忘れ物をしたような、そんな気持ちがいつも心の片隅にあったのではないだろうか。

私は精一杯生きてきたはずだ。

それは胸を張って言うことができる。

だが、なにかを間違えていたとも思えるのだ。

それは千尋さんのことだろうか。学問の道を捨てたことだろうか。

あの時、真剣に考えて決めた道を、人生ももうじき終わる今になって後悔するとは情けない。

しかし、真実から目を背け、これでいい、幸福だったのだと自分を偽るよりましではないだろうか。自分に嘘をつきとおして偽りの人生を生きることになんの意味があるだろう。

だが、自分の人生が失敗だったと決めつけたところで、それもまた意味はないのだが。

千尋に会った思い出を書いているうちに、すっかり脱線してしまったようだ。この日はここで書き終えている。たぶん疲れてしまったのだろう。文字が乱れていた。初恋の女性を、老年になっても忘れられない義麿に対して、千尋の潔さがすがすがしい。女性とはこうしたものだろうか。浅見には義麿の未練がましい気持ちが分かるだけに、千尋は少々情が薄いような気がした。しかし、竹さんに牛馬童子の思い出を語ってしまったがために、のちのち強請(ゆすり)の材料にされるとは思ってもみなかっただろう。

翌日は、書くべきことを思い出したようで、千尋と会った、その続きである。

あらかじめ連絡してあったので、千尋さんが客間に案内してくれた。

時岡は私のことをまったく覚えていなかった。それが私を少なからず傷つけた。たった一度、森高先生のお宅で会った中学生のことなど、覚えているはずがない、と自分に言い聞かせてはみたのだが。

「X線写真の保管場所を知らないか、というお尋ねですけどね、何のことやらさっぱり分かりませんね。そもそもX線写真なんて撮ったんでしょうか。当時は世界中のどこを見回しても、考古学にX線撮影を導入したなんて話は聞いたことありませんさかい」

「世界で誰もやってへんことを、森高先生はなさったんです。先生から直(じか)にX線写真を撮ったと、私は聞きました。フィルムを処分したとかは聞いたことありませんし、時が来たら鎌足の墓やいうことを証明するんやと言うてましたから、X線写真は必ずどっかに保存してるはずなんです」

私は千尋さんに向き直って言った。

「千尋さんはどうですか？　先生の遺品の中にありませんでしたか？」

「父の遺品は、私と母とで整理しましたけど、仕事関係のもんは何が大切か分からしまへんさかいに、大学から二人来てもろて片付けてもらいました。そのうちの一人が主人なんです。それが縁で結婚したんですよ」

千尋さんと時岡は微笑を交わした。私は胸の痛みを感じながら目をそらした。

「あの時は、書斎にあったもんのほとんどを、島本の別荘に運んだんやけど、X線写真はあらへんかったですね」

「書斎以外の場所はどうですか」

「さあ、あらへんと思いますけど、ずいぶん前の話ですから。それに父が自殺をしたいうことで、ほんまにショックを受けてましたから、ほんまのこと言うとあの頃の記憶はあまりないんです」

辛い記憶をやっとの思いでたどっている千尋さんになおも、私は尋ねた。本当はそれを訊きたかったのではないかと、自分を疑うほどだ。

「森高先生は、お亡くなりになる前になんか大切なもんをお残しになりませんでしたか」

「それはどないなもんでしょうか」

「それは……非常に重要なもんで、他言したらあかんとか、大切にしまっておくようにとか言うて、ご家族のどなたかに預けてないですか」

「さあ、母が受け取ったかもしれまへん。そやけど母からそういうことを聞いたことあらしまへん。非常に重要なもんてなんですか？」

「……鎌足に縁の品物です」

私の声が小さくなると、時岡が身を乗り出してきた。できれば席を外してもらいたいが、人妻と二人きりになるのはまずいだろう。

金の香炉のことを言おうとしているのなら、千尋と二人きりで話をしたほうがいい。浅見はノートの中の義麿に、そう言いたかった。だいたい人妻には違いないが、老人が二人きりになったところで、誰が咎めるものか。

「いや、そうでもないか」

思わず熱くなってしまったのを恥じて、浅見は首をすくめた。

「鎌足の？」

「そやから、それはどんなもんかと訊いてるんや」

時岡が横から口を出してきた。まるで私が世迷い言を言っているかのような目で見ている。

私はカッとなって思わず言ってしまった。

「香炉です」

「香炉。鎌足に縁の香炉いうたら、天智天皇から死後に贈られた金の香炉のことかね」

ああ、これだ。

ことの起こりは、あの時の私の一言だったのだ。

これぞまさしく自業自得。

今の私の苦境は、うっかりあれのことを言ってしまったことから始まっているのだ。

ここまで書いてようやく義麿は、自分が強請られることになった発端を思い出したらしい。X線写真を探しているときのことだから、案外、なくなったノートの中にも同じようなことが書いてあるのかもしれない。

時岡は俄然興味が湧いたようだった。

「どういうことなんや、それは」

私は慌てて言い繕った。

「なんでもない。私が先生から預かったもんが見当たらへんので、お返ししたかと思って訊いてみただけです。そういえばまだ探してない所があるんで、そっちを探してみます」

口からでまかせを言い、そそくさと立ち上がって暇乞いをした。客間のドアを開け

ると男が立っていた。勝手口から入ったが、客がいたのでそこで待っていたようだ。

その男の顔を見て驚いた。竹さんに生き写しなのである。千尋さんが、竹さんの息子だと教えてくれたが、言われるまでもなかった。

勇一は聞き耳を立て、あの話を聞いていたのだ。

竹島来る。

数日おいて、書き始めたノートは再び義磨の体調が悪化したことを物語っていた。

五日後。

竹島来る。

二日後。

眠れない。

翌日。

昨夜もねむれない。

眠れない日が数日間続いている。そして一週間、なにも書かれず、唐突に清吉の名前が出てくる。

清吉の様子がおかしい。私を見る目が、まるで犯罪者を見るようだ。

竹島になにかを吹き込まれたに違いない。

竹島と清吉が会わないようにした苦労も水の泡だ。

竹島と清吉が顔を合わせないように、どんな画策をしたのか知らないが、不自然に隠そうとすれば、余計に疑われるのではないだろうか。

数日して、浅見の恐れていたことが起きた。

清吉が話したいことがあると言う。怒りなのか憎悪なのか、清吉の顔は歪んでいる。

「お父さん。罪を償ってください」

「何を言ってる。竹島にあることないことを吹き込まれたんやな」

「あなたの欲が一人の人間の命を奪ったんです。たくさんの人が不幸になったんです。私たちがこのまま平穏に暮らしていいはずがない」

「お前は勘違いしとる。柿崎が死んだのは私のせいやない」

「柿崎さんが香炉を探しているのを知って、お父さんは家にまで押しかけて行ったそうやありませんか」

確かに柿崎の家に行った。

そこでまた口論になり、私は思わず激しい口調で柿崎をなじったのだ。

柿崎は私を恨んでいた。

阿武山古墳の被葬者は鎌足ではない、と柿崎は主張していたが、私がX線写真を発見したことで、大勢(たいせい)は鎌足派に傾いた。鎌足である証拠が次々と明らかになり、柿崎は自分の主張を曲げたのだ。そこに私への恨みが生まれた。そんな時に金の香炉の存在を知って、見つけ出すことにやっきになったのだ。

どうしてそっとしておいてくれないのだ。

断じてあれを世に出してはいけない。

森高先生の名誉のために。

私は柿崎の胸ぐらを摑んで言った。「あれを探してはいけない。お前も呪われるぞ。死んでもいいのか」と。

多少脅しのつもりはあった。

だが本当に死んでしまうとは。

「お前も死ぬぞ、と柿崎さんを脅したそうですね。そして死んでしまった」

「あれは事故だったやないか。警察もそう言っとった」

「でも、事故の直前にお父さんが助手席に乗っているのを見た人がいる」

「そうや。確かに乗っとった。車の中で言い争いもした。柿崎は私が香炉を隠していると疑っていたんや」

「本当に隠していないんですか？」

「清吉」

実の息子に殺人者呼ばわりされるこの苦しみを、誰が分かってくれるだろう。

浅見は首を捻った。義麿も清吉もいいように竹島に操られている。人の心を手玉に取るのが、よほど巧みな男なのだろうか。

廊下で酔っ払いの笑い声が聞こえ、今日が土曜日であることを思い出す。大阪の夜は更けていくが、浅見の頭は冴え渡っていた。ノートのページは残り少ない。そこに何が書いてあるのか、期待せずにはいられなかった。

「では奈佐原の土地はなんで売らないんですか？」

「え」

なぜその土地の話が、突然出てくるのか分からない。

「なんのことや」

「奈佐原の土地をなんで買い戻したんですか？　あそこは昔、軍に接収された土地でしょう。お父さん個人の名義でこっそり持ってるなんて、人に言えないことがあるからなんでしょう」

「あそこは……」

売るなどということは考えたこともなかった。実際、辺鄙（へんぴ）な場所で、宅地に造成するには地盤が悪すぎるのだ。わざわざ買い戻したのは阿武山古墳の近くにあるからだ。欲しいなどと言ってくる物好きはいないが、いたとしても売る気はない。

「なんで売らへんのか、理由があるんだったら教えてください」

「理由なんかあるもんか。買い手がないから売らへんだけや」

「違う。奈佐原のどこかに香炉を隠してるんでしょう」

「竹島がそう言うたんか？」

　父親の言うことよりも、竹島の言葉を信じる清吉に、私は絶望に似た怒りを感じた。

「そう思うんだったら、掘ってみたらいい」

「やはりそうなんですね。絶対に見つからへん自信があるから、そんなことを言うんや」

　清吉は、立ち上がって私を睨み付けた。

「竹島さんは柿崎さんの遺志を継いで香炉を探すつもりだと言っていましたよ。私も協力するつもりです。柿崎さんへの罪滅ぼしです」

「あかん。あれを探したらあかん」

　どうしたら私の言葉が清吉に届くのか分からない。

「あれを手に入れたら、鎌足公の呪いで死ぬんや。私の大切な人が二人も死んだ。お前を死なすわけにはいかない。あれには関わるな」

　行間から義麿の叫びが聞こえるようだった。

　呪いなどないと言いながら、もっとも呪いを信じていたのは義麿だったのではないだろうか。

清吉を死なせるわけにはいかない。しかしどうすればいいのだ。私ははたと気付いて愕然とした。相談できる人間が誰もいないのだ。どうして私はこんなに孤独なのだろう。

思えば森高先生も孤独だった。森高先生は私に千尋さんと三人で牛馬童子を見に行こうとおっしゃった。その約束を果たせなかったことが返す返すも残念だ。

『熊野古道を歩けば死者に会える』

先生はそうおっしゃった。肉体が滅んで、魂だけになってしまった先生でもいい。会えるものなら会って、思う存分、心の裡（うち）を明かしたい。牛馬童子の像を見て、先生はなんとおっしゃるだろう。私は見るたびに、牛馬に跨がった花山法皇が先生に見えて仕方なかった。伏せた目は悲しみに耐えているように見える。裏切ったものたちを憐（あわ）れんでいるのだ。

花山法皇の首を抱えた森高先生。

いや違う。あれは柿崎だ。脇に抱えているのは鎌足の髑髏（しゃれこうべ）だ。柿崎は先生の罪を暴露しようとしている。その証拠に髑髏は光を集めて香炉の形に姿を変えていく。

いけない。誰にも知られてはならない。

私は、竹島を呼び出してあいつの言うとおりに金を渡した。これ以上、清吉と関わりを持たないことも約束させた。

清吉、あれを探してはいけない。

探してはいけないのだ。

まるで遺言のように書かれた、「**探してはいけない**」という文言を、浅見は暗澹たる思いで見つめていた。

ノートはもう、終わりが見えている。

大きく余白を取ったあとに、日付もなにもなく、弱々しい文字で書いてあった。

義麿が最後に書いた言葉は次のとおりだ。

みんな死んでしまった。

人はみな孤独だというが、私の一生は真に孤独だった。

私は長く生き過ぎた。

第十二章　我れ言挙げす

芳沢秋子から電話が入ったのは、浅見が田辺に着いてから二日後のことだった。舅の勝が、朝からとても調子がいいのだと言う。

「二、三日前から、ちょっとずつ元気になってきて、今朝はびっくりするくらい、頭がはっきりしてますんや。ほんで浅見さんに会いたい言うて」

「え、本当ですか？　僕のこと覚えていてくれたんですね」

浅見が芳沢家に着くと、秋子は、「さ、入って入って」と腕を取って中に入れた。

「おじいちゃん。探偵さんが来てくれたで」

勝はソファーに座って待っていた。たしかに、この間来たときよりも顔色がいいし、少し若返ったようにも見える。

勝は浅見を見ると目を瞬かせ、もぐもぐと口を動かす。

この間会ったのは、こんな男じゃなかったと言われているような気がした。

「おじいちゃん、探偵さんに見せたいものがあるんやて」

勝が大事そうに膝の上に載せているのはアルバムだった。

浅見は隣に座り、勝の開くアルバムに目を遣った。勝の向こう側に秋子が座り、開くのを手伝ってやっている。

最初のページは、勝と思われる少年が直立不動で写っている白黒写真だ。顔がこわばっているのは写真を撮ること自体めったになかったからだろう。後ろの木造の家は、傾いでいて屋根の瓦も所々落ちている。

「この家は芳沢さんが生まれた家ですか?」

勝はうんうんとうなずいた。

「便所が遠うてね。外にあるんや。こっちに」

と写真の奥のほうを指差す。

「こっちに川があって、そこで泳いだり、洗濯したりした」

「おじいちゃんは、子供の頃、和歌山市に住んでたんよ」

勝はまた、うんうんとうなずいた。

勝の結婚式の写真があり、子供の誕生の写真がある。

そして写真館で撮った家族写真。

アルバムのページがめくられるたびに、秋子の解説が入る。

「これはおじいちゃんの妹。今、大阪に住んでる。孫がね、モデルやってるの」

秋子はそう言って、アルバムのずっと後ろのページを開き、妹の孫が写っている写真を指差した。

「ほらこれ、早希が小学生のときや。可愛いやろ」

勝はぞんざいにページを戻した。見せたかった写真はそれではなかったらしい。

不器用な手つきで、次々とページをめくるが、秋子の説明が頻繁に入るので、なかなか先に進まない。

アルバムはようやく、勝が役所勤めをしている頃のものになった。若々しい勝がスーツを着て笑顔で写っている。

山歩きが趣味だったようで、リュックを背負った勝が山頂でVサインをする写真などが続く。中には熊野古道と思われる写真もある。

写真の中の勝が次第に年を取っていき、アルバムは終わりとなった。

最後のページをめくり終えた勝が、「あれ」と声を上げる。

「秋ちゃん。これの続きや。この先のを持ってきてくれんか」

秋子がもう一冊のアルバムを持ってくると、勝はまた最初のページから開き始めた。

勝の年齢が次第に上がっていき、退職間近なのだろうか、老人といっていい年齢になったとき、牛馬童子を挟んで友人と二人、笑顔を見せる写真があった。

その顔に見覚えがあった。

清吉であった。

「清吉さんとお知り合いでしたか？」

勝は、何度もうなずきながら涙をこらえているようだった。かなり親しかったのだろう。

「鈴木さんとは何度も山へ行ったんやなあ」

勝は、じっとその写真を見ている。唇を引き結んで、悲しみに耐えているような顔だった。

浅見は、前に来たときのように、また勝が自分の殻の中に引き籠もってしまうのではないかと恐れた。

しかし、勝は何かを決心したようにアルバムを置くと決然と言った。

「秋ちゃん。すまんけど席を外してくれんか」

「ええよ」

秋子は特に気にするでもなく、「ほいたら、買い物に行ってくるわ」と出かけていった。

秋子がいなくなるのを待って、勝は話し始めた。

「清吉さんは、ええ人やった。親友やった」

勝は、失われた友情を懐かしむように遠い目で言った。


清吉と親しくなったのは、勝がまだ役所勤めをしていた頃だった。田辺市にある鈴木家の不動産の関係で、清吉はたびたび役所を訪れていた。勝とは部署が違うが、ロビーなどですれ違うことが多く、お互いに顔を覚えていたのだ。

ある日のこと、勝は牛馬童子のある箸折峠を歩いていた。すると後ろから清吉がやってきた。話をしてみると、清吉は心のきれいな朗らかな人であることが分かった。二人はその日を境に親しくなり、一緒に山登りをしたり、熊野古道を歩いたりするようになった。

年も近く、妙に気の合った清吉と勝が、胸襟を開いて話をするようになるのに、時間はかからなかった。

あるとき、清吉が悩みを抱えているらしいことが分かった。なんでも話し合っていた二人だったが、清吉はなかなか打ち明けようとしない。

「清吉さん、水くさいやないか。そがいに顔色も悪うなって、よっぽどの悩みがあるんとちがうか？」

「人には言えんことや。親の恥を晒すことはできへん」

「親て、義麿さんかいな」

「そうや」

勝はそれ以上なにも言えなかった。清吉が一人で解決しなければならない問題なのだ、と静観することにした。

しかし清吉の悩みは深く、会うたびに窶れていくのが分かった。

これ以上黙って見ているわけにはいかない、と勝が決心したとき、清吉のほうから話を聞いてほしいと言ってきた。

義麿が、ずっと昔に犯した罪を償うために、自首するように意見するのは親不孝か、と訊くのである。

「言うてもええんと違うか。昔やったらいざ知らず、民主主義の時代なんやから」

勝は詳しい事情を知らなかったために、無責任なことを言ってしまった、とあとあとまで後悔した。清吉は力なくうなずいて、「そうやな」と言ったが、なかなか決心がつかないようだった。清吉という男は、気持ちが優し過ぎるほど優しくて、むしろそこが欠点になってしまうほどだった。

次第にやせ細っていく清吉を見かねて勝は言った。

「いったい義麿さんは、どんな罪を犯したちゅうんや」

「人殺しや」

「嘘やろ」

鈴木義麿といえば、海南市だけでなく、和歌山県中で名の知れている名士だ。人間的にも尊敬されている人で、人格者だと評判の人物である。

「そがいなことする人とは、とても思えん。信じられんわ」

「わしかて信じられんかった。そやけど、親父のことをよう知ってる人が、たびたび家に来て、自首を勧めるんや」

義麿は純金の香炉を恩師の森高教授から盗み取った。そして、その悪事を暴いた柿崎という考古学者を殺害したというのである。

「柿崎さんには、奥さんと、まだ小さい子供がおったんや。今は、奥さんは亡くなって、お子さんは大学やめて働いとるそうや。自首せんのやったら、せめて金の香炉は返して、柿崎さんの遺族のために使たらどうや、と竹島さんは何度も説得したんやけど、親父は頑として自分の罪を認めんのやそうや」

そこまで聞いて、勝は奇妙な感じがした。なぜここまで清吉は義麿の過去の罪を糾弾しようとするのか。

「義麿さんのことをよう知ってる人て誰や？」

「竹島さんていう人や。親父と昔からの知り合いの息子さんや」

「その人、信用できるんか？」

「当たり前や。被害者の家族のためにいろいろと骨を折ってるようできた人や」

竹島という男はよほど口のうまい男なのか。それとも、もし清吉が騙されていないとしたら、なにか深い訳があるのではないだろうか。

義麿ほどの人が欲のために人を殺すなど、到底信じられない。

「なあ、清吉さん。義麿さんともっと話し合うたらええんと違うか？」

聞けば、清吉は父親とそのことについてまだ話はしていないという。

義麿には抜き差しならない事情があったのではないか。そして結果的に柿崎という人物が死んでしまった。それを誰にも言えずに、義麿もまた苦しんでいるような気がしてならなかった。

物事には正しい面とそうでない面とが必ず背中合わせになっている。正しい正しくないの判断を人間がしてはいけない。それは神の領域なのだ。まして罪を糾弾するなど、神をないがしろにする行為だ。

そこまで話して、勝はまた柿本人麻呂の歌を詠んだ。

「葦原の瑞穂の国は神ながら言挙げせぬ国。清吉さんは分かってくれた。義麿さんと話し合うてみるて言うてくれたんや」

牛馬童子の首が盗まれたのはそんなときだった。清吉の様子は傍から見てもおかしくなった。どうやら父親を詰問したようだった。

「それだけやない。清吉さんは警察に訴えたのや。義麿さんが人を殺した、て」

「そんな馬鹿な」

思わず浅見は声を上げた。

「そうや。わしもそう思たわ。訳が分からんかった。清吉さんは普通やなかった」

しかし義麿の日記を読んでいた浅見には、清吉がどれほど錯乱していたか、想像がつくのだった。義麿同様清吉も、牛馬童子の首が置かれていたのが、柿崎が死んだ場所だったことで、精神的な打撃を受けたのに違いない。義麿は竹島勇一の仕業と決めつけていたが、清吉はどう思っていただろうか。

「警察は一応調べに来たけど、そんなもん最初から分かっとった。義麿さんが殺したゆうのは、事故で亡くなった人や。清吉さんはなんでそがなこと言うんか分からん、てみんな言うとったわ」

「その頃は義麿さんも相当、精神的に参っていたらしいのですが、清吉さんは、会社のお仕事のほうはどうされていたんですか？」

「それが、ちゃんとやってたんや。そやから具合が悪いなんちゅうことも、人は気が付かへんかったのと違うかな。あがいに何度も……」

勝は言葉を切って、深いため息を吐いた。

「何度も……なんですか？」

「浅見さん。倭建命て知ってますか？」

「え？　倭建命ですか？　ええ、まあなんとなくは知っていますが」

「倭建命は伊吹山の神を討ち取りに出掛けたときに、白い大猪に遭うたのです。倭建命は『神の使いだから帰りに殺そう』て言挙げしたんや。そやけどその言挙げは間違っとった。猪は使いやのうて神そのものやったんです。間違った言挙げをした倭建命は、呪われて死んでしもたんです」

「雹に打たれて死んでしまったんですよね。それから白鳥になって飛んでいったという神話ですね」

「そうや。清吉さんは間違った言挙げをした。そやから呪われて死んでしもたんや」

「無実の義麿さんを告発したことですか？」

「清吉さんは、何度も車の事故に遭うた。ぶつけられることもあったし、自分がぶつけることもあった。そのたんびに周りのもんは、もう運転はやめとけ、ちゅうたんやけど清吉さんはやめんかった。まるで事故で死にたがってるみたいやった」

　そしてついに、清吉の最後の事故が起きた。

「清吉さんは、自分から倉庫の壁にぶつかっていきましたんや。ブレーキとアクセルを踏み間違えたんやと警察は言うとったけどな」

浅見は背中を、さっと冷たい手で触れられたような気がした。ブレーキとアクセルを。

柿崎が死んだときと同じだ。

「お線香上げに行ったら義麿さんが、呪いや、て言うとった」

勝は眉を曇らせて、小さく息を吐いた。

そのとき、秋子が帰ってきた。重苦しい話が続き、浅見も息苦しくなってきたところなので、なんだか秋子が救いの神のような気がした。

辞去するとき、勝は言った。

「あんたさんが来てから、清吉さんが夢に出てくるようになってな。時代が違うんやさかい、何でも言うたらええんや。言いたいこと言わんと体に悪いで、て笑うんや」

帰り道、再び近くにある祠に手を合わせた。

そうせずにはいられない気分だった。

＊

「あいつは気いの弱い男や」

牛馬童子の首を切って、父が死んだ場所に供えるという計画を立てたのは竹島だった。そんなことで香炉を取り戻せるのかと思ったが、鈴木清吉は簡単に竹島の術中に嵌まり、父親である義麿を陥れる手助けまで、それとは知らずにやってくれた。

しかし智之自身も竹島に利用されていたことを知ったのは、受け取ったのが金の香炉ではなく、現金だけであったと分かったときだった。竹島は最初から金が目的だったのだ。

脅し取った金は、かなりの金額だったはずだ。智之の手元にはその一部が入ってきた。充分とはいえなかったが、とりあえず一息つけるだけの金額だった。

その後も竹島は競艇通いで金がなくなると、智之と組んでたびたび恐喝や詐欺を働いた。

「あんたら、なんか悪いことしてるんやないんか？」

美香が言った。竹島の使いで煙草を買いに出た智之のあとを追ってきたのだ。

「いいや。なんもしてへん」

しかし美香には見透かされているようだ。

「あんたはまだ若いんや。うちみたいになったらあかんで」

母に言われているような気がした。美香に淡い恋心を抱いていたのだと、その時知った。

だが、美香の願いも虚しく、智之から次第に世間一般の倫理観が失われていった。

富めるものからいただいて何が悪いという考えに一切の疑問がなくなっていったのだ。

智之の心の奥底に新たな願望が芽生え始めた。金の香炉をこの目で見たいという願いだ。天智天皇から鎌足が賜った香炉。それはどのようなものだろう。義麿は香炉に魅了され、我がものにしたのだろう。それほどのものなら、自分も惑溺してみたいとすら思う。

金の香炉が自分のものになったなら……。

夢想するだけで智之の胸は震えるのだった。

*

田辺通信部の部屋に戻っても、気持ちは晴れなかった。

軽井沢の作家に慰めてもらおうと思ったわけではないが、思い立って電話をした。

「やあ、どうしたの浅見ちゃん。犯人は捕まったのかい？」

相変わらずの脳天気な声に、やはり少しだけ心が軽くなる。

「十五年前の事件の犯人は分かりました」

「へえ、それはすごいね」

「でも四日前に他殺死体で見つかりました」

「う」

内田は言葉に詰まって、蛙が潰れたような声を出した。

「今年、盗まれた牛馬童子の首も同じ男が犯人かと思ったのですが、どうも違う気もするんです」

「まったく別の人物ってこと？」

「共犯者、ですかね。殺された男は仲間割れをしていたようにも思うのですが、まだ、よく分からないのです」

「ふーん。で、牛馬童子の首を盗んだ動機は？」

「脅迫ですよ。十五年前は、金額は分かりませんがお金を渡したとノートに書いてありました」

「ああ、義麿さんが書いていたというノートだね」

「そうです」

「義麿さんは、金の香炉のことで脅迫されていたの？」

「ええ、結局そういうことになりますね。昭和六十二年に柿崎という考古学者が事故で亡くなったのですが、それを義麿さんのせいだとしてお金をせびったのです。犯人は香炉も手に入れたかったようですが、どうしても手に入らず、お金を取ることで手を打ったようです」

義麿の息子も同じような事故で死んだのだ、と言うと内田は、「ふーん。同じような事故ねえ」と繰り返した。

「先生、教えていただけませんか。二人ともブレーキとアクセルを踏み間違えて、一人は山の斜面に、もう一人は倉庫の壁に激突して亡くなったんです。義麿さんの身近でたびたびこんなことが起きるなんて」

義麿でなくても呪いだと思いたくなるのではないだろうか。

「その二人が事故を起こしたときって、ストレスを抱えていたのかな」

「一人はそうみたいでした。もう一人は……」

柿崎のほうもストレスを抱えていたかもしれない。X線写真が見つかり、自分の説を曲げざるを得なかったのだから。

「もう一人もストレスを抱えていたと思います」

「それ、ブレインロック現象かもね」

「なんですか、それは」

「日常的にやっていて無意識のうちに難なくできることが、あるとき突然できなくなってしまうんだ。脳にロックが掛かったみたいにね。ブレーキとアクセルを踏み間違えるとか、スカイダイビング中にパラシュートの開き方が分からなくなって死んだ、とか聞いたことがある。ストレスフルな生活をしていると起きる、なんて言われているね」

「じゃあ、二人は運転中にブレインロック現象を起こして亡くなったということですか」

「いや、呪いだろう」

「なんで、そうなるんですか」

浅見は呆れて声が裏返ってしまった。

「脳を誤作動させるほどのストレスが掛かっていたんだろう、きっと。呪いのメカニズムを二人は体現してくれたってことだね」

内田の言うことも、もっともなような気がしてきた。

森高が、熊野古道を歩くと死者に会えるという言い伝えの説明として、道のりのあまりの厳しさに、幻覚を見るのだと言っていたことと似ている。

「またなんか面白い話があったら教えてよ」

内田はそう言って電話を切った。

浅見はなくなったノートの行方などをぼんやり考えていた。警察は竹島の身辺についてどのくらい調べがついているのだろう。犯人の目星はついているのか。兄の陽一郎に訊いたら分かるだろう。なるべくなら兄に迷惑は掛けたくない。だが迷った末に、浅見はテーブルの上の携帯に手を伸ばした。

その時、着信音が鳴った。兄からか、と一瞬思ったが、知らない番号だった。

「はい。浅見です」

「ああ、浅見さん？　うちや」

「え？」

「ほれ、時岡さんの別荘の前で会うた」

「ああ、あのときの」

「うちの旦那がね、あの女の店の名刺、持っとったんよ」

「ミレニアムに竹島が付き合っていたという女性ですか？」

「そうや」

女が勤めていたスナックの名前と住所、女の名が小島美香であることを聞いて書き留めた。

「雑誌が出たら、うちにも送ってや」

ちゃっかりと自分の住所、氏名を言う。

礼を言って電話を切り、時計を見る。店の開店時間にはかなり早い。準備をするにしてもまだ来ていないだろう、と思いながら一応掛けてみると、やはり誰も出なかった。

スナックが潰れてしまっている可能性もあるが、とりあえず電話が繋がることにほっとした。もう少しあとで掛けてみることにして、少し早いが、浜屋に食事に出ることにする。

浜屋の入り口には、この間まで貼っていた求人の張り紙がなかった。三千恵が辞めたあと採用したのは、五十歳くらいの近所に住む主婦だった。

新しい店員はお茶を持ってきて、注文を取る。

「昨日、三千恵ちゃんがここに来たんよ」

真代が昨日から仕事に出ているので、様子を見に来たのかもしれない。

「そうでしたか、それは残念です。僕も来ればよかった」

「あんたも三千恵ちゃんのファンかいな。三千恵ちゃんと交代してほしい、とか言う失礼なお客もおるんよ」

言葉とは裏腹に気にしているふうでもなく、けらけらと笑った。

焼き魚と厚揚げの煮物で腹ごしらえをし、部屋に戻るとさっきのメモを取り出して電話を掛ける。

今度はすぐに出た。

「はい。コスモスです」

「あ、えーと。そちら、スナック美香ではないですか？」

浅見はメモを見ながら、店名を読み上げた。

「美香ゆうたら、前の店の名前やね」

「じゃあ、小島美香さんをご存じですか？」

「直接は知らんの。前にここ借りてた人が、たしか小島美香いうたと思うわ」

浅見は仲介した不動産屋の名前を教えてもらう。

大阪市内の不動産屋だった。

電話を掛けようとして、手が止まる。

小島美香の連絡先を、そう簡単には教えてくれないだろう。

なにかいい口実はないかと考える。

何気なく部屋の隅に置いてある段ボールに目を遣る。二日前にここに戻ってきて、持っていったノートを段ボールに戻し、それからはノートを手にしていない。だが、どうも様子が違っている気がする。誰かが手を触れたような感じがするのだ。

鳥羽が触ったのかもしれない、と自分を納得させようとした。だが頭のどこかで微かな警告音が響いている。

誰かがこの部屋に入ったのだ。

昭和六十二年から三年分のノートがないのは、義麿や義弘が捨てたのでもなく、宮司のところで盗まれたのでもなく、この部屋に侵入した者が持ち去ったのだ。

浅見は田辺署に電話を掛けた。

馬島を呼び出してもらい、開口一番、「空き巣に入られました」と言った。

＊

初めて自分から話を持ちかけた。どうしても多額の金が必要になったのだ。竹島は二つ返事で引き受けた。

「わしに任しとけ。あのときはおまえの親父さんが死んだのを使こうたけどな。今回も誰か死なさんとあかんかな」

竹島は笑って、昨日競艇で大負けしたのだと言った。

父が義麿のせいで死んだのではないのは分かっていた。竹島の口車に乗って片棒を担がされたのだ。あのときは父が呪いかなにかで死んだように思っていたが、父は癌を患っていた。幼い智之は「腫瘍」という言葉を、「シリョウ」と聞き違えたのだ。

自分の死後、残される妻と子供のために香炉を手に入れようとした、と竹島は思っているようで、智之にもそう話したが、そうは思わない。父は香炉をひと目見たかったのだ。和歌山まで義麿を追いかけ、香炉のありかを聞き出そうとした。その気持ちが今の智之にはよく分かる。

「ええか。鈴木の家のやつらはな、まだ香炉が呪われてる、て思っているはずや。も一回牛馬童子の首を切るんや。あいつらビビるで」

智之が何気なく言挙げする埴輪の話をすると、竹島は面白がって、今回はそれを使うという。

「しかしそんなもんが脅しになると思えへんが」

「いや、父親が言挙げしたいうて病気になったんや。義弘かて、自分も父親みたいになる思うて怖じ気づくに決まっとる」

竹島には勝手にやらせておくことにした。こちらは義弘に架空の土地売買の取引を持ちかけ、香炉を探し出すつもりだ。

金と黄金の香炉。今回の目的はこの二つなのだ。


「殺したんやない。勝手に死んだんや」

「首を絞めて殺したやないか」

「そら、とどめ刺しとかんと、わしが捕まってしまうやないか」

人一人殺しておいて、竹島は薄ら笑いを浮かべ嘯(うそぶ)いた。

「そもそもなんで勝手に義弘と話をつけようとしたんや」

「おまえ、いつからわしにそないな口利くようになったんや」

竹島は智之を殴りつけた。年はとっているが肉体労働で鍛えた拳は智之の体を吹き飛ばした。智之は身を起こし、殴られた頰を押さえながら言った。

「勝手なことされると困るんや。計画が台無しやないか」

「おまえがさっさとやらんからや。金を引き出すのに、なにを回りくどいことやってるんや」

竹島は首を捻って、智之を睨み付けた。

「おまえ、わしを出し抜こうとしとるんか？　金を独り占めする気やないやろな」

「義弘を殺すなんて、あんたは……」

智之の声は怒りで震えた。しかし竹島は笑って言った。

「おまえは十九の年にわしと仕事して、結果的に清吉を死なせたやないか。息子に死なれた義麿は、えらい弱って死んでしもうた。偉そうなこと言うても、おまえかて人殺しや」

竹島の言葉に智之は、はっとした。

（そうだ、おれは人殺しだ）

どうしてこんな人間になってしまったのか、などと嘆いてもはじまらない。そういう運命だったのだ。もう後戻りはできない。今はただ、あの宝を手に入れることだけを考えるのだ。

どんな手を使ってでも手に入れてみせる。天智天皇から賜った金の香炉を。

*

馬島は二人の警官と一緒にやってきた。

「盗まれたもんに牛馬童子の首の、窃盗犯の名前が載ってるというのは本当かね」

「ええ、このノートです」

「なんや、いっぱいあるやないか」

馬島は段ボールをのぞき込んで言った。

「この中から抜き取られたんですよ。一回目は七月十日頃から、十四日までの間です。この間に間違いなく五、六冊盗まれています。二回目は昨日か今日です。ノートが抜き取られたかどうかは分かりません。僕は触っていないですから。でも明らかに誰かが動かしたあとがある」

「ほかに盗られたもんは？」

「ないと思います」

「ノートだけかいな」

馬島は明らかに小馬鹿にしたように鼻を鳴らした。

「ノートには竹島勇一という男の名前が載ってました。東京で殺された男です」

「なんやて」

「さらに、彼が十五年前の牛馬童子事件の犯人であるとほのめかされています」

「なんや、はっきり書いてないんか」

馬島は、暗い声で言った。しかし目の奥が鋭く光ったようだった。

「仕方ないんです。読む前に盗まれてしまったんですから。でも確信があります」

ずっと感じていた違和感の正体が、少しずつ見えてきた気がする。勇一は十五年前、義麿を脅して金を手に入れた。牛馬童子の首を切ったのは勇一だろう。たくさんの資格を持つ器用な勇一が思い付きそうなことだ。だが今回は共犯者がいた。雑誌記者になりすますことのできる知能犯。義弘と土地売買の交渉をし、松江を殺した男。共犯者の梶本が、今回の事件の主導権を握っていたのではないだろうか。だが勇一は梶本の計画に従わず、義弘を殺してしまった。浅見の予想はそのあたりがいま一つはっきりしなかったが、梶本は竹島勇一と仲違(なかたが)いして殺したことは疑いようがない。

「竹島勇一を殺した犯人はまだ捕まっていないはずですが、共犯者の男が竹島を殺したのに間違いありません。盗まれたノートにはその男の名前が書かれてあったはずです」

「なんやて。そんなこと言うて証拠があるんか。ええ加減なことを言うたらあかんぞ」

「証拠は、これから僕と馬島さんとで固めるんですよ」

馬島は呆れた顔で、「なにを言うとるんや」と言った。

小一時間も掛かって、ノートが入っている段ボールや部屋中の指紋を採り、写真を撮り終わったときだった。ちょうど鳥羽が帰ってきた。

狭い部屋で警官が立ち働いているのを見て、目を丸くする。

「先輩、なにがあったんですか」

「空き巣に入られたんだよ。鳥羽はなにか盗られたものはないか？」

鳥羽はドアの向こうの自室で、ごそごそとやっていたが戻ってきて、「ないと思いますが」と言った。

「先輩はなにか盗まれたんですか？」

「ノートだよ」

浅見は鳥羽に近づき、小声で言った。

「昨日か今日、そこのノートに触ったか？」

「いいえ」

と鳥羽も小声で答える。

警官は証拠品として、ノートを段ボールごと持っていった。

「私とあんたとで証拠を固めるてどういうことや」

「竹島が十五年前に牛馬童子の首を盗んだとき、付き合っていた女がいるんです。まずはその女に、その頃の竹島の様子を訊きたいんです」

「なにを阿呆なことを。なんで私があんたと一緒にそがなことをせなならんのや」

「僕はノートの中身を読んでいるからです。盗まれたもの以外は全部読んでいます。だから、竹島の女から何を聞き出せばいいか、一番分かっているのは僕なんです」

「ええから。その竹島の女というのが誰なんか言いたまえ」

「知らないんです」

「なんやと？　阿呆らしい。警察をからかうとただじゃおかんぞ」

馬島は憤慨して帰っていった。

「先輩、馬島さんをあんなに怒らせてよく平気ですね。僕はそばで見ているだけで縮み上がりましたよ」

鳥羽は怖々と、馬島が出ていったドアを見ていた。

「先輩、どこ行くんですか？」

「夜の散歩だよ」

浅見は携帯を手に外に出た。

この電話は鳥羽に聞かれたくない。兄、陽一郎への頼み事の電話だ。

翌朝、馬島の車が田辺通信部の前に横付けにされた。

「おはようございます」

浅見はにこやかに挨拶をして助手席に座った。

馬島は仏頂面である。

「おはようさん」

と不機嫌に挨拶を返してよこした。

「小島美香が大阪にいてくれて良かったですねえ。島本町だと、ま、そんなに変わらないけど、ちょっと遠くなりますから」

馬島は返事をせずに車を走らせた。

「大阪まで二時間半ってとこですか。よろしくお願いします」

兄のおかげで美香に会えることになり、浅見はつい、はしゃいだ声を出してしまった。馬島にしてみれば、上司から訳の分からない命令をされて、さぞ不愉快なことだろうと同情する。

「あのノートな、うちの署員が悲鳴上げとる」

海南市を抜け、和歌山市にさしかかった頃、ようやく馬島が口を開いた。

「そうでしょう。僕も苦労しました。でも慣れてしまえば、なんてことはありません。読みにくいのは最初だけですよ。なんなら、竹島の名前がどのあたりに書いていているかお教えしましょうか」

「うん。頼むかもしれん」

浅見は義麿のノートについて、大まかに話した。特に金の香炉のことは詳しく説明した。なにせ大阪に着くまで時間はたっぷりあるのだから。

「そうか。十五年前に竹島は義麿さんを恐喝したのか。脅すために牛馬童子の首を使うたいうことか」

「今回も恐喝に使ったのです。竹島と共犯者は十五年前にうまくいったから、また同じように牛馬童子の首を使ったのだと思います。しかし、今回はうまくいかなかった」

「なんでうまくいかんかったんやろ」

「脅される側の問題でしょうね。もし義麿さんや清吉さんが生きていたら、牛馬童子の首がなくなるというのは恐怖でしょう。しかも、今回はさらに分かりやすくパワーアップしている」

「なんや。パワーアップて」

「首の置き場所ですよ。言挙げなんて言葉は清吉さんと義麿さんにしか分からないでしょう。竹島は何度も二人に会いに、というか脅しに行っているわけですから、そんな言葉を聞いたのかもしれません。今回の共犯者は、竹島からその言葉を聞いたときに、今城塚古墳の言挙げ男子を思い出した。どちらが言い出したのか知りませんが、二人はそれを強請の小道具にしたんです。しかし、今現在そんな言葉を知る人が鈴木家にはいなかった」

「犯人が言挙げなんて言葉を聞いて、今城塚古墳に首を置くちゅうのも、ちょっと理解できへんな」

「ええ。だから僕は犯人も考古学に詳しい男ではないかと思っています」

小島美香は天下茶屋のこぎれいなアパートに住んでいた。呼び鈴を押すと、寝ぼけたような顔で出てきた。時間はそろそろ昼になるが、まだ寝ていたのだろう。仕事は水商売を続けているのかもしれない。

四十代後半だろうか、痩せていて胸元が大きく開いたワンピースからあばらが浮いているのが見えた。茶色に染めた髪はひどく傷んでいて、光の加減で金色に見えたりもする。島本町の主婦が言ったとおり、十五年前はきれいな人だったに違いない。

「竹島勇一さんのことで、ちょっとお訊きしたいんですが」

馬島は警察手帳を見せて言った。

「なんやの。竹島がどうかしたん？」

「竹島さんとは、今でもお付き合いがあるんですか？」

浅見は、馬島の後ろから身を乗り出して言った。

「お付き合い？　まあそうやね。腐れ縁やわ。竹島はこっちのほうで仕事があるときや、競艇に行くときにここに泊まるんや。宿屋代わりにしとる」

「仕事？　なんの仕事や」

馬島がドスの利いた声で訊くが、美香は少しも動じず、「この間は鳶やった」と答えた。

「それは、今月の六日頃でしたか？」

浅見は勢い込んで聞いた。

「六日だったか知らんけど、今月の初めやった」

浅見と馬島は目を合わせ、小さくうなずき合った。七月七日の早朝、義弘の遺体が八軒家に流れ着いた。警察が調べれば、勇一が大阪に来ていたことがはっきりするだろう。

毛馬桜之宮公園で見た外壁工事中のビルを、浅見は思い出していた。どうして義弘は、あんなところに呼び出されたのか、ずっと謎だった。しかし鳶の資格を持つ竹島が、あのビルの足場を組んでいたとしたらあり得ることだ。なぜ、大阪で仕事をしていたのか、という疑問が残るが、資格を持つ建設作業員は人手不足だと聞いたことがある。

「竹島さんが鳶の仕事をするときは、ロープのようなものを持ち歩いていますか？」

「ロープ？　ああ、そうやね。なんたらいうロープを腰にさげとったわ」

やはりそうだった。それは鳶の職人が使う、ランヤードロープというものだ。竹島が鳶の資格を持っていると聞いたあと、鳶職について調べておいたのだ。

「で、竹島がどうかしたん？　また悪いことでもやったん？」

「殺されたんですよ」

「ええっ！　いつ？　なんで？」

さすがの美香も驚いて声を張り上げた。

「六日ほど前です。どうして殺されたかはまだ分かっていません。このあと捜査員が、また話を聞きにくるでしょう」

「捜査員がて、あんたら捜査員と違うの？」

「僕たちは、十五年前の竹島さんのことを教えていただきたくて来たんです」

浅見は丁寧に頭を下げて言った。

「その頃から交際しているんですよね」

「そうやね。竹島は羽振りがよかったから」

「どうして羽振りがよかったか知っていますか？」

「うーん。なんやったかな」

美香が言うには、普段、竹島はあまり金を持っていなかった。その竹島があるとき、急に金回りがよくなり、うまくいけばもっと金が入るというようなことを言っていたらしい。

「どこからお金が入るとかは、言うてなかったなあ」

「その頃の竹島さんの知人を、ほかにご存じないですか？」

「さあ。あの人は人に好かれるようなのと違ごたからなあ」

「十八歳くらいの男はいませんでしたか？」

「おったなあ」

「竹島さんとはどんな関係でしたか？」

「最初は親子かと思ったわ。仲が良かったさかい。訊いたら遠い親戚の子や言うてたな」

「名前は覚えていますか？」

「智之、呼んでたわ。暗い目えした子やったな」

「名字はなんだったか、覚えていませんか？」

「なんやったかいな……。そうや、柿崎や。お母さんが死んだばっかりで働かななら んて、なんや可哀想やったな。ご飯食べさしてやったら喜んどった」

「そうじゃなくて本当の名字があったはずです。思い出してください」

「そないなこと言うたかて、覚えてへんわ」

「よく考えてください。本当に覚えていないんですか？」

浅見は懸命に食い下がった。

母親は再婚しても名字を変えなかったという可能性もあるが、あまり一般的ではない。結婚すれば夫の名字を名乗ったはずだ。母親の再婚当時、六歳の智之は母と一緒に名字を変えたはずなのだ。

「なんやの、しつこいな。知らんわ。そんなこと」

すっかり美香の機嫌を損ねてしまった。

馬島に横目で睨まれながら車に戻る。

「これだから素人は」

「やあ、すみません。つい熱くなってしまって。でもこれで事件の概要が見えてきました」

「へえ、そうかいな」

馬島の声に、いつものからかう調子はなかった。

「柿崎智之が、今なんという名字なのか分かれば、僕の仮説が正しいか否かはっきりします」

「名字が分かっただけで、はっきりするんかいな」

「するんです。柿崎智之がなんという名字なのか、これが分かれば完璧です。ですから、なるべくはやく調べてください」

「は？　おれが調べるの？」

「もちろんです」

浅見はとくに面白いことを言ったつもりはないが、馬島はハンドルを握りながら、可笑しそうに笑った。

「不思議やなあ。あんたやなかったら、こうはならへんな」

「どういうことですか？」

「兄貴がお偉いさんやからいうて笠に着とるんやろ、とかなんとか肚の中で毒づくとこなんやけど、なんやあんたにはそんな気いも起こらんわ」

馬島がなにを言いたいのかよく分からないが、調べてくれるつもりらしいので、「ありがとうございます」と礼を言った。

浅見は大阪でやることがあると言って、天王寺駅の近くで降ろしてもらった。用件は案外簡単に片付き、田辺行きの特急に乗った。約二時間、快適な電車の旅だった。

田辺通信部に戻って、いくらもしないうちに馬島から電話があった。

「さすが警察ですね。もう分かったんですか」

「上手言うても、なんも出んぞ。あんたの言うとおり柿崎の元妻は夫の姓に変わっとった。再婚相手と離婚した後、癌で死んでる。不幸な人やったんやな」

馬島の報告は満足いくものだった。浅見の予想とも一致していたし、これから試みようとしていることがうまくいきそうな予感がした。

仕事を終えて、ビールを飲みながら寛いでいる鳥羽に、浅見は言った。

「事件も解決したことだし、そろそろ東京に帰ろうと思うんだ」

「えっ、解決したんですか？　冗談やめてくださいよ。なにも解決してないじゃないですか」

「おれの言い方が悪かった。もうすぐ解決するんだ。二件の牛馬童子の首窃盗事件の犯人は死んだ。義弘さんを殺したのもその男だ。松江さんを殺した男はもうじき逮捕される」

「死んだ犯人って、東京で殺された竹島勇一でしたっけ？」

「ああ、そうだ」

「松江さんを殺した犯人が分かったんですか？」

「うん。警察が逮捕してくれるはずだ。そいつは竹島も殺しているに違いないんだ」

鳥羽はビールの缶を置いてこちらに向き直った。

「先輩らしくないじゃないですか。名探偵なんだから、もっと華麗に犯人を追い詰めて、先輩の手で捕まえたらどうなんです？」

「おれは一度だって華麗に犯人を追い詰めたことなんてなかったよ」

「それにしても、犯人が捕まるまでここにいればいいじゃないですか」

「なんだよ。おれがいないと寂しいのか?」

「そうじゃありませんけど」

鳥羽は拗ねたように向こうを向いてビールを一口飲んだ。

「ついては、おれの送別会を開いてもらえないかな。また、竹内さんにご馳走を作ってもらいたいんだ」

鳥羽は二つ返事で引き受けた。

「そのときに、見せたいものもあるんだ」

「なんですか、それ」

「今はまだ秘密だ。しかしヒントはだな、ノートに書いてあった『あれ』とか『それ』とかいうやつだ」

鳥羽は目を丸くし、息を呑んだ。

「やりましたね先輩。ついにノートを読み解いて、謎を解明したんですね。それは例の鎌足の……」

「今は何も言えない。おれの送別会でお披露目するまで待ってくれ」

＊

松江を殺すことに躊躇(ためら)いはなかった。竹島の言うように人は生きて死ぬだけだ。そこに自分が手を貸して、少しばかり死期を早めてやった。それだけのことだ。香炉を得るという目的のために犠牲になるなら、それはそれで意義のあることではないだろうか。

智之はそう考えて、ふっと笑った。自分の考えが常軌を逸していることは自覚している。しかし香炉のためなら、人の命の重みなどさほどのものでもないとも思える。香炉の魔力に取り込まれてしまったのだ。

八紘昭建の土地に問題が発生したという嘘を信じて、松江は約束どおり八紘昭建のオフィスにやってきた。幾分緊張しているようで、額にうっすらと汗をかいている。駅前のカフェでテイクアウトしてきたアイスコーヒーを渡すと、ひどく恐縮して受け取った。

「それでどんなトラブルが起こってるいうんですか？」

「まあ、そう慌てずに。まずはコーヒーでも飲みましょう」

智之が手近な事務椅子に座ると、松江もキャスター付きの椅子を引き寄せて座った。

「鈴木さんも昔はたくさん土地を持っていたそうですね」

「昔の話ですわ。戦争中に軍に接収されたり、戦後は農地改革があったりで、残っているのは大した土地じゃないものばっかりですわ」

「鈴木さんほどの古い家柄なら、すごい家宝なんかもあるんでしょうね」

「どうやろな。鈴木家の人たちは代々、金儲(かねもう)けにはあまり関心があらへんみたいやったから、そないなもんは無いいんと違いますか」

松江は笑って言った。この男は本当になにも知らないようだ。もっとも一社員に重要な秘密を漏らしたりはしないだろうが。

「私と会うことを誰かに話しましたか？」

「いいや。誰にも言うてへん」

「奥さんには喋(しゃべ)ったんじゃないですか？」

冗談に紛らわせて確認する。

「ほんまに誰にも言うてへんて」

松江は真顔で否定した。

なんの価値もない哀れなこの男を、せめて最後くらい役立ててやろう。強欲な鈴木家の人間が、家宝を手放す手助けをさせるのだ。せいぜい苦しんでもらおう。

松江はコーヒーのカップを覗(のぞ)き込んで怪訝(けげん)な顔をしている。

「どうしました？」

「いや、なんでも……」

カップを置いて胸を押さえた。苦悶の表情を浮かべ、荒い息で智之を見上げる。なにか言おうとして口を開くと同時に目を剝いた。言葉の代わりに出てきたのは、赤黒い大量の血だった。そのまま椅子からずり落ちた。見開いた目から血の涙を流しながらのたうち回る。智之はその様子をじっと見守っていた。

毒はおっさんが持っていた。相当に古いものらしいが、これほどの効き目があるとは予想外だった。期待以上の効果を得られたことに満足して智之はほくそ笑んだ。もし毒が効かなければ、別の方法も考えていたが、鈴木家の人間に与える衝撃はこれ以上のものはないだろう。

松江の動きは次第に緩慢になる。最後の痙攣を残して動きが止まる。智之は耳の下で拍動を確かめると、二人分の紙コップをビニール袋に入れ、オフィスを出たのだった。

そしてS製作所の社員に会うために京都へ行き、東京へ行った。なんの迷いもなかった。ただ、待ち合わせ場所に南千住の公園を指定したとき、わずかに胸が痛んだ。

『悪いこと、せんといてな』

母によく似た声が耳の奥で響いた。東京の地理に疎い智之に、唯一馴染みのある場所が南千住なのだ。昔、母の実家があった場所でよく写真を見せてもらった。

結局、あとを追ってきた竹島を殺してしまった。

『悪いこと、せんといてな』

悲しげな声に答えた。

「香炉を見つけたら一緒に暮らそな」

＊

鈴木真代のマンションに集まり、三千恵の手料理を囲んだ。今日はちらし寿司がメインらしい。きつね色のローストチキンや夏野菜の揚げ浸しが、彩りも鮮やかに並んでいる。

「浅見さんが東京へ帰ってしまうなんて、なんや寂しいわ」

揚げ浸しの茄子を一口食べて真代は言った。

「犯人がもうすぐ捕まるてほんまですか？」

三千恵がちらし寿司を銘々の皿に取り分けながら訊く。

浅見は先日鳥羽にしたのと同じ話をした。三千恵も真代も、分かったような分からないような顔で聞いていた。

「その犯人が松江さんと竹島いう男を殺したのは、間違いないんやね。そんならうちの主人を殺したんは誰なん？」

「東京で殺された竹島勇一です」

「なんや、殺されてしもたんかいな」

真代は義弘を殺した犯人が、もう死んでいると聞いて、かなり落胆したように見える。

「浅見さんは、その男が誰だか分かっているんですか？」

と三千恵は訊く。

「いや、実を言うと分からないんです」

「ええっ、それやのに警察が捕まえられるんですか？」

「日本の警察は優秀ですから」

「だけど先輩、松江さんと竹島を殺した犯人と、義弘さん殺しの犯人が別って、どうして分かるんですか？」

「そうや、理由が知りたいわ」

「これは申し訳ないのですが、勘なんです。義弘さんが殺されて、次に松江さんが殺された。松江さんは明らかに計画的に殺されました。犯人にとってまずいことを知ったか、見たかしたのだと思います。しかも真代さんに精神的苦痛を与えようとしています」

「そりゃあ、松江さんの殺され方はショックだった」

「松江さんは呪い殺された、と真代さんに思ってほしかったんですよ。だからあんなひどい殺し方をしたんです。使った毒薬は、森高教授の別荘にあったものだと考えて間違いありません」

「森高教授て、お祖父さんの先生だった人やね」

「そうです。戦争中に毒を呷って自殺したんですが、松江さんと死の様子がとても似ているんです」

森高の死に方は、八講祭で死んだ長老とよく似ている、とノートに書いてあった。義麿は実際に長老の死に際を見ている。真代は松江の殺害現場を見ている。二人の話を総合すると、長老、森高、松江は同じ毒で命を落としたものと考えていいだろう。

「森高教授が持っていた毒薬で松江さんは殺されたのです」

「そやけど、戦争中のもんやろ？　そんなんが今でも効き目があるんやろか」

「僕が聞いた話だと、白い粉末で変質しにくいものらしいですよ」

鳥羽は前に浅見に教えてくれたのと同じ説明をする。

「ほんなら、その毒がまだ使えたとして、なんで今頃になって出てきたんですか？」

「毒はずっと森高教授の別荘にあったんですよ。島本の。それを竹島と行動を共にしていた共犯者が松江さんの殺害に使ったんです」

「なんで呪い殺された、て思わせたかったんですか？」

「義麿さんは、犯人たちが欲しかったものは、呪われていると思っていました。鈴木家の人はみんなそれを知っていると思い込んでいたのが、犯人の見込み違いだったのです。真代さんも義弘さんも、義麿さんや清吉さんからなにも聞いていなかった」

「ええ、そうやわ。なんも知りません」

「そこまで考える犯人が、義弘さんを殺すはずがないんです。義弘さんを殺してしまっては、手に入るものも入らなくなる。義弘さんは、無計画に突発的に、むしろ過って殺されてしまったのです」

真代は悲しそうに目を伏せた。

「犯人は二人です。一人は竹島勇一。義弘さんを無計画に殺した、浅薄で短慮な男です。もう一人は……警察が捕まえてくれればはっきりすることです」

「二人の犯人は、仲間割れをしたということですか？」

鳥羽が訊く。

「うん。竹島はその仲間を追って東京に行ったんだ。仲間が抜け駆けをしようとしていると思ったらしい。そういうところでも竹島の愚かさが分かる。ナイフでいきなり切りつけ、逆に自分が殺されてしまったんだよ」

「うちの人を殺した男が死んでしもたなんて、なんか悔しいわ。その仲間に二人分の罪を償ってもらいたいわ」

「そのとおりですね」

「浅見さん、見せたいものがある言うてたそうですけど、なんですか？」

三千惠が訊いた。

「なんだ鳥羽、竹内さんに喋っちゃったのか」

「いいじゃないですか。どうせ言うつもりだったんでしょう？」

「まあ、そうだけど」

浅見は紙袋の中から箱を取りだした。一辺が二十センチくらいの真四角な箱である。もったいぶった手つきで蓋を開け、紫の布に包まれた丸い物体を取り出す。テーブルの上の料理を寄せて、真ん中にそれを置いた。

「なんや、これ」

真代が言う。

浅見は布をゆっくりと開いた。

金色に輝く香炉がテーブルの上に出現する。

真代と鳥羽は、「おお」と声を揃えて歓声を上げた。

三千惠は両手で口を押さえ、目を見開いている。

香炉は天井からの蛍光灯の光で、まぶしいほどに輝いていた。ふっくらと膨らんだ胴には龍の模様が立体的に施され、蓋のつまみは精緻な獅子の頭だった。

「これが鎌足公の棺に入っていた香炉なんですね」

「鎌足公？　なんなんそれ」

浅見はノートに書いてあった、香炉について簡単に説明した。

「真代さんも義弘さんも、なにもご存じなかった。だから本来なら安全だったはずなんです。それが不運なことに裏目に出てしまったんですね。義弘さんは、この香炉がそんな価値のあるものと知らず、古道具屋に売ってしまったんです。僕は先日、大阪で買い戻してきました。古道具屋の親父さんも、これの価値には気がつかなかったようです」

「きれいなもんやなあ。そやけど、こんなすごいもん持ってるのは嫌やわ。犯人かてこれが目当てで、人殺しをしたんやろ」

「そうですよ、先輩。鈴木さんの身に危険が降りかかるかもしれないじゃないですか」

「だけどこれは、鈴木さんのものだ。値段が付けられないほどのものですよ」

「そやけど……」

「先輩、そんなこと言ってますけど、この香炉は鎌足の呪いがかかっているんじゃなかったんですか？」

　真代が細い悲鳴を上げる。

「ばか、そんなことを言ったら、余計に鈴木さんが怖がるだろう」

「呪いって、ほんまですか？」

「大丈夫ですよ、呪いなんてありません。現に骨董屋の親父さんはぴんぴんしています」

真代は納得したのか、香炉を手にとって見ている。

「すごいもんやな。これ、純金やからこんなにピカピカ光ってるんやろ？　浅見さん、もう仕舞てください。こんなん見ながら食べられへんわ」

浅見は香炉を包み直して箱に仕舞い、紙袋に戻した。

「では、金の香炉に乾杯」

鳥羽がおどけてグラスを上げた。

談笑しながらの食事は楽しいものだった。話題はほとんどが、義麿ノートの記述についてだ。浅見は森高教授との師弟愛を感動的に語った。特に二人が旅をした多武峰の話は、思い出せる限り細部にわたって話した。森高の気の毒な境遇、旅をするうちに森高への尊敬の念を取り戻す義麿。しかしそれも悲しい結末が待っているのだが。

浅見は多武峰の村の人々が、まるで自分と直に会った人のように近しく感じた。あの村が当時のまま、今でもそこにあるような気がしてならなかった。

真代をいたく感動させたのは、実らなかった義麿と千尋の恋だ。

「お祖母ちゃんが、こがなこと知らんで良かったわ。一生、千尋て人のことが好きやったなんて、知ったらショックやわ。なあ、三千惠ちゃん」

「ええ、そうですね」

「なんや、今日は元気ないな。ひょっとして浅見さんと別れるんが辛いから？」

鳥羽の顔が引きつった。しかし真代は酔いが回っているのか気がつかない。

「まあ、私も寂しいわ。東京へ戻っても、時々遊びに来てや。三千惠ちゃんも待っとるさかい。なあ」

と真代は浅見と三千惠を見比べるので、鳥羽は無視された格好になった。

鳥羽はやけ酒のようにビールを呷り、手酌で注ぎ足した。

「そや、私決めたわ」

突然、真代は言った。

「なにを決めたんですか？」

「香炉や。博物館に寄付するわ」

全員の目が、部屋の隅に置いてある紙袋に注がれた。

「それはいい考えだと思います」

「そやけど、どんな手続きが必要なんやろ。私、ぜんぜん分からへんわ」

「じゃあ、僕が調べておきますよ。それまで警察で預かってもらいましょう」

「警察で預かってもらえるんやろか。こんなもん」

「もちろんですよ。この香炉のせいで殺人事件が起きたんです。少なくとも犯人が捕まるまでは、預かってくれますよ」

　さっそく明日の朝、真代と浅見が田辺署に持っていくことが決まった。

　前に泊まったときと同じように真代は、鳥羽と浅見の布団を並べて敷いてくれた。

　鳥羽は悪酔いしたのか鼾をかいて寝ている。

　薄暗がりの中、浅見は着替えもせずに布団の上であぐらをかき、腕組みをしていた。

　この数日間、自分が調べたこと、話したことを思い出しては、間違いがなかったか確認していた。自分の勘が当たっていることを願っている。だが、浅見の考えたとおりであれば、それはそれで辛い結果である。

　気持ちはさっきからずっとざわついたままだ。このまま朝が来てくれればいい、と祈る気持ちを胸のざわつきが掻き消していく。闇が不穏な予感となって、浅見を飲み込んでしまうかと思ったとき、はっと目を見開いた。

　居間の微かな音を聞きつけたのだ。

　鳥羽を起こさないように、そっと部屋から出てドアを閉め、居間に向かう。

　手探りで電気のスイッチを押した。

三千恵はぎょっとして振り向いた。手には紙袋を持っている。

「お兄さんのところへ行くんですね」

三千恵は表情をなくして立ち竦(すく)んでいる。

「お兄さん思いのあなただから、きっとそうすると思っていました。香炉が警察や博物館に行ってしまわないうちに、あなたが自分で持っていくことにしたんですね。そうしなければ、お兄さんはまた罪を犯してしまう。違いますか？」

三千恵の手から紙袋が落ちた。香炉の蓋がずれたのか、金属のぶつかり合う音がした。

そこへ真代がやってきた。パジャマの上にガウンを羽織っている。

「どうしたん？」

とっくに寝たと思っていた二人が、服を着たまま硬い表情で相対しているのだ。

「なにがあったん」

真代は三千恵の足元の紙袋を見た。浅見に助けを求めるような視線を送ってくる。

「柿崎智之はあなたのお兄さんですね」

三千恵はゆっくりとうなずいた。

「柿崎泰正さんが亡くなったあと、お母さんは再婚された。そしてあなたが生まれた。再婚相手は竹内さんだ」

「え？　どういうこと？」

「あなたのお母さんの再婚相手の名字が分からなくて苦労しましたが、馬島さんが調べてくれたんです。それで、僕の推理が間違いでないことを確信しました。あなたのお兄さんは、借金を残して自殺した義理のお父さんを憎んでいた。だから竹内という姓を名乗るのが嫌だったのでしょうね。それで、通称ということになりますか、実のお父さんの名字、柿崎を名乗っていたんですね」

「三千恵ちゃんがなにをしたん？」

三千恵は石のように固まって、息もしていないかのようだった。

「では、順を追って話しましょう。まず、竹内さんは浜屋でアルバイトを始めました。しかし大卒の竹内さんが、実家から遠く離れた田辺市の居酒屋でアルバイトをするというのは、とても不自然です。そこにどんな理由をつけても、やはり不自然なんです。浜屋は求人を専門の雑誌に出していたわけではありません。店の扉に貼ってあったのですから。アルバイトの目的は、鈴木さんに近づくことだった。真代さんから鈴木家の情報を探り出す。途中で、藤白神社にスカウトされましたが、それはそれで構わなかったはずです。藤白神社なら、義弘さんに近くなる。あなたはお兄さんに、そうしろと言われたんですよね」

三千恵は肩で大きく息をした。唇は強く引き結ばれたままだ。

「お兄さんは竹島勇一と一緒に、香炉を探していた。まずは牛馬童子の首を使って義弘さんを脅した。しかし義弘さんの反応は期待したものではなかった。十五年前に義麿さんや清吉さんが、それこそ精神を病むほどに怖れた様子とはほど遠く、義弘さんは動じない。それを智之さんと竹島はどう取ったのでしょうね。『ふてぶてしい』、そんなふうに思ったかもしれません。香炉は奈佐原の土地のどこかに隠してあると考えていた智之さんは、電話で交渉を続けたが、気の短い竹島は勝手に義弘さんを呼び出し、殺してしまった」

三千惠の体がぐらりと揺れた。支えていたものが外れたような動揺と心細さが全身を包んでいた。

「松江さんはなぜ殺されたのか、どうしても分からなかった。でもヒントはあなたの言葉です。あなたは鈴木屋敷を見に来た男が、松江さんと談笑していたと言いましたね。それは捜査を攪乱(かくらん)するための嘘だったのでしょう？　それもお兄さんに指示されたんですね」

目を潤ませて一点を見つめていた三千惠の頭が、がっくりと垂れた。

「やはりそうだったんですね。あなたがその男を二度も見ているのに、ほかには誰も見た人がいないのが不思議でした。人は完全な嘘はつけない。どこかに本当のことがまじってしまうんです。四十歳から六十歳くらいの特徴のない顔をした男。竹島ともお兄さんとも合致しない特徴を、あなたはうまく言いました。でも松江さんは男と談笑していたのではない。あなたとお兄さんが有間皇子の墓で相談していたのを見てしまった。いや、話の内容を聞いてしまったのかもしれない。あなたが見知らぬ男と一緒にいるのを、松江さんは不審に思い、心配したのではないでしょうか。義弘さんの事件があったばかりだ。若くて美しいあなたが、危険な目に遭いはしないかと心配で、あとをつけたのかもしれません。どうですか、僕の想像は間違っていますか？」

三千惠は青ざめた顔で唇を震わせて言った。

「私と兄は有間皇子の墓で話をしていました。そこへ松江さんが突然現れたんです。私は、兄のことを、有間皇子の墓に案内した観光客やと説明しました。松江さんは怪訝そうでしたが、そのまま帰っていきました。でも、兄は話を聞かれたかもしれない、と言って松江さんのあとを追いかけて行ったんです。夜になって、明日松江さんと話をすることになった、と兄から電話がありました。口止めはしたけれど、念のために前に決めていた架空の男の情報を流しておくようにと」

「それで僕にわざわざ電話を掛けてきたんですね」

「兄が松江さんと何を話したのか、詳しくは知りません。でも次の日、松江さんの居場所が分からなくなって、それから……」

「お葬式に現れない松江さんの身になにかあったのでは、とあなたは思った。そして真代さんの身も危険だと感じたのですね」

「私の？」

真代は今の今まで、自分が危険だったとは思ってもみなかったのだろう。急に怯えた顔になった。

「あなたは空き巣が入ったと嘘を言って、真代さんを田辺市のマンションに行くように仕向けたんです。そしてあなた自身も、真代さんを守るためにしばらくの間、同居した」

「ええっ、そうだったん？　浅見さん、なんでそんなこと分かるん？」

「盗られたものもないし、荒らされてもいない。そりゃあおかしいですよ。でも、僕もそのときは気がつきませんでした。ひょっとしたら、と思ったのは鳥羽の部屋にあったノートがなくなったときです。合い鍵が作れて、僕たちがいないことが確実に分かる人。そしてノートの内容をだいたい知っていて、どのあたりに竹内という名字が書かれているか知っている人です。竹内さんは鳥羽から内容について聞いていました し、ノートには日付が入っていますからね。柿崎さんが登場する直後から、竹内さん、あなたが生まれたところまでを抜き取った。たくさんあるうちの一部なら、すぐにはバレないと考えたのでしょう。それから松江さんのお通夜の日、僕は鎌足の棺のX線写真を撮ったS製作所に行く、と竹内さんに漏らしました。すると何者かが先回りして、当時のことに詳しい人に会っていたのです」

「兄はその人に会ったら、香炉の在処が分かるのではないかと言っていました。でも竹島さんは、兄がお金を独り占めにすると思い込んだようです。その頃には兄と竹島さんは、ひどく仲が悪くなっていました。竹島さんのせいでどんどん計画が狂っていくからです」

三千恵は苦しそうに息を吸い込んで、言葉を継いだ。

「竹島さんが義弘さんを殺してしまったのは、計画にはなかったことでした。殺すつもりなんてなかったんです。信じてください」

三千恵は真代の前に身を投げ出すようにひれ伏して、床に頭をこすりつけた。力が抜けたように真代が座り込み、つられるようにして浅見も床に座った。

三千恵は頭を下げたまま言った。

「脅迫がうまくいかないので、竹島さんは焦れていました。それで勝手に義弘さんを呼び出したんです」

「島本に住んでいる人の名を騙ったのですね。義麿さんの古い知り合いだとでも言ったのかもしれません。それで礼を失することのないように上着を着て行ったのでしょう。そして話し合いがうまくいかず、竹島は言い争いになって突き飛ばした。義弘さんは運悪く切り株に頭をぶつけて動かなくなってしまった。恐ろしくなった竹島は、たまたま持っていた仕事用のロープで首を絞めて殺し、川に投げ込んだ。そんなところですか」

　三千惠は声を上げて泣いた。

「許してください。こんなことになるなんて。この計画を聞いたときに、すぐに警察に行けばよかったんです」

　真代は両手を握りしめて胸に当てていた。その手が細かく震えている。

「そやけど、あんたは行かんかったんや。うちの人は死んでしもた。もう帰ってこんのや」

　しばらくの間、真代と三千惠のすすり泣く声が居間に満ちていた。

「なんで、こがいなことしたんや？　なあ、なんで？」

　真代は絞り出すように言った。

「私のせいです。兄は……兄は私のために……」

「ええ。あなたのためにお金を作ろうとしたんですね」

　涙で濡れた顔を上げて、三千惠は浅見を見た。

「あなたのこと、それからお兄さんのことも調べさせてもらいました。柿崎泰正さんが亡くなったあと、あなたのお母さんは智之さんを連れて、竹内という会社社長と結婚した。そして三千惠さんが生まれたのです。あなたのお父さんは事業に失敗し、多額の借金を残して自殺した。お母さんはご苦労されたようですね。二人の子供を抱え必死に働いた。ところが、智之さんが大学に合格した喜びもつかの間、無理がたたって亡くなってしまう。お兄さんは奨学金とアルバイトで大学を卒業するつもりだった。しかしほかに頼る親類もいなかったために、あなたは養護施設に入ることが決まった。そこで、十八歳のお兄さんは大きな決断をしたんですね」

「はい。大学をやめて私と暮らすことを選んでくれました。母は兄が柿崎泰正のような考古学者になることを望んでいました。ですから兄はとても辛かったと思います。私のために大学をやめたなんて、子供だった私は少しも知りませんでした」

「いいお兄さんだったんですね。そんなお兄さんに近づいてきたのが、竹島勇一でした。そこからお兄さんの人生は変わってしまった。義麿さんが柿崎泰正さんを死に追いやった、などという嘘を教えられ、二人で義麿さんを恐喝したんです」

「そがなことがあったなんて、ちっとも知らんかったわ。そやけど、ずっと前の話なんやろ？」

「ええ、十五年前です。牛馬童子の首が切られて、それが脅迫の小道具に使われたのです」

「ほいたら今回の牛馬童子の事件もそうなん？」

「そうです。牛馬童子の首で脅して、前は手に入れ損なった金の香炉を手に入れようとしたのではないでしょうか。十五年前は竹島が主犯でしたが、今回はお兄さんが首謀者なんですね」

三千恵の頰から涙が一粒こぼれ落ちた。

「私は兄のおかげで大学まで行かせてもらって、就職もできました。ところが入った会社はほんの数年で潰れてしまいました。その時の同僚に誘われて、輸入雑貨の会社を始めたんですが……」

「騙されてしまったのですね」

「はい。わずかにあった貯金もみんな取られてしまいました。それで兄は私のために……」

「それは気の毒やけど……」

真代の言葉が虚しく宙を漂う。三千恵はうなだれ、声を殺して泣いている。

「お兄さんの居場所を教えてもらえますね」

「はい」

観念したように涙を拭うと、バッグからメモ用紙を取り出して智之の住所を書いた。

「ここが兄のアパートです」

和歌山市の住所の下には、ケータイの番号も書いてある。

「私を警察に引き渡すんですよね」

　真代と浅見は顔を見合わせた。

　言葉は交わさなくても、真代と浅見の考えは一致していた。

「あなたを警察に突き出すようなことはしません。出頭するかどうかは、あなたが決めることです」

　浅見は大きく息をした。

「一つ聞きたいことがあります。あなたは鳥羽の気持ちに応えてやるつもりはあるのですか？」

　大きく目を瞠ったあと、三千恵は視線を彷徨わせた。

「もしそういう気持ちがあるのなら、鳥羽にはあなたから伝えてやってください。すべてを」

　三千恵なら正直に告白するだろう。

「私は鳥羽さんには相応しくありません」

「そうですか」

　そう答えるだろうという気がしていたが、鳥羽の心中を思うと残念だった。

「それなら、このまま鳥羽の前から姿を消してもらえませんか。せめて美しい思い出として残してやってほしいのです」

三千恵は、のろのろと立ち上がると、真代に深々と一礼した。そして浅見にも礼をして、誰とも目を合わせることなく出ていった。

「あれ、三千恵ちゃん、もう仕事に行ったの？」

鳥羽が寝起きの髪を撫でつけながら言った。

「ああ、行った」

「いいや」

浅見と真代が真逆の返事をする。

「どっちなんですか？」

「三千恵ちゃんは、自分探しの旅に出たんや」

「なんですか、それ」

真代の言葉を冗談と受け取った鳥羽は大笑いする。浅見も真代もつられて笑った。

「香炉を届けに警察に行くんですよね。僕もちょっと用事があるので一緒に行きます」

「いや、警察には預けないことになった」

浅見は香炉を箱から取り出し、テーブルの上に置いた。

朝の光の中でも、きらきらと輝いている。

「これは鳥羽にやるよ。飴(あめ)でも入れておけよ」

浅見は無造作に鳥羽に渡した。

「ええっ、どういうことですか。これは鎌足公の香炉じゃないんですか？」

「ちがうよ、千三百年前の香炉がこんなに光っているわけないだろう」

「でも、純金だから」

「純金は柔らか過ぎて、こんなふうに加工できないんだよ。銀とか銅とかが混じっているのが普通で、千三百年も経っていたら、古色蒼然(こしょくそうぜん)としているはずだ。そんなことも分からないと、古道具屋に偽物を摑まされるぜ」

「ほんなら、これいくらで買うたの？」

「二千五百円。立派な金メッキですからね」

「なんや阿呆らし」

「昨夜(ゆうべ)は、ものすごく高価なものに見えたんですけどね。なんで鎌足公の香炉だなんて言ったんですか」

「ほんの座興だったんだよ。タネ明かしをする前にみんなが寝てしまったんだ」

鳥羽は憮然として紫の布で包み、箱にも入れずそのまま紙袋に突っ込んだ。

「それじゃあ、本物の香炉がどこにあるかは、分からずじまいなんですね」

浅見は、「うーん」と低く唸って顎を撫でた。

第十三章　約束の道

送別会を開いてもらった手前、まだ東京に帰らない、とは言えなかった。朝早くから、車に水や食料を積み込んでいると、真代や馬島までやってきて別れを惜しんでくれる。

警察は、浅見が渡した住所に踏み込んで無事竹内智之を逮捕し、今は取り調べ中だ。智之の住所をどこから入手したかをしつこく訊かれなかったのは、たぶん別のルート、つまり兄の陽一郎から聞いたものと思っていたらしい。三千恵のために敢えて言わなかったのだが、そんな気遣いは無用だったようだ。日を置かずに三千恵が自首したからである。

ノートは智之の家にあった。浅見が考えたとおり六冊だった。智之は竹島勇一を殺してしまったあと不安に駆られ、ノートに自分の名前がないか、もう一度確認させたのだという。兄の人生が狂ったのは自分のせいだという思いから、言われるままに再び鳥羽の部屋に忍び込みノートを確かめた。浅見が最後まで読み終わっているとは知らず、三千惠はもう一度ノートを盗もうとしたが、兄のためにはいっそ捕まったほうがいいのだろうかという迷いが生じて、結局ノートは盗らなかったという。

不幸な生い立ちの兄妹に、竹島という悪党が関わったためにさらなる不幸に見舞われたことは気の毒ではある。しかし彼らのために何人もの人間が死んだのだ。罪は償わなければならない。

みんなに見送られ、車を発進させた。

行き先は多武峰だ。最終目的地は奈良市になるはずだが、まずは多武峰の村で聞き込みをしなければならない。

Y村は地図で見る限り相当に山の中だ。水や食料は必須と思われた。

和歌山まで阪和自動車道を行き、そのあとは京奈和自動車道に入る。このあたりは紀ノ川に沿うように町があり畑がある。どこにでもあるような、のどかな田舎道を走り、五條市、明日香村を通って談山神社のほうへと進む。

途中史跡があることを示す標識を何度も見かけ、心が動くが、ぐっと我慢してY村を目指す。のぼり坂は何度も大きくカーブを描き、次第に山深くなっていった。御破裂山を左手に見ながら、曲がりくねった道を今度は少しずつ下っていく。

この先に集落があるのだろうか、と思うほど道の両側の杉の木は巨大で、暗い影を落としている。

談山神社から十分ほど走ると、急に視界が開けて人里が現れた。県道の脇には、「カレーパンあります」と幟（のぼり）の立つ土産物屋と飲食店が一緒になった店がある。

助手席に置いた水と食料を、浅見はちらりと見て笑った。

義麿のノートを読んでいたせいで、この村がとてつもなく田舎で、水も食料も手に入らないところのように思い込んでいたのだ。

村は山と山とに挟まれ、道路に沿って集落が伸びている。

庭仕事をしている老人に、「村役場はどこですか」と訊ねる。

老人は腰を起こして、「あっちや」と教えてくれた。

役場はコミュニティセンターも併設されていて、予想外に老人たちで賑わっていた。

役場の窓口に、人を探していることを告げる。

「戦争中ですか？　それはまた古い話ですね」

「藤本さんという方なんですが」

「このあたりは、藤本姓が多いですよ。なんたって鎌足公を祀っている談山神社のそばですからね」

窓口の男性は、どこの出身なのか関東の言葉で歯切れ良く喋った。

「藤本キヨさんとおっしゃる方のお孫さんを探しているんです。お孫さんはたぶん、奈良にいると思うのですが」

「どうにも、それだけじゃ調べようがないですね。村の生き字引に訊いてみてはどうでしょう」

男性は、藤本半四郎という名前と、家の簡単な地図をくれた。家はコミュニティセンターから少し離れた県道沿いにあった。広い庭があり、なにか商売をしている家なのか、軽トラックが数台停めてある。

藤本半四郎はもうすぐ百歳だというのに、庭で木の枝を切っていた。

挨拶をして、藤本キヨを知っているかと訊ねる。

「キヨ。キヨさんか」

老人は日に焼けた顔に皺を寄せ、しばらくの間考えていた。

あまり長く黙っているので、浅見は老人が眠ってしまったのかと思った。

「あのう、お婿さんが幸吉さんで、娘さんが好子さんと豊子さん。お孫さんが千代子さんです。戦争中の八講祭のときに長老が、八講堂で亡くなりましたよね。それから……」

いくら生き字引でもそんな昔のことを知るはずがないか、と口ごもった時だった。

「おお」

半四郎老人は急に大声を上げた。

「どうしました」

「八講祭の」

「ええ、八講祭です」

「長老が死んだなあ。わしが結婚した年やった」

「長老がどうして亡くなったか覚えていますか？」

「おお、覚えとる。呪いや。鎌足公の呪いで死んだんや。あの長老はろくでなしやったさかい」

どうやら森高が呪いだと言った言葉を、村人たちは信じてしまったようだ。

「藤本キヨさんはどうでしょう。覚えていませんか？　露樹さんの従兄妹です」

「露樹」

老人の顔が引き攣った。村を離れて何十年も経っていたというのに忘れてはもらえないのだ。森高が経験した村八分の恐ろしさが、浅見にもようやく分かった。

「そうや、キヨさんや。あの人は旦那が死んだときに、孫の世話になるちゅうて奈良に行きよった」

「お孫さんの名前は千代子さんですか？」

「千代子や。ええとこに嫁に行ったって、キヨさんがえらい自慢しとった」

「奈良の人と結婚したんですね。なんていう人と結婚したんですか」

あと少しで目指すものにたどり着くと思うと、心臓が高鳴り早口になった。

「覚えとらんなあ」

老人の記憶はそれ以上は戻らなかった。

礼を言って立ち去り、車に戻ったが発進させる気にもなれずに、シートにもたれていた。七十年も前のことを、あれだけ覚えていてくれただけでもありがたいと思わなければならない。

千代子は当時、十二歳くらいだったか。田舎育ちの少女が都会に憧れ、帝大の学生である義麿に恋をした。積極的にアプローチしていたようにも思う。帰りの列車も二人きりだったはずだ。

フロントガラスの向こうには青空が広がっている。山の陰から白い雲がもくもくと湧いている。田んぼの中の青い穂は、まぶしいほどに若い緑だった。開け放した両サイドの窓から、芳しくしっとりと潤った風が入ってくる。

浅見は突然、そこに義麿や森高や千代子が歩いているような気がした。三人は八講祭に参加するために連れ立って歩いているのだ。

どちらがより可能性が高いか。

浅見は必死に考えた。

森高にとって千代子は、従兄妹の孫にあたる。親類ではあるが村での森高の立場を考えると、年賀状や手紙のやり取りはなかったのではないだろうか。それに、森高が亡くなってから相当な時間が経っている。やり取りがあったとしても、もう残っていないだろう。

一方で、義麿が亡くなったのは五年前だ。千代子との交流が続いているとは思えないが、まめな人なら年賀状くらいは出しているかもしれない。

どちらも可能性はとてつもなく低い気がした。

それでも時岡昭治郎の家ではなく、真代に電話を掛けた。

「浅見です。今、お仕事中ですよね。申し訳ないんですが、義麿さんの遺品の中から、年賀状か手紙を探していただけないでしょうか。住所が知りたいので住所録があればそれを探してもらっても構わないのですが」

名字は分からないが、奈良に住んでいる千代子という女性だと説明した。

「いいけど、浅見さん。今どこ？」

「多武峰です。これから奈良に向かって、今夜はそこで一泊します」

「東京に帰ったんやと思ってたわ」

「やり残したことが二、三ありまして」

真代は今夜中に調べて電話するという。

奈良のホテルに着いたあと、念のために昭治郎にも電話した。

昭治郎にしてみれば、遥か昔に死んだ祖父のことである。母、千尋の遺品でさえ、とっくに処分してしまっているのだ。森高の手紙や住所録などあるはずがなかった。

「お役に立てなくてすみません」

「いいえ、こちらこそ突然古いことなどお訊きしてすみません」

「なんでその人を探してはるんですか？」

浅見は本当のことを言うべきか迷った。しかし千代子に会ってからでも遅くはないと思い、悪いとは思ったがいい加減な理由を述べたのだった。

「実は、前にお話しした義麿さんの日記のようなものに、千代子さんのことが書いてあったのです。それでご存命でしたら、昔のことなど訊きたいなと思いまして」

「面白い話が聞けたら記事になるんですね。雑誌が出たら教えてください」

誰に聞いたのか、浅見がルポライターの仕事をしていると思ったらしい。

礼を言って電話を切った。心がちくりと痛んだ。

シャワーを浴び、窓を開けて涼んでると、真代から電話があった。

「浅見さん、あったで。奈良の千代子さんや。吉田（よしだ）千代子さん。お祖父ちゃん、亡くなるまでずっと年賀状をやり取りしてたみたいやわ」

「ありましたか」

浅見も思わず弾んだ声になる。

「ありがとうございました」

「そやけど、なんでこの人の住所を知りたいん？」

浅見は時岡にしたのと同じような話をした。真代が簡単に信じてくれたので、やはり申し訳ない気がした。

翌日は遅めに起きて、真代が教えてくれた住所に向かった。

住所は近鉄奈良駅近くの商店街だった。

「おみやげの吉田」という店がある。間口の広い土産物屋だ。たくさんの客が出入りしていて、けっこう繁盛しているようだ。

店の中に入り、「こちらに吉田千代子さんという方は、いらっしゃいますか？」と訊いた。

若いアルバイト風の女性は少し考えて、「ちょっと待っといてください」と言って奥へ引っ込んでしまった。

代わりに現れたのは、四十歳くらいの女性だった。小太りで丸い頬に丸い目が、実に愛嬌がある。ひょっとすると千代子の孫ではないかと思った。ノートに書かれていた千代子と、イメージがぴったりなのである。

「吉田千代子はうちの者ですが、なにか」

「ああ、よかった。じゃあ、あなたは千代子さんのお孫さんですね」

浅見は勢い込んで訊ねた。

「違いますけど」

「あ、失礼しました。こういうものです。ルポライターをやっております。多武峰に縁のある方に、お話を聞いて歩いているんですが、こちらの千代子さんも多武峰にご親戚がいらっしゃったとか」

「はあ、せやったかしら。ちょっと訊いてきます」

女性は渡された名刺を見ながらそう言って、奥に入っていった。

戻ってきた女性は、奥の暖簾（のれん）を少し上げると、「どうぞ」と笑顔を見せた。

案内されながら訊くと、女性は千代子の孫の嫁なのだそうだ。

「おばあちゃん。なんや嬉しそうやったわ。多武峰にいい思い出があるみたいで」

そこが隠居部屋なのか、日当たりのいい縁側のある六畳ほどの部屋だった。縁側のガラス戸は開け放してあり、小さな庭には緋色（ひいろ）の百日草（ひゃくにちそう）が咲き乱れていた。

浅見は千代子の向かいに座り挨拶をした。

「浅見と申します。雑誌に文章を書いておりまして、今回は多武峰を取材しています。ぜひ千代子さんにお話を伺いたいのですが」

浅見は名刺を渡したが、千代子は手に取ることもせず、浅見の顔を見ている。白髪の髪をきれいにセットし、薄く口紅も引いていて上品な人だった。浅見が勝手に抱いていたイメージとは違っていた。しかし、あの天真爛漫(てんしんらんまん)な千代子が年月を重ね、大人の女性になり、そのまま年を取ったと思うと、やはり想像どおりだったという気もしてくる。

「多武峰の八講祭にお出になったことがあるとか」

「ああ、八講祭のことかいな」

千代子は懐かしそうに破顔した。

「戦争中に一回だけ行ったことがあるんや。面白いお祭りやった」

千代子は驚くほど、八講祭のことを覚えていた。謡曲が謡われる中、鎌足の掛け軸が掛けられたこと。玉串が捧げられたこと。直会(なおらい)のご馳走が出たこと。

「八講堂の横には大きなしだれ桜があってな。あんときは満開やった」

浅見は、「え」と心の中でつぶやいた。たしか八講祭は三月の上旬で、ノートの中にも桜のつぼみはまだ固いと書いてあったはずだ。

「その満開の桜の下でな、告白されたんや。帝大の学生さんやった。それが私の初恋や。その人とはずっと文通しとったんや」

千代子にとって、八講祭の思い出とはそういうものらしい。たぶん、長老が毒殺されたことなど、記憶からすっぽりと抜け落ちているのだろう。幸福な記憶だけをとどめておくのが、この人の習い性なのだ。人生の達人とはこういう人のことを言うのか。

「せや、多武峰の写真があったわ」

千代子は身軽に立ち上がった。横の小簞笥にアルバムが入っているらしい。後ろ姿を目で追っていた浅見は、思わず、「う」と声が出た。

千代子が座っていた真後ろの違い棚に、百日草が生けてある。その花瓶は胴がふっくらと丸く、背の低い赤銅色のものだった。

これといった装飾も施されていないが、そのゆかしい佇まいは由緒あるもののように見える。

「これが私の母の生まれた家や」

浅見の前に戻ってきた千代子はアルバムを開いて言った。

百日草と花瓶はまた見えなくなってしまった。

「そしてこれが八講堂」

八講堂はごく普通の家のような作りで、村の集会場だったらしい。法隆寺の夢殿のような八角形のお堂を想像していたので、浅見は少々落胆した。

しかし八講堂のそばには、立派なしだれ桜の木があり、花が咲けば見事であろうと思われる。千代子の記憶の中で、桜が常に満開なのもうなずけるというものだ。

「そこの花瓶は大変立派なものですね」

「そうですか？　私にはさっぱり分かりません。そやけどこれは価値のあるもんやから大切にしたらええ、言うてくれはった人がいますのや」

「その人は初恋の人ですか？」

「なんで分かりますの？　そうです。一度だけここに遊びに来てくれはったことがあって」

「それはいつ頃のことですか？」

「あれは平成になったばっかりの頃やったと思いますわ」

「花瓶は、もともとどなたのものなんですか？」

「遠い親戚のおじさんが、ひょっこり私のとこに来て、置いてったんや。そのあとすぐに亡くなってもうたから、なんや形見みたいな気いしてるんやけど」

浅見は吉田千代子のもとを辞し田辺に戻った。

東京に戻ったとばかり思っていた鳥羽は、幽霊でも見たように驚いた。

「先輩、いったいどうしたんですか？」

「やり残したことがあってね」

鳥羽はリアシートに積まれた荷物を見て、「山登り、するんですか？」と怪訝そうに訊いた。山男からはほど遠い浅見が、大量の登山用品を買い込んできたので驚いているようだ。

「明日から熊野古道を歩く」

浅見は車から降ろした荷物の包装を取りながら言った。

「牛馬童子を見てくるんでしょう？　だったらこんな装備はいりませんよ。牛馬童子口には駐車場完備の道の駅もありますからね。日帰りで楽に行ってこられますよ」

「楽に行ったんじゃだめなんだよ。これは死者に会いに行く旅なんだ」

「へ？」

浅見が買ってきた登山用品は、トレッキングシューズやバックパックはいうまでもなく、簡易テントや寝袋まである。

「野宿するんですか？　大丈夫ですか、経験ないんですよね」

「大丈夫だ。お店の人にもいろいろ教えてもらったし、本も買ってきた」

浅見が取り出した本は、『熊野古道一人歩き』と『初めての野宿』だった。

「先輩、ますます心配になりました。無理しないでくださいね」

「心配するな。無理はしない」

翌朝は早朝に起き出して装備を調えた。順調にいけば、日暮れには牛馬童子の像までたどり着けるはずだ。予定ではそこで野宿して下山するのだが、一応二泊分の食料は準備している。

鳥羽も目を覚まし、見送ってくれた。

背中の荷物はずっしりと重い。これを背負って一日歩き続けるのかと思うと、自信がなくなりそうだが、自分を励まして歩き始めた。

夜は明けたばかりで、まだ薄暗かった。

大きく深呼吸すると、空気の冷たさと爽やかさが体を駆け巡る。

市街地を抜けると遠くに幾重にも重なった山が見えてきた。

浅見はふっと息を吐いた。日本中の山々を、日本中の人がそれぞれ我が故郷(ふるさと)と呼んでいる。生まれも育ちも東京である浅見に故郷の山と呼べるものはないが、今朝見るあの山は、なぜか懐かしく感じるのだ。

その時、携帯の無粋なベルが鳴った。音を切っておくのだった、と後悔しながらディスプレイを見ると、なんと軽井沢の作家からだった。

「なんですか、こんな朝早く」

せっかくのすがすがしい気分をぶち壊されて、つい尖った声が出る。

「やあ、浅見ちゃん。起きてたの？　寝てたら留守電に入れておこうと思ったんだけど」

「先生、なにかあったのですか？」

「それがさ、『小説世界』に連載が決まったんだよ」

「それはすごいですね。あの雑誌に連載するなんて」

「そうなんだよ。僕もついに一流作家の仲間入りかねえ。浅見ちゃんには会った時に話そうと思ってたんだが、なんだか興奮しちゃってね。早くに目が覚めたから」

内田の声は嬉しそうに弾んでいる。

「そうですか。でもお体のほうは大丈夫なんですか？」

「大丈夫、大丈夫。僕の場合、仕事が薬だから。『ふるさとの山に向ひて言ふことなし　ふるさとの山はありがたきかな』」

「え？」

「ははは。啄木をテーマに書くつもりなんだ。今度、岩手に取材旅行に行くんだけど、どう？　浅見ちゃんも一緒に行かない？」

「はあ、そうですね。ご一緒させていただきます」

ごく自然にそんな素直な言葉が出た。内田はまるで子供のようにはしゃぎ、わんこそばの大食い競争をしよう、などと愚にも付かないことを言って電話を切った。

今日と明日は、一日に八時間以上も歩き続けなければならないとあって、不安と緊張で硬くなっていたが内田のおかげですっかりほぐれ、心持ちがずいぶん軽くなった。

内田と浅見が、同時に故郷の山のことを考えていたとは、なんだか二人が分かちがたく強い絆で結ばれているような気がする。絆といえば義麿は生涯、森高との絆を感じていたのではないだろうか。

浅見は千代子との話の中で、結局、森高にも義麿にも触れずにおいた。まして長老が毒殺された話などおくびにも出さなかった。千代子の幸福な記憶が、このまま幸福であることを、ただ祈るばかりだ。

義麿もたぶん同じ気持ちであっただろう。

あの花瓶を目にして、森高が千代子に金の香炉を預けたことを知り、このまま千代子のもとに置いておくのが最もいい方法だと判断したのだ。その時のことは、盗まれたノートには書かれていないだろう。

千代子を守るために書かなかったはずだ。

香炉の所在を誰にも言えない義麿の心中はどんなものだっただろう。

浅見もまた、誰にも言わないと心に誓った。だから義麿の気持ちはわずかながら分かる。秘密を持ち続ける苦しさを、この先、浅見は一生背負っていくつもりだ。

森高と義麿、二人の師弟はそれぞれに秘密を心に抱え、孤独な人生を生きた。阿武山古墳が鎌足の墓であることを一緒に証明しようという約束は、義麿がX線写真を発見したことによって、ある意味果たされたのかもしれない。しかしもう一つの、熊野古道を一緒に歩こうという約束は果たせなかった。

熊野古道で浅見が森高と義麿に会えたなら、そのときこそ、約束が成就するときなのである。

〈完〉

解説――鮮やかに浅見光彦ワールドを受け継いだ完結編

山前　譲（推理小説研究家）

最初にあらためて注意しておこう。必ず内田康夫『孤道』を先に読んでおいてください――と。お馴染みの浅見光彦が探偵役を務めているその長編ミステリーは、「毎日新聞」において二〇一四年十二月四日から連載された。しかし翌二〇一五年夏、内田氏は病に倒れ、やむなく八月十二日で連載は中絶してしまったのである。

もちろん自分の手で完結に導きたいという思いは強かっただろうが、病状は好転せず、内田氏は新しい才能にそれを任せようと決意した。二〇一七年五月、連載されたものが毎日新聞より刊行されると同時に、完結編を公募する〈『孤道』完結プロジェクト〉がスタートしたのである。

締切は翌二〇一八年四月末日だったが、なんと百余りの応募があった。それには驚かされたが、そしてその応募作のレベルの高さにも驚かされたのだが、本書『孤道　完結編　金色の眠り』はそのプロジェクトの最優秀賞受賞作である。

『孤道』の舞台は世界遺産に認定された紀伊半島の熊野古道だ。観光スポットのひとつとなっている牛馬童子像の頭部が盗まれたと知らされ、大毎新聞和歌山支局田辺通信部の鳥羽が現場に駆けつける。その記事はスクープとなり、注目を集めるのだった。

兄や母からその事件のことを知らされても、さほど興味をもたなかった浅見光彦だが、体調を崩した軽井沢在住の内田康夫の代参で、熊野の「権現神社」へと向かうことになった。じつは鳥羽は大学の後輩で、連絡を入れると、大阪・天満橋付近において、和歌山県海南市で不動産業を営む鈴木義弘の死体が発見されたという。

こうして浅見光彦は殺人事件にかかわっていく。そして、義弘の祖父である義麿が書き残していたノートから、古代史の謎が『孤道』の大きなテーマとなっていくのだ。そこには昭和初期に発掘された、古代史的に重要な発見が記されていた。過去と現代を結んでの壮大な謎解きに浅見光彦はのめり込んでいく。だが、鈴木義弘の葬儀の直後、鈴木宅に空き巣が入ったところで連載は終わっている。

はたしてこの物語がどんな結末に収束するのか。〈『孤道』完結プロジェクト〉は浅見光彦シリーズならではの大胆なストーリーを期待していたはずだ。ただ、未完のミステリーを書き継ぐことがいかに大変であるかは、いまさら言うまでもない。『樹のごときもの歩く』（坂口安吾→高木彬光）や『邪馬台』（北森鴻→浅野理沙子）といった先例があるにしても、完結編を公募するというのは希有な試みである。

エッセイでたびたび語っていたように、内田氏はあらかじめプロットを立てないというのが執筆のスタイルだった。すなわち、どんな結末になるのか、誰が犯人なのか、エンディングを迎えるまで、作者自身も分からないままに殆どの作品が書き進められていたのである。

それは『孤道』についても同様だった。だいたいの構想は『孤道』の初刊本に付された「ここまでお読みくださった方々へ」で語られていたとはいえ、刊行の時点で、真相は作者も含めて誰にも分からなかったのだ。

これはある意味、究極の「読者への挑戦状」だろう。それはミステリーならではの趣向である。名探偵が事件の謎解きをする前、作者が読者に対して、「推理のデータは全部出そろいました。真相を推理してみてください」と、挑戦している作品が多々あるのだ。作中で語られたデータをもとにして、論理的に真相を解き明かすスタイルのミステリー――それはまさにピュアなミステリーだ。

では、未完である『孤道』からどのように真相へと導かれていくのか。完結編の公募という日本のミステリー史上かつてない試みには、内田作品の読者は大いにそそられたに違いない。ただ、本編に謎解きのデータが全部出そろっていたとはいえなかった。不確定のファクターが多かったのである。まだ新たな事件が起こっても不思議ではなかった。完結編への道筋はいくつもあったといえる。

一方、すでに起こったことは変えることはできない。すでに起こったことを無視して自分勝手な推理はできないのである。そこに完結編公募の高いハードルがあった。もちろん浅見光彦のキャラクターもないがしろにはできない。一九八二年刊の『後鳥羽伝説殺人事件』以来、多くの事件を解決してきた名探偵だ。飛行機嫌いだとかトマトが嫌いだとか、趣味や嗜好などのキャラクターが細かく描かれてきた。

一緒に住んでいる母の雪江、兄の陽一郎一家、お手伝いの須美ちゃん、そして浅見光彦の事件簿を執筆している軽井沢のセンセこと内田康夫は、事件の謎解きとは関係なくても、シリーズには欠かせない登場人物なのだ。また、東京都北区西ヶ原は名探偵の住む街として多くのファンが訪れている。だから、「これは浅見光彦ではない！」と指摘される可能性もあった。浅見光彦ファンの期待を裏切ることはできないのである。

しかも『孤道』は、古代史と激動の昭和初期、そして現代が絡み合う、数ある浅見光彦シリーズのなかでも特筆される展開だった。完結編のハードルはかなり高い……それをクリアしたのが和久井清水（わくいきよみ）氏なのだ。

殺人事件と古代史の謎を巧みに発展させて、意外な犯人に導いている。もちろん浅見光彦というキャラクターもまったく違和感なく描いているのだ。和久井氏は執筆中、物語の舞台を訪れ、そして軽井沢も訪れたというが、これほど鮮やかに浅見光彦の世界を描いていれば、シリーズの愛読者も納得するに違いない。

和久井氏はこの作品がデビュー作となるが、二〇一五年三月末日に募集が締め切られた「宮畑ミステリー大賞」では、「風のように水のように――宮畑遺跡物語」で特別賞を受賞している。

それは福島県福島市にある縄文時代の「宮畑遺跡」に史跡公園「じょーもぴあ宮畑」が開園するにあたって企画された公募の文学賞だった。宮畑遺跡にはふたつの謎がある。直径が九十センチメートルという巨大柱と、他の縄文遺跡にはない「焼かれた家」である。この謎をテーマにして短編を書いてほしい……。

どうやら和久井氏は、課題が提示されていると執筆意欲がそそられるようである。そして受賞作は縄文時代を舞台にして、ロマンチックなストーリーを展開していた。歴史への関心もまた、『孤道』の完結編への道となったのかもしれない。

だからこの『孤道　完結編　金色の眠り』には和久井氏ならではのテイストがある。古代史の常識を覆す推理もある。内田氏の抱いていたエンディングとは違ったかもしれないが、やむにやまれぬ心情に迫った切ないエンディングは、これまでの浅見光彦シリーズとはひと味違ったものとなっているのではないだろうか。

内田康夫氏は療養中の二〇一七年四月から書籍ポータルサイトの「講談社ＢＯＯＫ

倶楽部」で「夫婦短歌」と題して夫人の早坂真紀氏とともに短歌を綴り、再起を図っていた。だが、二〇一八年三月十三日に残念ながら帰らぬ人となってしまった。だからこの『孤道』の完結編を読むことは叶わなかったわけだが、内田氏が新しい才能に託した思いは本書に満ちている。

未完の長編ミステリーの完結編を公募するというユニークな、そしてハードなハードルをクリアした和久井清水氏は、二〇一五年の江戸川乱歩賞で最終候補に残ってもいる。異色のデビューとなったが、ミステリー作家としてのこれからの創作活動を、浅見光彦シリーズのファンでなくても期待するに違いない。

主要参考文献

『継体天皇二つの陵墓、四つの王宮』（西川寿勝　森田克行　鹿野塁著　新泉社）
『今城塚と三島古墳群――摂津・淀川北岸の真の継体陵（日本の遺跡7）』（森田克行著　同成社）
『蘇った古代の木乃伊（ミイラ）――藤原鎌足――』（小野山節　池田次郎　猪熊兼勝　坂田俊文　直木孝次郎　松本包夫　牟田口章人著　小学館）
『藤原鎌足と阿武山古墳』（高槻市教育委員会編　吉川弘文館）
『よみがえる大王墓　今城塚古墳（シリーズ「遺跡を学ぶ」077）』（森田克行著　新泉社）
『別冊太陽　楽しい古墳案内（太陽の地図帖23）』（松木武彦監修　平凡社）
『邪馬台国と安満宮山古墳』（水野正好　森田克行　原口正三　都出比呂志　福永伸哉　門脇禎二　石野博信　酒井龍一著　高槻市教育委員会編　吉川弘文館）
『ふぢしろ初山踏』（吉田昌生著　藤白神社）
『旧制高等学校生の青春彷徨　旧制府立（都立）高等学校の昭和時代』（吉松安弘著　彩流社）
『戦後70年　わたしの戦争体験』（ちばてつや　森村誠一　畑正憲　松本零士　山藤章二　勝目梓著　講談社）
『対訳古典シリーズ　万葉集下』（桜井満訳注　旺文社）
『藤原氏千年』（朧谷寿著　講談社現代新書）
『日本古典文学大系68　日本書紀下』（坂本太郎　家永三郎　井上光貞　大野晋校注　岩波書店）
『日本古典文学全集33　謡曲集一』（小山弘志　佐藤喜久雄　佐藤健一郎校注・訳　小学館）

『日本古典文学全集34　謡曲集二』（小山弘志　佐藤喜久雄　佐藤健一郎校注・訳　小学館）
「奈良県の祭り・行事」　奈良県教育委員会
『神社シリーズ　談山神社　大化改新1350年』　新人物往来社
『時刻表／復刻版　戦前・戦中編』　JTB
『熊野詣　三山信仰と文化』（五来重著　講談社学術文庫）
『大人の遠足BOOK　熊野古道をあるく』　JTBパブリッシング
『てくてく歩き11　南紀　熊野　伊勢』　実業之日本社
『死者の書　口ぶえ』（折口信夫作　岩波文庫）
『『死者の書』の謎――折口信夫とその時代』（鈴木貞美著　作品社）
「高槻市立今城塚古代歴史館　常設展示図録（改訂版）」（高槻市教育委員会　高槻市立今城塚古代歴史館編）
「高槻市立今城塚古代歴史館開館記念特別展　三島と古代淀川水運Ⅰ――初期ヤマト王権から継体大王の登場まで――」（高槻市立今城塚古代歴史館編）
「平成25年夏季企画展　今城塚の大円筒埴輪展」（高槻市立今城塚古代歴史館編）
「平成27年秋季特別展　律令時代の摂津　嶋上郡」（高槻市立今城塚古代歴史館編）
「平成28年秋季企画展　王権儀礼に奉仕する人々」（高槻市立今城塚古代歴史館編）
「阿武山古墳小考：鎌足墓の比定をめぐって」（高橋照彦著　待兼山論叢第38号　史学篇）
http://hdl.handle.net/11094/48098

本作は、〈『孤道』完結プロジェクト〉の最優秀賞受賞作「孤道　～我(わ)れ言挙(ことあ)げす」を大幅に改稿し、改題して刊行されました。

この作品はフィクションです。
実在する人物、団体とはいっさい関係ありません。

編集協力　一般財団法人内田康夫財団